세상이 물려준 식사를 끝장내고

세상이 물려준 식사를 끝장내고

치열하고 다정한 7인의 비건 기록

장미경 인터뷰집

차례

고양이를 만나고

2014년 7월 5일, 두 명*의 고양이를 가족으로 맞이했다. 원래부터 고양이에 대한 특별한 애정이나 관심이 있던 건 아니었고, 회사를 다니면서 알게 된 동료나 선배들이 고양이와 사는 모습을 자주 보았기에 나도 그저 '키우고' 싶었던 것뿐이었다. 처음엔 정말 이런 마음이었다. 그러다 결혼 전 남편과 동거하게 되면서 고양이와 함께 살 수 있는 최소한의 공간이 생겼고, 본격적으로 고양이 동반 입양을 알아보았다.

어쩌다 보니 지금은 일곱 명의 고양이와 함께 살고 있지만 모든 고양이와의 만남은 하나같이 운명적이라고 느낀다. 만약 임신한 채 길을 떠돌던 첫째 고양이가 누구에게도 도움받지 못하고 계속해 길을 떠돌았더라면 우리는 영영 만나지 못했을 것이기 때문이다. 대책 없는 용기와 탁월한 안목을 가진 삼월이는 사려 깊은 임시 보호자를 만나 무사히 출산할 수 있었고, 그때 태어난 단단이와 함께 우리 집으로 오게 되었다.

고양이를 만나고 내 인생이 단숨에 바뀐 것은 아니었다.

* 동물을 '마리'로 지칭하는 것은 인간과 동물을 구분 짓고 위계를 만드는 종(種) 차별적 언어 습관이기에 인간을 포함한 모든 동물을 지칭하는 의존명사는 '명(名)'을 쓰기로 한다.

평범했던 내게 고양이는 사람들의 관심을 받을 수 있게 해 주는 존재였기에, 처음 몇 년간은 SNS를 통해 이들을 전시하는 데 여념이 없었다. 유독 현관 앞에서 자주 울며 나가기를 원하는 듯했던 삼월이에게 하네스를 입히고 계단 산책을 하는 동안 한 손에는 꼭 카메라가 들려 있었다. 물론 지금은 절대 하지 않는 일이지만 한때 내 욕망의 바닥을 여과 없이 비추는 모습이었다고 생각한다. 과연 이 모든 게 누굴 위한 것이었을까? 사람들의 관심을 받기 위해 고양이를 이용하는 내 모습에 깊은 자조와 환멸을 느꼈고, 무엇보다 오랫동안 일상을 나누는 동안 고양이의 존재에 말로 다할 수 없는 사랑을 느끼게 되면서 이를 전시하는 일에 더 이상 골몰하지 않게 되었다.

나의 고양이에서 거리의 고양이로

그즈음부터 내 눈에 들어오기 시작한 존재는 동네 고양이들이었다. 집에 있는 고양이와 다를 게 하나 없는데도 일상적인 굶주림과 사람들의 냉대, 영역 다툼과 출산의 굴레 속에서 지치고 힘든 삶을 보내는 존재들을 새삼 알아차리게 되었다. 그래서 빌라 한편에 사료를 주기 시작했던 것이 케어테이커*로서 내가 처음 시작한 일이었다. 처음엔 그냥 밥과 물만 챙겨주면 되는 줄 알았는데, 개체 수 조절에 대한 노력 없이 밥만

* 예전에는 '캣맘'이라는 용어로 스스로를 지칭하기도 했지만 돌봄에 대한 성 역할의 편견을 강화시킬 수 있다는 문제의식에 공감하며 '케어테이커'라는 표현을 채택하여 쓰고 있다.

주는 일의 책임에 대해서도 알게 되자 구조 장비를 마련하고 여력이 닿는 한 틈틈이 TNR*도 하게 되었다. 그러다 보니 어느새 내 고양이에 대한 집착과 전시보다는 지역 고양이를 돌보는 자원 활동가로서의 정체성을 더 강하게 느끼게 되었던 것 같다. 물론 이런 과정 동안 결코 웃지만은 못할 에피소드도 여럿 누적했지만.

이처럼 고양이에 대한 연민과 애정이 쌓일수록 너무 덥거나 춥거나 비가 올 때마다 막연한 걱정으로 잠을 잘 이루지 못하기도 했다. 어느덧 내 모든 관심은 오로지 고양이라는 존재에게만 쏠려 있었고, 이들을 위해서라면 입맛에 맞는 사료와 캔 등 온갖 먹거리를 사들이는 지출도 전혀 아깝지 않았다. 그냥 그게 내가 할 일이라는 생각이 들었기 때문이다.

그렇게 나의 고양이에서 거리의 고양이로 좁은 시야를 옮기며 몇 년을 보내는 동안, 점차 생각이 가닿기 시작한 것은 다름 아닌 채식이었다. 비건도 아니었고 그게 뭔지도 몰랐기에, 처음엔 그냥 정말 단순히 채식에 '꽂혔었다'. 갑자기 웬 뚱딴지같은 소리냐고 할 수도 있을 것 같지만 고양이의 특성상 내가 그들을 위해 구매하는 모든 먹거리는 당연히 다른 동물의 부산물이었기에, 이들의 입맛과 건강에만 집착하며 경계 없이 소비하는 나의 모습에 어느 순간 균열을 느끼게 되었기 때문이다. 이렇듯 처음에는 고양이에 대한 돌봄의 과정에서 생겨난 부채감으로 채식에 대한 고민이 자연스럽게 시작되었

* Trap-Neuter-Return의 약자로, 지역 고양이의 개체 수를 적절하게 유지하기 위해서 인도적인 방법으로 포획하여 중성화 수술 후 원래 거주하던 장소에 되돌려 보내는 활동을 말한다.

다고 느낀다. 그래서 긴밀한 사람들과 만날 때마다 언젠간 채식을 하게 되지 않을까 싶다고 조금씩 이야기를 꺼내며 예비하는 마음만 쌓아 나가던 참이었다. 그렇게 오랜 시간을 적극적인 전환점 없이 지내다가, 친구가 추천해 준 책을 읽고 더는 이전의 생활을 유지할 수 없음을 느꼈다. 2019년 7월, 나는 두 번 다시 고기를 먹지 않기로 결심했다.

고향의 비명 소리가 되살아나다

아이러니하게도 고양이와 함께 살면서 가까스로 비거니즘과 만나게 된 덕에, 채식을 시작하게 된 첫 순간부터 지금까지 나의 관심은 줄곧 동물과 밀접하게 맞닿아 있다. 내 고양이와 다를 것 하나 없는 동네 고양이에게 마음을 쓰게 되었던 것처럼 역시 별다를 것 없는 다른 종의 동물들의 삶을 알고자 하는 의지가 비로소 생겨났다. 푸른 초목 위에서 자유롭게 방목하는 가짜 이미지로 대상화된 존재가 아니라 닭, 돼지, 소, 오리 등 일상적으로 잡아먹히는 '가축'의 진짜 현실을 알게 되면서 멀어져 있던 고향의 풍경과 소리가 자연스럽게 되살아났다. 돼지들의 비명, 소들의 애처로운 울음소리, 양계장의 냄새는 내가 너무나 잘 알고 있던 것이기 때문이다.

내가 태어나고 자란 제주 한림읍의 중산간 마을은 여전히 돈사와 양계장이 지천으로 널려 있는 곳이다. 아침에 학교에 가기 위해 버스를 기다리는 동안에는 2층짜리 트럭에 빽빽하게 실린 채 도살장으로 날라지는 돼지들의 비명을 듣고 냄새를 맡는 게 흔한 일과였다. 중학생 때까지는 각종 돈사, 우사, 양계장에 둘러싸인 집에서 살았기 때문에 축사에서 환풍기를 돌리면 에어컨이 없던 시절에도 고약한 냄새 때문에 한여름에도 창문을 좀처럼 열 수가 없었다. 소들이 애타게 우는 소리도 일상이었기에 그게 무슨 의미인지 알지도 못했고 궁금하지도 않았다.* 그냥 그때는 거슬리는 비명과 고약한 냄새가 못 견디게 짜증 날 뿐이었다. 그게 내가 먹는 고기 때문이라는 걸 누구도 알려 주지 않았다.

탈육식을 결심한 이후 다시 찾은 고향 집 근처에는 그 냄새와 소리가 여전히 자리하고 있었다. 변함없던 모든 풍경이 달리 다가왔고, 오랜 세월을 넘어 진실의 근거지로 겨우 돌아온 느낌이었다. 사람들이 잘 오지 않는 제주 중산간 마을의 깊숙한 곳에는 엄청난 규모의 축사들이 꼭꼭 숨겨져 있는데, 치솟는 육식 수요와 설비의 발달로 날로 번창한 고향의 축사들은 어느덧 2층, 3층짜리의 아파트형 시설로 더 거대해져 있었다. 마을에는 낯모르는 외국인 노동자들이 더 많이 들어와 살고 있었고, 축사를 운영하는 친척들은 더 이상 직접 노동하지 않으면서도 점점 더 많은 돈을 번다고 했다.

엄마는 어렸을 때 가난했던 형편 때문에 오랫동안 남의 집에 더부살이를 해야 했는데, 그때 닭을 여러 번 잡아야 했던 트라우마로 평생 닭을 먹지 않게 되었다. 어렸을 때 나는 그게

* 인간이 소젖을 착취하기 때문에 송아지는 태어난 후 이르면 몇 시간 만에 어미 소와 강제로 분리된다. 어미 소는 송아지를 찾아 몇 날 며칠을 하염없이 울부짖는다. 송아지가 남성일 경우 바로 죽임을 당하거나 업자에게 팔려 가고, 여성일 경우에는 어미 소와 똑같이 평생 강간과 출산, 착유의 굴레를 반복하게 된다.

어떤 의미인지 헤아릴 수 없었고, 그럼에도 엄마가 만들어 준 닭죽을 무척 좋아했을 뿐이었다. 엄마는 언젠가, 밭농사가 몸은 고되어도 흙을 만지면서 하는 일이라 계속할 수 있었던 것 같다고 말한 적이 있었다. 돈을 아무리 많이 번다고 해도 축사 일은 절대 하지 못했을 거라고 했다. 그런 크고 작고 오래된 기억들이 지금의 나와 자연스럽게 다시 연결되는 기분을 느꼈다. 언젠가는 반드시 만나게 될 것을 기약했던 것처럼.

새로운 시작이 될 누군가의 이야기들

동물 착취의 부산물을 소비하지 않겠다고 결심한 이후, 지인들에게도 이런 나의 상태를 점차 알려 가던 차에 동료로부터 희한한 제안을 하나 받게 되었다. 바리스타를 거쳐 출판 기획자 겸 디자이너로 일하고 있는 비상한 이력과 재주가 있는 사람이었는데, 1인 출판사 창업을 준비하면서 채식에 대한 관심으로 관련 콘텐츠를 고민하던 중 우연히 내 소식을 듣게 되었다고 했다. 그리고 갓 채식을 시작한 사람의 입장에서 다양한 계기로 채식을 하는 사람들을 만나 인터뷰를 진행해 보면 어떻겠냐는 대담한 기획을 제안해 왔다. 별다른 이력도 없는 나와 이런 모험을 하겠다니! 당연히 놀라고 당황스러웠지만 끝내 받아들일 수밖에 없는 제안이기도 했다. 채식을 시작하고 관련된 책이나 다큐 등을 많이 찾아봤지만 가까운 곳에서 목소리를 들을 기회는 정작 많지 않았기에, 나 역시 누군지도 모를 그들을 절실히 만나고 싶었기 때문이다.

이후 본격적으로 인터뷰를 진행하기 위한 3인의 기획팀이 꾸려졌다. 강준선과 이수지, 나를 포함한 우리 셋은 출판노조에서 만난 동료 사이였다. 오랜 시간이 지나 '비거니즘'이라는 둘레로 우리가 다시 만나게 될 거라고는 누구도 상상하지 못했을 것이다. 든든출판사의 대표이자 기획자인 강준선은 다양한 사람들의 이야기를 한데 모을 수 있는 판을 만들었고, 오랜 비건 지향 생활상을 유지하면서 다방면의 동물권 후원 활동을 이어 오던 이수지는 인터뷰이 선정과 섭외 전반에 큰 역할을 담당했다. 나는 갓 채식을 시작한 초짜 비건으로서 인터뷰를 진행하고 정리하는 작업을 맡았기에, 한편으로 이 이야기들은 나라는 개인이 인터뷰이들과 새롭게 관계 맺는 과정이기도 할 것이다. 그런 탓에 인터뷰어의 한정적인 경험과 부족했던 인식 등이 질문에도 많이 남아 있게 되었다.

우리는 미리 결정한 것 하나 없이 여러 출판물, 기사, SNS 등을 참고하며 다양한 연결점으로 책에 담아낼 인터뷰이를 찾고자 노력했다. 출판 에이전트 김시형, 꽃사미로 오너셰프 최태석, 유튜브 크리에이터 단지앙, 직접행동DxE 활동가 섬나리, 에티컬테이블의 채선우&권창환 부부, 해외 트레킹 인솔자 박진형까지…… 우연한 계기부터 다양한 소개와 추천 등을 통해 연결된 여섯 팀, 일곱 명의 이야기는 고유한 이야기로 빛나며 매번 다른 배움과 다짐을 새기게 했다. 인터뷰를 진행할 때마다 스스로의 역량에 부딪힐 수밖에 없는 시간이었지만 그럼에도 1년 반 동안 인터뷰를 끝까지 진행할 수 있었던 동력은 우리가 만난 사람들 그 자체였다고 느낀다. 명상, 동물권, 건강 등 저마다 다른 계기로 채식을 시작했지만 그 안에서 서로 확장되고 단단해지는 경험은 놀랍도록 비슷한 흐름과 방향성이 있었다. '어떻게 채식을 시작하게 되었나요?'라는 공통의 질문에 담긴 무수한 이야기의 타래는, 비거니즘이 단순한 식생활의 제한에 그치지 않고 각자에게 획기적인 삶의 방식으로 자리했음을 깨닫게 해 주었다. 세상의 출처를 질문하는 사람이 스스로 채택한 변화의 궤적을 따라가는 일은, 한 개인이 완전히 새롭게 다시 태어나는 순간들을 목격하는 과정처럼 느껴지기도 했다.

그리하여 이렇게, 우리가 만나고 들은 이 이야기들을 여러분께도 자신 있게 내어 보인다. 우리가 이들과의 대화 속에서 교감하고 성장할 수 있었던 것처럼 이 이야기들은 여러분에게도 분명 담대한 용기와 근거가 되어 줄 수 있을 것이다. 우리가 먹는 것이 정확히 무엇인지, 어디에서 만들어져 어떻게 오는지, 일상의 운동으로서 실천하는 채식이 어떤 의미가 있는지…… 흔들림 없는 가치를 단단히 뿌리내릴 수 있게 해 주는 다양한 이들의 비전과 신념을 엿볼 수 있다. 환경, 동물권, 건강 등 그 무엇을 막론하고 채식을 통한 공리적 생활로의 전환을 고민하고 있거나 관심이 있는 분들께는 더욱더 확실한 길잡이가 되어 줄 것이다.

코로나19 사태의 확산으로 인터뷰가 몇 달간 중단되며 진행 기간 자체가 대폭 늘어나는 어려움도 있었지만, 그만큼 일상 속 비거니즘의 가치를 절실히 느끼게 된 시기이기도 했다. 부족한 인터뷰어가 이끄는 대화에 시간을 내어 기꺼이 참여해 준 김시형, 최태석, 단지앙, 섬나리, 채선우, 권창환, 박진형 님께 감사를 전한다. 또한 이들과의 모든 인터뷰 역시 공동의 방향성을 담고 있는 공간에서 진행하고자 했는데, 오랜 시간 진행된 인터뷰에도 기꺼이 공간 사용을 허락해 준 원슈가데이, 꽃사미로, 카페 거북이, 노들장애인야학(들다방), 에티컬테이블, 라뽀즈에도 감사드린다. 마지막으로 인터뷰이 섭외와 추천은 물론 인터뷰 현장에서 매번 풍부한 논의를 더하며 함께한 기획팀 두 동료에게 더없이 깊은 감사의 마음을 전한다. 서울부터 부산까지 이들과 함께한 여정은 다시없을 도전이자 소중한 기억으로 오래도록 남을 것이다.

2023년 가을
장미경

17년 차 뉴노멀의 세상 사는 방정식

채식하는 페미니스트 김시형

• • •

공백만이 가득했던 이 책에 첫 인터뷰이로 응해 줄 이는 과연 누가 될 것인가. 다양한 모델을 찾고 섭외하는 과정은 때마다 여러 고민과 어려움이 많았는데, 막상 첫 인터뷰를 함께하게 된 김시형과는 벼락같은 우연으로 만나게 된 경우였다.

이 책의 기획자인 든든출판사 강준선 대표가 도서 에이전시에서 일하는 지인의 사무실을 찾아가 채식 관련 콘텐츠 기획에 대한 이야기를 나누던 중 "지금 한 분이 굉장히 귀가 간지러울 것 같다."며 옆자리에 있던 동료를 소개 받았는데, 그가 바로 17년 동안 채식을 실천해 오고 있던 김시형이었다. 아니나 다를까 그 또한 둘의 대화를 들으며 이미 '귀가 쫑긋'해져 있던 터였고, 본인에게 중요한 주제인 비거니즘에 대한 책을 낸다고 해서 반가운 마음이 들었다고 했다. 기획자로서 이렇게 공교로운 인연은 놓치기가 더 힘들지 않을까. 채식 책을 만들고자 하는 사람과 17년 차 채식인이 생각지도 못하게 연결된 순간, 김시형은 이 책의 모양을 다잡는 첫 번째 인터뷰이로 기꺼이 응해 주었다.

김시형은 2003년 친구 소개로 명상을 접하면서 처음 채식을 시작했다. 채식은 당시 명상센터에서 요구한 규율이었지만, 결국은 스스로 느껴 보고 선택하는 자발적인 방식으로 남았던 것이 그에게 잘 맞았다. 비건이라는 말도 쓰이지 않던 시절이었기에 어디서나 주변의 반발과 폭력에 시달렸지만 그 편견은 특히 출산과 육아를 거치는 동안 더 강화되어 엄마로서의 문제로 치환되기 십상이었다. 그럼에도 공존을 위한 가치로서 비거니즘을 지향하고자 노력해 온 시간은 억압과 착취의 구조를 깨닫는 페미니즘을 빠르고 강력하게 흡수할 수 있는 자양분이 되었다.

때마침 중복(中伏) 날 진행된 첫 인터뷰에서 그는 자신이 특별할 게 없는 사람이라 걱정이 될 뿐, 이런 인터뷰에 참여하는 것 자체는 익숙하다고 했다. 낙태에 대한 인터뷰에도 여러 번 응했던 데다, 르포집 『기록되지 않은 노동』(2016, 삶이보이는창)에 공동 저자로 참여했던 경험을 통해 인터뷰라는 수단의 소중함을 알고 있었기 때문이다. 그런 덕분에 첫 만남에서부터 노트북에 코를 박고 자판만 두드려 대던 초보를 상대로 원숙한 답변을 던지며 활발하게 대화를 이끌어 준 것 역시도 그였다. 김시형과의 인터뷰는 두 아이를 양육하는 엄마로서 가족 구성원 사이에서 가치관을 공유하고 경험케 하고자 노력했던 과정과 더불어, 오랜 채식 경험을 통해 삶을 관조하게 된 폭넓은 태도까지 들여다볼 수 있는 시간이었다.

처음엔 친구에게 영업 당해서 '그냥' 시작했지만 지구에서 살아가는 쿨한 도구로서 '끝내' 채택하게 된 채식은, 먹고 소비하고 관계 맺는 모든 방식을 재정의하며 지낸 17년을 넘어서는 '시민' 김시형의 뉴노멀로 단단하게 자리 잡혀 있었다.

⋮

친구 따라 명상하러 갔다가

2003년에 아쉬람 명상센터를 통해 처음 채식을 시작했다고 들었어요. 명상이라는 계기가 낯설기도 하고 좀 신기하게 느껴지는데, 어떻게 처음 명상과 채식이라는 접점을 만나게 되었나요.

처음에는 친구가 좋은 데가 있는데 한번 가 보지 않겠냐고 영업해서 그냥 가게 됐어요. 믿는 친구여서 주소만 받고 남해까지 버스 타고 가서 2박 3일간 지냈는데, 거기 있는 동안의 경험이 좀 특별했어요. 명상센터 특성상 자연 속에 파묻혀 있었는데 고립감이 아니라 굉장한 평온함을 느꼈어요. 그곳에 있던 사람들도 남한테 신경 쓰지 않고 자기 자신한테만 집중하는 분위기였고요. 처음 왔으니까 괜찮다고 격려해 주고는 그 이상으로 더 간섭하지도 않았어요. 관용적인 분위기라고 할까요, 그때 경험한 기분이 평화로웠어요.

명상을 하면서 채식을 요구했던 구체적인 목적과 지향점은 무엇일까요?

불교랑 똑같아요. 불교는 살생을 안 하잖아요. 좀 더 나아가면 동물은 환생의 고리에서 이어져 있기 때문에 동물을 먹는 것이 곧 나를 먹는 것이 되는 거예요. 먹는다는 행위가 꼭 폭력적인 것만은 아니지만 선택을 할 수 있다는 거죠. 쌀도 있고 살구도 있고 가지도 있잖아요. 충분히 건강한 삶을 영위할 수 있고 오히려 더 최상의 상태를 유지할 수 있는데 왜 자꾸 나쁜 것을 선택하느냐는 거예요.

예전에 불교 서적에서 읽었던 일화가 하나 생각나는데요. 부처님이 보리수나무 아래서 수행을 마치고 설법을 전하고 다니실 때 어느 마을에 초청되어 가셨대요. 마을 사람들이 부처님이 고기를 안 드신다는 것을 모르고 닭과 소를 잡아서 잔칫상을 차렸는데 부처님은 그걸 드셨다고 하더라고요. 제자들이 왜 고기를 드셨냐고 물으니 '저들이 나를 위해 바친 것인데 어떻게 외면할 수 있겠냐'는 답을 하셨다고 해요. 그때 딱 한 번 드셨다고 써 있었어요. 그 일화에서 정말 감동받았는데, 진짜로 중요한 게 뭔가 싶은 거예요. 도그마가 중요한가 아니면 내 원칙이 중요한가 하는 생각을 하게 됐던 것 같아요. 채식하기 전에 읽은 거지만 저한테 울림이 있었어요. 그래서 채식을 하면서부터는 '살생하지 마!'가 아니라, '다른 선택지가 있고 같이 공존하는 사람들하고 뭐가 더 연결되지?' 하는 게 더 중요해졌어요.

그런데도 사실 너무 어렵긴 해요. 나만 준비되어 있다고 되는 게 아니라서 내 마음이 가닿지 않는 경우가 정말 많아요. 혼자서만 장밋빛인 경우도 많이 봤죠.

명상센터를 다녀온 뒤 일상에서도 꾸준히 채식을 실천할 수 있었던 동력이 있었을까요.

집에 돌아와서 제가 채식을 안 한다고 해도 거기서 저를 추적

하는 게 아니잖아요. 정말 자기 규율인 거예요. 스스로 느껴 보고 선택할 수밖에 없는 상황이니까, 오히려 그런 방식이 저한테는 자발적으로 더 열심히 하게 만들었던 것 같아요. 그리고 명상센터에 저를 데리고 간 친구가 이론이나 용어들로 저를 무장시켜 줬어요. "너 같은 케이스를 락토 베지테리언이라고 해."라고 하면서요. 어쨌든 같이 하는 사람이 있었으니까 전 좀 유리한 편이었던 것 같아요. 명상을 통해 채식을 시작하게 된 거니까 "시형아, 네가 이걸 한다고 하면 사람들이 이런 저런 말들을 할 거야. 영성의 길로 갈 때 우리가 만나는 장애들이니까 견뎌야 돼."라고 했던 거죠. 명상이 하나의 세계관이기 때문에, 대부분 종교적인 색채가 약간 있거든요. 그런데 그런 말들이 저에겐 교회를 갔을 때보다 부담스럽지 않았고 받아들이는 게 편했어요. 규율은 좀 엄격한 편이었지만, 우리 사이에 '라포르(Rapport)'라는 상호 신뢰 관계가 형성되어 있었고 지지를 받았기 때문에 괜찮았던 것 같아요.

사람들이 채식하는 이유를 물어보면 명상이라는 접점을 직관적으로 설명하기가 쉽지 않았을 것 같기도 해요. 상대에 따라 구체적인 이유를 설명하는 게 불필요하거나 난감할 때도 있을 텐데, 그런 어려움은 없으셨나요?

다른 핑계를 대진 않았어요. 다만 명상이라는 단어를 얘기하는 순간 사이비 종교에 걸려 들어간 것처럼 생각을 해서 다들 눈을 크게 뜨고 봐요. 그다음엔 이걸 바꾸는 말을 해야 하는 거죠. 그래서 그냥 저를 스님이라고 생각하라고 이야기했어요. 실제로도 명상센터에 스님들이 오시기도 했었고요. 명상

도그마가 중요한가 아니면
내 원칙이 중요한가 하는 생각을 하게 됐어요.
그래서 채식을 하면서부터는
'살생하지 마!'가 아니라,
'다른 선택지가 있고
같이 공존하는 사람들하고 뭐가 더 연결되지?'
하는 게 더 중요해졌어요.

의 뿌리가 인도니까 통하는 게 많고 거의 규율이 비슷했어요. 사람들한테는 "스님은 수행자니까 고기를 안 드시잖아. 명상에 입문한 우리 같은 사람도 수행자가 되기 때문에 안 먹는 거야."라고 말을 하죠. 사실 그게 맞는데, 굳이 설명을 한 거죠. 이렇게 말하면 다행히 한국에도 불교문화가 있어서 대부분 이해를 하더라고요. 그런데 여기서 두 번째 공격이 들어와요. 고기를 먹는 스님들도 있다는 거죠. 나중엔 이런 얘기가 너무 지겨운 거예요. 그래도 누가 물어보면 거짓말은 한 번도 안 했던 것 같아요. 이렇게 말해도 너무 이해시키기 힘들 때는 '그냥 안 죽이고 싶어서'라고 했어요.

처음엔 진짜로 명상센터에서 채식을 하라고 하니까 그냥 했던 거예요. 괜찮은 거 같아서요. 이를테면 베를린 사람들한테 채식에 대해 물어보면 '그게 월드 시민이고 대세다', '지금의 덕목이다'라고 정말 편하게 얘길하거든요. 저는 그게 정말 솔직한 대답이라고 생각해요. 페미니즘이 그냥 교양이 된 것처럼, 비거니즘도 교양이 됐기 때문에 한다는 거거든요. 일단은 먼저 하고 이론적으로 차용하는 건 나중에 한다, 저는 이런 것도 괜찮다고 생각했어요.

명상에서 채식으로 연결된 삶의 변화가 어떤 진폭으로 다가왔는지 궁금한데요. 채식을 시작하고 난 후 느낀 크고 작은 변화라면 어떤 것이 있나요.

예전에 육식을 할 때는 불규칙하게 먹고 폭식을 했어요. 혼자 살 때였으니까 가공된 인스턴트식품도 많이 먹었고요. 그런데 채식을 하니까 이제는 초강력적으로 의식적인 식사를 하게 되잖아요. 이 안에 뭐가 들었는지 전두엽에서 전부 모니터링을 해야 하니까요. 그게 사람을 완전히 바꿔 놓는 거예요. 내가 뭘 먹느냐가 생활하고 밀접하잖아요. 오늘은 누구랑 뭘 먹었고, 먹기 위해 뭘 알아봤고, 음식을 할 때는 뭘 샀고, 어떤 주의를 기울였는지가 전부 제 가치관이 발동하는 순간이니까요. 결국 '어디에 돈을 쓰느냐'인데, 이 기준이 제 삶을 완전히 새롭게 재단하고 재편하기 시작했어요.

일단 폭식을 하지 않게 되었어요. 지금도 가공탄수화물이 많이 들어간 음식을 자주 먹긴 하지만 폭식이 완전히 없어졌고 '난 어떻게 살고 있었지?'라고 제 삶을 돌아보게 돼요. 그게 저를 깨어 있게 만드는 것 같아요. 수행자는 아니지만 적어도 장을 보고 먹을 때만큼은 나를 살아 움직이게 하는 시간들이 되는 거예요. 그다음부터는 너무 자연스럽게 생협과 연결되고, 공장식 대량 생산과 멀어졌어요. 처음엔 친구한테 영업을 당해서 시작했다가 서서히 저한테 맞는 이유를 하나씩 하나씩 쌓아 나가게 된 거죠.

그건 나한테 린치였어

처음 채식을 시작하셨을 때의 분위기가 잘 상상이 안 가거든요. 당시의 사회 감수성은 차치하고라도 17년 전에는 채식을 하는 환경 자체도 굉장히 척박했을 것 같은데요.

일단 당시 사회 분위기를 감지할 만큼 제 상황이 여유롭진 못했어요. 당장 냉장고에 있는 고기, 달걀, 생선부터 처리하는 게 저한테는 다 노동이었거든요. 그리고 지금처럼 SNS가 발달한 시대가 아니라서 그때는 주변의 반발과 비난과 조롱을 쳐내는 데 바빴던 것 같아요. 채식을 한다고 하니까 저희 엄마는 '아니 왜?' 하는 안타까움 있잖아요. 사랑하는 딸이 한다니까 그러려니 하면서도 "시형아, 그래도 사람이 생선은 먹어야 돼." 이런 식인 거죠. 당시엔 비건이라는 말도 없었고, 채식이라는 말만 썼었거든요. 지금도 그렇지만 채식한다고 하면 '풀만 먹는 거야? 토끼야?' 이런 말들을 하잖아요. 이런 부분에서 저를 방어하는 데 급급했는데, 지금 돌이켜 보면 그게 제가 처음 느낀 분위기라는 생각이 들어요.

일전에 기획자와의 첫 만남에서 대화를 나눌 때 채식을 실천하는 과정에서 '린치를 당했다'는 표현을 하셨다고 해서 굉장히 놀랐었거든요. 대표적으로 기억나는 일들이 있으세요?

마침 이런 책을 기획하신다고 하니까 제 입장에서는 일부러 강하게 말하고 싶었던 것 같아요.(웃음) 상대방 입장에서는 내가 언제 린치를 했냐고 할 수도 있는데, 채식은 저의 중요한 정체성 중 하나잖아요. 저에겐 투쟁이나 다를 바 없으니까요. 그걸 누가 조금이라도 강압하거나 부정하려고 하면 그게 저한테는 일종의 린치 같은 행위로 다가와서 그렇게 말을 했던 것 같아요.

비슷한 경험이 몇 번 있었어요. 공공장소에서 처음 당한 일은 임신했을 때 식당에서였어요. 제가 임신을 해도 배만 나오고 체형이 잘 안 변하는 체질이라 큰 옷을 입으면 사람들이 잘 몰라봤어요. 첫째 아이를 가졌을 때는 심한 입덧 때문에 김밥이랑 파스타 정도만 먹을 수 있어서 저렴한 입덧이라며 우스갯소리도 했었는데, 그날도 당시 남자친구이자 지금의 아이 아빠와 김밥을 사러 갔었어요. 분식집에 들어가서 김밥을 주문하면서 햄, 달걀, 어묵, 맛살을 빼 달라고 하니까 처음에는 그걸 왜 빼냐고, 그러면 맛이 없지 않냐고 하셨어요. 제가 2003년에 채식을 시작하고 2005년 초에 아이를 가졌으니까 맛이 없다는 얘긴 너무 오랫동안 들어 왔던 거라서 대수롭지 않게 넘겼죠. 그러다 나중에 김밥 만드시는 분이 저희가 하는 얘기도 듣고 제 배를 보셨는지, 애 엄마가 어떻게 그럴 수 있냐며 그릇을 탁하고 던지듯 내려놓으시는데 그게 저한텐 공격처럼 다가왔어요. 식당에서 물리적으로 저를 공격할 일은 없지만 정말 서러운 거죠. 제 돈 내고 먹는 건데, 심지어 정크푸드를 먹는 것도 아니고요. 임신한 여자가 지금 입맛 따질 때냐 이런 거죠.

그러고 나서 6월에 결혼을 했어요. 부산에서 결혼을 하고 다음 날 제주도로 가는 일정이어서 해운대에서 하룻밤을 자게 됐거든요. 배가 많이 나온 상태라 피곤한데다 하루 종일 예식하느라 배가 너무 고픈데, 당시엔 해운대에 채식 식당 비슷한 것도 없었어요. 골목을 막 뒤지다가 해물 국숫집을 찾아서 들어갔는데 다행히 비빔국수가 있더라고요. 비빔국수는 뭘 빼기가 좋거든요. 그날은 또 막 결혼한 신부니까 뭐든지 얘기할 수 있는 것 같고요.(웃음) 그래서 저 채식한다고 되게 당당하게 말하면서 지단을 빼 달라고 했어요. 근데 막상 나온 비빔국수에 처음 보는 고명이 올라가 있는 거예요. 뭔가 이상해서 고민하다가 물어봤더니 해파리라고, 좋은 거라고 하시더라고요. 제가 채식해서 해파리는 못 먹는다고 했더니 그래서 넣은 거라고 하셨어요. 그걸 듣고 제가 '해파리는 동물입니다'라는 말을 하자마자 종업원분이 완전히 격분하셨어요. 사실 그분도 식당에서 밤늦게까지 일하면서 힘드셨을 거잖아요. 싸울 상대가 아닌데 힘든 사람들끼리 서로 욕하는 건가 싶어서 안타까웠어요. 물론 그때는 그런 생각을 못 했었기 때문에 너무 서럽고 미웠죠. 결국 주방에 말해서 다시 해 달라고 했는데 정말 황당한 게 다시 나온 국수에도 해파리가 올라가 있었어요.(웃음) 해파리가 채식에 위배되는지 모르셨던 거예요. 지금 생각해 보면 그때 분위기가 '채식이 뭥미?'였어요.

비교적 최근에 겪은 일도 있어요. 무척 가까웠던 지인이 있었는데 그 친구는 처음부터 제가 채식한다는 걸 다 알고 있었어요. 사실 저는 어딜 가도 제가 먹을 수 있는 걸 알아서 챙겨 먹는 게 몸에 배어 있는데, 그 친구는 비건 식당을 적극적으로 알아보고 저랑 같이 다니고 싶어 했어요. 그런데 그러는 동안 스트레스가 많이 쌓였나 보더라고요. 어느 날은 친구가 쌈밥집을 미리 알아봐 두었기에 같이 갔더니 무슨 얘기를 하다 말고 '그런데 이렇게 친구들이랑 밥 먹을 때 식당 고르고 메뉴 배려해 주는 거 정말 고마워해야 돼'라고 말하는 거예요. 악의가 없는 건 알겠는데, 처음 보는 사람이나 격식을 차려야 하는 비즈니스 상대도 아니고 오히려 저를 지지해 주겠다고 하던 사람이 그런 말을 하니까 더 크게 다가왔어요. 그 이후로 결국 얼마 못 가 관계가 단절됐어요. 저한테는 그게 뭔가 응축된 말인 것 같았어요. '너네는 유별난데 우리가 배려해 주는 거야'라든지, 여성들이 평등한 사회를 요구할 때 남성들이 '레이디퍼스트 해 줬잖아'라고 말하는 거랑 비슷하게 들렸던 거 같아요. 저는 이걸 17년째 삶의 중요한 지표로 삼고 살아가고 있었고, 이걸 버리느냐 마느냐 하는 것은 오롯이 제가 선택하는 문제라는 억울함도 들었고요. 물론 저도 성숙하거나 여유 있게 대응을 못 했던 것 같아요. 거절당하는 기분도 들고, 아팠으니까요.

'나'라는 엄마가 주어진 아이들에게

자녀들이 있다 보니 주변에서도 온갖 질문을 받으셨을 것 같아요. 예전에 호주의 한 비건 부부가 19개월 아이에게 곡물만 먹여 영양실조에 빠지게 했다며 유죄 판결을 받은 뉴스가 국내에 소개되었을 때에도 예상 가능한 반응들이 나왔는데, 이런 몇몇 부정적 사례만 주로 부각되다 보니 성장기 아이들의 채식에 대해서는 부정적인 인식이 더 팽배한 것 같아요. 부모로서 자녀의 채식에 대해서는 어떤 고민이 있는지 궁금한데요.

저는 이 사례를 처음 들었는데 비거니즘이 잘못된 게 아니라, 그 사람들이 잘못한 거죠. 꼭 그런 이슈에서 부모를 욕하시는 분들은 완벽주의라는 허상에 빠져 있는 것 같고 '퓨어 비거니즘'에 대한 어떤 환상이 있지 않나 싶어요. 그다음에 드는 생각은, 비건이 진짜 소수자이긴 한가 보다라는 생각이 드는 거죠. 욕할 데가 없으니까 이젠 비건을 공격하는구나 싶고요.

아직 영화는 못 봤지만 예전에 「잡식 가족의 딜레마」를 만드신 황윤 감독님의 인터뷰를 보고 크게 감동받은 부분이 있었어요. 감독님도 '자식한테 미안하지 않냐'는 비난을 정말 많이 받는다고 하는데, 그럴 때 감독님은 '자식한테 고기 먹이고 미안하지 않으세요?'라고 되묻는다고 하더라고요. 또 제가 펭수를 좋아하는데 펭수한테 사람들이 다들 '진짜 펭귄 맞아요?'라고 물어본대요. 그럼 반대로 펭수가 '사람 맞아요? 증명하세요'라고 한대요. 그 역질문 있잖아요. '언제부터 네가 질문하는 게 당연한 거야?'라는 거죠.

예전에 『베지테리안, 세상을 들다』(2004, 모색)라는 책에서 봤던 에피소드가 생각나는데요. 가족이 기르던 개가 늙어서 죽을 때가 되니까 주인공이 그 개를 먹자는 이야기를 해요. 가족처럼 살았던 개고 우리가 사랑하는 존재니까 하나가 되어야 한다고 하는데, 저는 '윽, 절대 못 먹겠다' 싶으면서도 그 마음만큼은 공감이 되더라고요. 먹고 안 먹고의 문제가 아닌 것 같은 거죠.

먹는 행위라는 걸 다르게 보는 것과 마찬가지인데 '아이를 정말 사랑한다면 진실을 다 보여 줘야 하는 거 아니야?' 하는 생각이 들어요. 아이들이 먹는 급식이 어디서 어떻게 오는 건지 알아야 하는 거죠. 황윤 감독님 인터뷰에서 충격을 받았던 건 '사람들은 왜 처음부터 질문을 다시 하지 않지?' 싶었기 때문이에요. '왜 그걸 거대한 트러스트한테 안 물어보고 부모한테 물어보지?' 하는 생각 때문에요.

아이들에게도 채식을 권하거나 시도해 보려고 했던 적이 있나요?

많아요, 저는 정말 자주 권했어요. 종교처럼 가치관이나 정치적인 신념에 관한 것들은 두 가지 측면이 있다고 생각을 해요. 하나는 환경이에요. 이를테면 아이가 태어나서 저를 엄마로 둔 환경이 아이한테는 어떤 운명이라고 생각해요. 그다음은 아이의 자발적인 선택이에요. 저는 이 두 가지가 모두 작용한다고 생각해요. 일단 이 아이들한테는 저라는 환경이 주어졌잖아요. 사람들이 '자식들한테 미안하지도 않냐, 왜 학대하냐'고 해요. 한 생명이 태어나는 순간 환경은 이미 세팅이 되는 거니까 중립적인 환경이란 건 사실 없다고 생각하거든요. 저는 아이들한테도 농담 반 진심 반으로 엄마 딸인 거 고맙게 생각하라고 이야기를 해요. 엄마가 페미니스트 아니었으면 코르셋 꽉꽉 조여서 살았을 거라고요.(웃음)

어쨌든 저는 아이들이 원한다면 채식은 언제든지 할 수 있도록 해 줄 거예요. 자발적인 부분이 필요하기 때문에 저 역시 아이들에게 최대한 정보를 제공할 거라는 거죠. 한계는 있겠지만 아이들이 계속 접할 수 있게 하고, 그러다 어느 순간 아이들이 자기 삶에 중요한 지침으로 받아들이게 되었으면 좋겠어요.

그럼 아이들과 먹을 반찬 등을 따로 차리시는 건가요? 아이들과 함께하는 식사는 주로 어떻게 구성하시나요.

아이들도 다행히 식물성 재료로 만든 음식을 좋아해요. 분명 3~4년 전만 해도 애들한테 채식 돈가스를 해 주면 콩고기 맛없다고 진짜 돈가스 먹고 싶다고 했었는데, 이제는 산업이 커지면서 연구가 많이 된 건지 맛이 정말 좋아졌어요. 옛날엔 가끔 종이 씹는 느낌이 났는데 최근에는 많이 바뀌어서 아이들도 '이거 진짜 콩고기야?'라고 물어볼 정도가 됐으니까요.

그리고 아이들이 이제는 고기에서 나는 피 냄새를 느낄 수 있게 된 것도 있어요. 채식하면서 마침 '피자매연대'라는 곳을 만나게 돼서 저는 지금까지도 천 생리대를 계속 쓰고 있거든요. 워낙에 생리 양이 많다 보니 시판 제품으로는 소화가 안 돼서 생리대를 자체 제작할 수밖에 없었어요. 쓰고 나면 빨아야 하니까 생리대를 물에 담가 두는데 아무리 빨리 처리하려고 해도 자연스럽게 피비린내가 집 안에 퍼져요. 그래서 아이들도 그 냄새를 알아요. 저희 집에선 그게 안 좋은 게 아니거든요. 어느 날은 애들이 고기를 먹으면서 엄마 생리대 냄새가 난다고 하는 거예요.(웃음)

요즘엔 고기를 아예 안 먹진 않더라도 '맞아, 고기가 느끼하긴 하지' 하는 정도까지는 됐어요. 감각으로 어느 정도는 알 수 있게 된 것 같아요. 그래서 밥상은 같이 차리지만 아이들이 생선이 너무 먹고 싶다고 노래를 부르면 추가해서 주는 식이에요. 어쨌든 고기를 자르고 생선도 자르고 다 해요. 대신 애들한테 '사체 맛있냐?'라고 말하죠.(웃음)

엄마가 채식을 해서 아이들도 자연스럽게 신선 식품이나 비건식을 익숙하게 접하게 되는 환경인 셈인데, 그중에서도 아이들이 특별히 좋아하는 음식이나 메뉴가 있나요?

제가 워낙 버섯 요리를 자주 하거든요. 풍미가 좋은 음식이기도 하니까요. 큰애는 버섯 요리를 좋아해서 정말 편해요. 근데 둘째는 버섯과 가지를 정말 싫어해요. 반찬은 고기여야 한다는 고집도 있어 보이고요.

언젠가 아이들이 자진해서 채식을 일주일 정도 시도해

본 적이 있어요. 아마 「슈퍼 사이즈 미Super Size Me」라는 다큐를 보고 나서인 것 같은데, 거기에 닭 목을 자르고 돼지를 가둬 놓는 장면이 나와요. 요즘엔 학교에서도 그런 교육을 하더라고요. 그래서 한동안은 좀 하더니 결국은 치킨에서 딱 무너지더라고요. 처음 시도했던 채식이 오래가지 못했던 게 치킨도 그렇지만 둘째는 이미 학교 급식에서 끝나더라고요. 선생님이 '왜 반찬을 골고루 안 먹니?'라고 물어보니까 '그러게요, 제가 왜 안 먹을까요' 하면서 그제야 막 먹었다고 하더라고요. 그러면서 저한테 고기를 먹게 되면 어떻게 되는 거냐고 물어봐요. 그럼 저는 괜찮다고 말해 주죠. 엄마는 세상에서 강제하거나 두려움으로 하는 모든 것은 절대 오래가지 않는다고 생각한다고요. '이게 나야'라는 것을 형성하기 위해서 하는 건데, 아이들은 아직까지는 '내가 나쁜 사람이 될까 봐' 채식을 해야 한다고 생각해서 그건 아니라고 얘기해 줘요. 그게 바로 도그마잖아요.

현대사회의 환경 자체가 아이들의 건강 문제를 부모가 오롯이 관리하지 못하는 부분이 크잖아요. 적어도 집에서는 아이들에게 가공육만큼은 제공하지 않는다거나 하는 기준 같은 게 있나요?

저는 제가 살아남기 위해서 생협을 선택했어요. 비건식을 유지하려고 오히려 정크푸드를 더 많이 먹게 되는 게 너무 힘들어서 집에서라도 신념에 조금이나마 더 가닿게 먹어야지 했는데, 생협 음식만 먹어도 어느 정도는 채워지더라고요. 사실 죄책감에서 벗어나기 위한 것도 있었고 좀 더 편리한 부분도 있어요.

아이들한테는 가공육 같은 것도 최대한 안 먹이려고 하지만 최근에는 좀 내려놨어요. 한 2년 전까지만 해도 생협에서 닭을 사서 차라리 집에서 해 주자는 편이었는데 그건 제가 너무 힘들더라고요. 그래서 개인이 다 책임지려고 하지 말자고 스스로 최면을 걸고 좀 내려놓은 거예요. 중국음식도 시켜주고 스팸 맛도 보여 주고요. 원래는 절대 안 사 먹인다는 주의였는데, 애들이 스팸 한번 먹어 보고 싶다고 하는 거예요. 사실 학교 가면 다 먹고 친구네 집에 가서도 먹는 거예요. 한번은 집에서 마음껏 먹어 보고 싶다고 하기에 해 준 적이 있어요. 이게 뭐라고 하는 생각도 들고요.

당연히 조금이라도 더 채식을 했으면 싶지만 어차피 제가 아이들에게 선택의 기로를 열어 놨다면 먹어 보게 해 주자라는 거예요. 대신 '알지?' 하면서 옆에서 되게 입맛 떨어지는 말들을 해요. '여기 들어 있는 아질산나트륨이 뭐냐면 발암물질인데 단순히 발색하려고 쓰는 거야'라고 하면 애들은 제가 어디 좀 가 버리면 좋겠다는 눈빛으로 보죠.(웃음) 그래도 알고는 먹으라는 거죠.

그래도 일단 아이들이 먹을 고기 요리를 할 때는 생협 재료를 쓴다는 원칙은 있어요. 그나마 덜 폭력적으로 기르고 약이나 조사료를 조금 덜 먹인 거죠. 그래도 마찬가지라고 생각은 해요. 생협에 가서도 생협은 참 채식하기 불리한 곳이라고 일부러 말을 하기도 해요. 육식의 죄책감을 덜어 주는 곳이거든요. 심지어 송아지 입식 기금*도 모아요. 전통적인 축사를 운영하려면 돈이 많이 드니까 조합원들에게 돈을 모아서 입식을 시키는데, 돈을 낸 조합원에게는 나중에 도축된 고기를 나눠 주는 방식인 거예요. 먹을 거면 조금 더 윤리적으로 하자는 건 있는데, 채식인 입장에서는 어차피 잡아먹는 건 똑같다고 이야기해요. 나름의 고민이 있다는 건 알지만 너무 전면에 대놓고 육식을 장려하지는 말라고 이야기를 해요. 불편하다고요. 그래서 제가 예전에 살았던 지역 생협에선 고기 판매 광고를 낼 때 제 눈치를 많이 보기도 하셨죠.

말씀하신 것처럼 모순점이 있긴 하지만 어쨌든 생협 조합원이라는 것 역시 중요한 생활의 한 부분으로서 구성되어 있는 것 같은데, 생협은 어떤 계기로 처음 이용하게 된 건가요.

비건이랑은 다른 이슈긴 한데, 생협은 2008년에 광우병 때문에 처음 가입했어요. 일단 생협에선 과소비를 안 한다는 그런 믿음이 있거든요. 제가 다행이라고 생각하는 게 있다면 아이들이 건강하게 태어나기도 했지만 병치레를 잘 안 하는 편이라는 점이거든요. 다만 운이고 케이스가 다 다르기 때문에 이런 말을 하는 것 자체가 워낙 조심스럽긴 해요. 그래서 라면을 먹어도 생협 걸 먹어서 그런가 보다 하는 정도로 얘기를 해요. 똑같은 환경에 노출되어 있다면 제가 먹거리에서라도 요소를 좀 줄여 줄 수 있을까 하는 거죠. 다행히 효과가 아예 없진 않은 것 같아요. 그게 또 병원비를 아끼고, 모두의 사회적 비용을 아끼고, 일단 제가 덜 힘드니까요. 그래서 생협에서 오천 원, 만 원을 더 쓰는 게 저한테는 더 유리한 것 같아요.

* 송아지에게 곡물 사료를 지급하는 등 비교적 더 나은 축사 환경에서 사육하기 위해 모으는 기금.

채식과 페미니즘이 보여 준 '빨간 약'의 세상

서울시 교육청에서 중고등학교 급식에 채식 선택권을 도입하겠다고 발표*한 이후 여러 찬반 주장이 많이 보여요. 만약 아이들이 다니는 학교에 채식 선택권이 도입되고 선택지가 주어지는 상황이 온다면 아이들과 어떤 이야기를 더 나눠 보고 싶으세요?

저는 부산에서 채식 급식이 처음 도입됐다는 소식을 듣고**, 이 이슈를 먼저 선점하지 못한 서울시가 바보 같다고 생각했어요. 이 좋은 걸 왜 먼저 안 하냐는 생각이 들어서요. 서울시에서 계획을 발표했을 때 일단은 환영했고요. 도입된다면 학부모들이 '웬 채식이냐? 정신 나갔냐?'라고 하는 것부터가 시작이라고 저는 생각하거든요. 싸우는 거죠. 싸움으로 전면에 드러내는 효과로는 좋은 것 같아요.

그다음에는 채식 선택권이 '모두가 한 번씩 경험할 수 있게 해 주는 것'이라는 방향으로 갔으면 좋겠어요. 육식이 낙후된 거고 채식이 선진이라는 것을 보여 주는 거예요. '여러분 한번 해 보세요. 당신의 급이 올라간답니다' 이렇게요. 그렇잖아도 윤리가 너무 많은데 이론이나 윤리를 파고들면 사람들이 피로하다고 느낄 수 있어요. 그러니까 사람들한테 효과적으로 다가갈 수 있다면 저는 뭐든 다 이용했으면 좋겠고, 대중적으로 팔았으면 좋겠어요. 어딜 가나 고기만 외치는 습관을 낙후시켜야 한다는 생각이 들어요. 21세기에는 올드하다 이

* 2020년 6월 18일, 서울시교육청이 발표한 '생태전환교육 중장기 발전 계획'

** 2019년 5월, 부산시교육청은 '학교 급식 식품 알레르기 대체 식단 시범 사업'을 전국 최초로 실시했다.

거죠. 실제로도 그렇고요.

학교에서 그런 선택지가 생기면, 저는 아이들에게 한번 해 보라고 권할 거예요. 그렇게 되면 영양사분들이 '하드캐리'를 하게 될 텐데, 그땐 비건 영양학이 선택이 아니라 필수가 되는 거잖아요. 그러면 산업이 될 거고 교육이 생겨날 거고 하나의 표준이 생기는 거니까요. 그러면 예전의 실패 사례들이 성공 사례에 점차 묻히게 될 것 같아요.

채식 선택권이 도입된다는 소식에 대한 시민들의 반응을 취재한 뉴스를 봤는데 반대하는 입장의 이유는 대부분 학생들의 영양 부족이 걱정된다는 이유였어요. 사실 아직 제대로 연구되거나 조명되지 못한 분야인데 채식 영양의 완전성에 대한 대중의 편견이 뿌리 깊은 것 같아요.

예전에 「하우스House M.D」라는 드라마에서 본 에피소드가 있어요. 갓난아기가 아파서 응급실에 실려 왔는데 폐렴 진단을 받고 주인공 닥터 하우스가 치료를 해요. 다만 아기 몸무게가 점점 줄어서 의사가 부모를 추궁하는데, 부모가 비건이라 아기에게 식물성 음식만 먹인 걸 듣고는 비건이라 영양실조가 된 거라고 판단해요. 그러자 병원이 아동학대로 부모를 신고해서 체포되는데, 부부가 보석금을 내고 풀려나와 병원으로 달려와요. 전문 영양사에게 식단 관리를 받아서 아기를 키웠기 때문에 분명 다른 이유가 있을 거라고 하면서요. 채식 때문에 아이가 아픈 거라고 오진하면 아이가 죽을 수도 있는 거예요. 똑똑하고 천재인 의사도 '뭐? 아기한테 채식을 시켜?' 이런 생각 때문에 진짜 이유를 못 본 거예요. 닥터 하우스는 부모의 간청을 듣고 나서야 아기가 아픈 진짜 원인을 찾아내서 다행히 아기를 살리고요. 편견이 어떻게 사람을 죽일 수 있는가에 대한 내용이었어요.

벌써 10년도 더 된 얘긴데 그때 이미 채식을 하고 있었으니까 저한텐 굉장히 중요한 에피소드였어요. 사람들이 부모에 대한 고정관념, 식생활에 대한 고정관념이 있잖아요. 저도 채식을 한다고 하면 '혹시 아이들도 채식하냐'는 질문을 반드시 받게 되는데, 심지어 의사 선생님도 물어보셨거든요. 그래서 아니라고 하면 안도의 한숨을 내쉬세요. 그게 정말 딜레마인 거죠. '왜 고기를 먹이는 것에 대해서는 아무도 우려를 안 하지?' 싶어서요.

의사와는 채식에 대해 어떤 이야기들을 나누셨나요.

제가 빈혈이 있어요. 20대 초반에 그냥 시민인 척하고 싶어서 신도림역 앞에 있던 큰 헌혈차에 들어갔는데 거절을 당하면서 제가 빈혈이 있다는 걸 그때 처음 알게 됐어요. 그래서 혈장 채혈만 했는데 어떤 날은 불량 피라고 그마저도 아예 못 하기도 했었어요. 빈혈이라는 이슈가 있다는 건 알았지만 딱히 불편하지 않으니까 그냥 살았어요. 그러다 임신을 하니까 의사들이 거의 협박을 하더라고요. 출산하다가 죽을까 봐 분만실에서 안 받아 준다는 거죠. 원래 빈혈인 사람은 긴급 수혈을 해도 안 되기 때문에 반드시 수치를 올려놓은 다음에야 분만실에 들어갈 수 있어요.

당시 제가 채식을 한다고 말했을 때 그나마 제일 열려 있는 의사의 대응이 빈혈제를 처방해 주는 정도였어요. 그 외에

싸우는 거죠. 싸움으로
전면에 드러내는 효과로는 좋은 것 같아요.
그다음에는 채식 선택권이
'모두가 한 번씩 경험할 수 있게 해 주는 것'이라는
방향으로 갔으면 좋겠어요.

는 채식한다고 하면 '소도 아니고 정신 차리세요' 이런 말들을 해요. '의사인 자신이 해 봐서 안다', '인간은 채식하면 안 된다'고도 하고요. 또 '어머님은 그러시면 안 되죠'라고도 해요. 엄마 이슈가 되는 거예요. 그러면 다시는 그 병원을 안 가게 되니까 병원을 많이 바꿨죠.

아기를 낳을 때는 어떻게든 수치를 올려야 하니까 빈혈제를 먹었는데, 빈혈제도 동물성이 있고 화학제가 있어요. 보통 임산부들한테는 흡수를 좋게 하려고 돈혈로 만든 걸 많이들 권하거든요. 예전에 저도 동물성인 줄 모르고 처방을 받은 적이 있어요. 약국에서 성분을 보니까 돼지 피가 들어 있는 거죠. 약사님한테 환불받으면서 욕 엄청 먹고 다시 의사 선생님한테 가서 말씀을 드렸더니 다행히 다시 처방을 해 주셨어요. 빈혈제를 먹으면서 수치를 올려서 첫 아이를 낳았고 그렇게 둘째까지 낳았어요. 그런데도 저는 여전히 채식을 해서 빈혈을 가지고 있는 사람으로 인식이 되는 거예요. 그런데 알고 봤더니 제가 심각한 과월경이었다고 하더라고요. 그러니까 빈혈이 생리 때문이었던 거예요. 채식 때문이 아닌 거죠.*

삶의 정체성으로 채택한 나의 문제가 엄마 이슈로만 손쉽게 치환된다는 게 참 안타까워요. 『육식의 성정치』(2018, 이매진)에서는 페미니스트 가운데 채식주의자가 많은 게 결코 우연이 아니라고 하더라고요. 임신과 출산을 거치면서 여러 공격도 받으셨는데, 반

* 이후 김시형은 과월경이 심각해져 결국 자궁 절제 수술을 받았는데, 철분제를 먹지 않고 여전히 채식을 하는데도 생리를 하지 않게 되자 빈혈 증상은 완전히 호전됐다고 한다.

대로 채식을 하면서 다른 키워드와 연결되거나 확장된 경험을 한 경우도 있나요?

먹는 건 생계와 직결되고 몸과 연결되고, 몸은 또 젠더와 연결되잖아요. 젠더는 또 관계고요. 연대순으로 본다면 저는 확실히 좀 정의감이 강한 여성으로서 무언가 나다움을 찾던 중에 채식과 명상을 접한 경우예요. 그리고 그때 이후로부터 약 10년이 지나고 페미니스트로 정체화했어요. 이런 순서 때문인지 몰라도 채식을 한 것이 좀 더 빠르게 페미니즘을 접하게 했을 수도 있다고 생각은 해요. 물론 채식을 안 했어도 강력하게 페미니즘을 받아들였겠지만요.

어쨌든 채식, 결혼, 출산과 육아, 환경에서 페미니즘으로 나아갔는데 이들 간의 연결고리는 충분하다고 생각해요. 중요한 건, 페미니즘이 여성에게 국한된 철학이나 인식론이 아니고 젠더, 장애, 몸, 섹슈얼리티로 크나큰 차별과 위계가 생긴다는 걸 인정하고 그걸 타파하려는 운동이기도 하잖아요. 그런 의미에서 여성 혹은 비여성 모두가 페미니즘의 시각을 갖고 있다면 채식주의자가 되는 것이 무척 자연스러운 일인 것 같아요. 페미니즘은 죽을 때까지 계속 발전하고 자신을 단련해 가는 공부라고 생각하거든요. 그래서 지금 채식을 하지 않는 분들도 예비 채식인이 될 거라고 생각해요. 억압과 강제, 착취의 구조를 한번 깨닫고 나면, 지구상에서 한 종의 동물이 다른 동물을 당연하고 광범위하게 먹는 것이 너무 생경한 일로 보일 수밖에 없잖아요. 그 어떤 육식도 당연해지지 않고 무섭고 으스스한 일이 될 거예요.

예전엔 여성으로 분류된 존재는 인간의 범주가 아니라

가축처럼 사고팔고 소유할 수 있고 맘대로 처분하는 객체였잖아요. 지금 우리가 동물을 보는 시각이랑 거의 똑같죠. 젠더 내에서의 당연한 위계를 타파하려고 마음먹은 페미니스트들은 환경 이슈, 아동학대, 동물 상품화와 착취, 삼림 훼손이 아무렇지도 않을 수는 없는 거예요. 영화 「매트릭스」에서 '빨간 약'을 먹은 다음부터는 아무것도 그대로가 아니게 되는 것처럼요. 언제부터인가 아이들이나 회사 조직, 사적인 관계 등 어디에서나 제가 상대를 공정하게 대하고 있는지 너무 자주 돌아보게 되는데, 그때마다 불편해 미치겠어요. 왜 이렇게 됐을까요? 채식이 책임져야겠어요.(웃음)

먹고사니즘, 노동의 맛

평일에는 회사를 다니니까 직장에서의 식사는 또 다를 수밖에 없을 텐데요. 평일에 식사는 주로 어떻게 하시나요.

예전에는 도시락을 싸고 다녔어요. 다른 기관에서 일용직으로 일할 때도 다행히 도시락을 먹는 분위기가 있어서 편했어요. 밖에서 외식을 해야 할 때는 동료들이 많이 배려를 해 줬고요. 제가 다녔던 회사가 대기업이거나 회식 문화가 특별히 발달한 곳들이 아니었어서 제가 안 먹는다고 하면 기꺼이 그러라고들 했어요. 제가 채식을 한다는 걸 사람들이 자주 잊어버리긴 했는데 알아서 먹겠다고 하면 되거든요. 제가 유연하게 채식을 할 수밖에 없었던 이유가 배고픈 상황에서 먹고는 살아야 하니까 멸치 국물 정도는 허용할 때가 있거든요. 그러면 자괴감이 들긴 하죠. 제가 조금만 더 노력을 하면 된다는 강박이 드니까 마치 노력을 안 하는 사람처럼 느껴지는 거예요.

사무실이 광화문에 있을 때는 트렌드에 민감한 식당들이 있어서 그럭저럭 식사할 수 있었어요. 그러다가 다른 지역으로 사무실을 옮기니까 점심시간에 밥 먹기가 어렵더라고요. 돈이나 트렌드가 비거니즘과 연결되어 있다고 생각하니 머리가 복잡해져요. 어쨌든 저는 외식을 할 때 절반 정도는 플렉시테리언이라고 생각하고 있어요.

주말에는 자택에서 식사를 해결하시고요?

네, 완전히 해 먹어요. 채식라면 자주 먹고요.(웃음) 저는 채식할 때부터 친구의 지도 편달을 받아서 채식 식재료 사이트들을 일찍부터 알게 됐고 지금도 그런 곳에서 많이 사 먹거든요. 2003년에 처음 채식을 시작했을 때는 채식 식재료에 첨가물이 정말 많았어요. 지금은 그런 첨가물들이 많이 줄었고 대부분 원산지도 국산으로 바뀌고 무농약 사양으로 많이 변했더라고요. 글루텐 프리도 많아졌고요. 이런 건 결국 소비자가 바꾸는 게 맞다고 생각해요.

채식을 하면 식비가 가중된다는 인식이 많잖아요. 아직은 인프라가 부족하다 보니 완전히 틀린 말은 아니지만 식생활 체계를 잘 꾸리면 지출을 크게 늘리지 않고도 채식이 가능한데요. 채식을 하면서 식비 지출에 달라진 부분을 느낀 적이 있나요?

완벽한 채식으로 외식을 하려면 확실히 비용이 많이 들어가긴 하는 것 같아요. 물론 다 그런 건 아니지만 예전에는 음식

값이 만 원을 훌쩍 넘어가도 선택의 폭은 많이 없었으니까요. 막 채식을 시작했을 때 갔던 채식 뷔페 몇 곳이 있었는데 당시 가격이 만이천 원에서 만육천 원 정도였던 것 같아요. 그때는 진짜 살 떨렸죠. 저렴하고 대중적인 짜장면이나 된장찌개는 못 사 먹으니까 그런 의미로는 비용이 많이 든다는 게 맞을 수도 있지만, '먹방'이 유행하고 먹거리에 투자하는 지금 문화에서는 더 이상 이런 논의가 유효하지 않다고 생각해요. 외식이 아니라 자기가 만드는 슬로푸드로 간다면 더더욱 아니고요. 다만, 비교적 저렴한 비건 분식점 같은 게 더 많이 생겼으면 좋겠다는 생각은 해요.

비건이라고 하면 실천에 있어 작은 걸로도 트집 잡히고 공격받는 경우도 있는데, 완벽성을 강요하는 주변의 시선을 경험한 적이 있나요?

진짜 많았어요. 아까 린치라는 표현을 썼을 만큼 많은 일이 있었지만, 사실 스며들 듯이 들어오는 억압들은 오히려 다른 거였어요. 자칭 지식인들이 '그거 제대로 하는 것도 아니네'라고 하는 거 있잖아요. 그 밑에 깔린 심리가 궁금해서 오랫동안 고심을 한 적이 있어요. '뭘 말하고 싶었던 걸까', 혹은 '내 얘기를 듣고 뭐가 발동되었던 걸까' 싶은 거죠. 그들이 해 보지 않았던 새로운 걸 내가 가지고 온 거고, 그들이 모르는 영역이니까 뭔가를 찾아내야 하는 거예요. 채식을 머리로만 아는 사람들도 제가 뭔가 실수할 거리를 기다리고 있는 느낌이 있었어요. '채식하는 사람이 비닐을 쓰냐'고 하면 이제는 그냥 '저 비닐 쓰고요, 쓰레기 같은 인간이에요'라고 웃으면서 농담하듯

이 얘기해요.(웃음)

스스로도 실천의 완벽성에 대한 부담을 느끼기도 하나요?

있죠. 생협 동료들을 설득해서 '비건 페스티벌'에 셀러로 나간 적이 있는데 거기서 매상을 좀 올린 거예요. 근데 비건 페스티벌에 가 보니까 제가 완벽하게 실천하지 못한다는 생각이 딱 들었어요. 그래서 그때 '나 어떡하지. 앞으로 계속할 수 있을까. 나는 그럼 플렉시테리언인가' 하는 생각들을 하게 된 거예요. 그래서 제가 마음이 편하려고 때로는 그냥 플렉시테리언이라고 말하게 됐어요.

완벽하지 않다는 점에서도 페미니즘과 비슷한 지점이 있어요. 어렸을 때부터 '여자라면', '학생이라면', '엄마라면'이라는 전제에서 살았는데 이제는 또 '비건'이라는 자격이 있어야 할 것 같으니까요. 이런 고민들은 계속하게 돼요. 왜냐면 취향이 아니라 신념이니까, 신념은 자신을 계속 제련할 수밖에 없는 것 같아요. 물론 이거라도 하니까 어디야 싶은 부분도 있지만요.

인터뷰를 하는 오늘이 마침 중복인데요. 이런 날에는 고기 소비를 부추기는 마케팅도 많아져서 스스로의 의지와 무관하게 육식의 선택지 안에 갇힐 확률이 더 높아지는 것 같아요. 아마 평일이었다면 회사에서 단체 회식도 많이 했을 테니, 아무래도 일상에서의 관계 문제가 가장 고민이 될 것 같아요.

네, 그런 것 같아요. 누구한테 양해를 구하지 않아도 되니까 실은 혼자서 밥을 먹을 때가 제일 편한데, 이것도 한계가 있는 것 같아요. 지금 회사에서 같이 일하는 동료만 해도 제가 먹고 싶은 게 있는 곳으로 가자고 편하게 권하고 같이 먹었을 때에도 정말로 좋아해 줘요. 이런 동료가 있어서 다행이긴 한데, 제가 여전히 어떤 선택지를 배제시키는 것 같은 느낌이 있어요.

일할 땐 저도 사람 봐 가면서 하긴 해요. 제가 채식한다는 걸 알렸어도 다른 사람들은 금방 잊어버리기 때문에 뭐 먹을지 얘기하다가 갈비탕이 나오면 일단 가만히 기다려요. 대신 가게에 가서 비빔밥이 있는지 찾아보죠. 제가 영업하고 부탁해야 하는 대상일 때는 채식한다는 얘기를 더 못 하다가, 어쩔 수 없이 상에 올라온 음식에서 고기만 골라내고 먹기도 해요. 그래서 '먹고사니즘의 영역에서 신념이란 무엇인가'를 정말 고민하게 돼요.

채식한다고 하면 육식을 하는 분들이 엄청 미안해하시면서 막 변명을 하세요. 그래서 연인이거나 배우자였거나 친구였거나 하던 사람들과의 관계 설정이 굉장히 힘들었어요. 그것 때문에 단절된 사람도 있고요. 상대가 죄책감을 못 참으니까 관계 자체가 많이 힘들어지더라고요. 서열이나 위계 같은 게 생기기도 하고…… 저를 포함해서 외부에서 주어진 규범들이 너무 촘촘하니까요.

'관종'의 새로운 관계 방식

힘든 부분도 많지만 17년이 넘는 시간 동안 채식을 해 오면서 좋았던 점도 있는지 궁금해요. 가장 좋은 점은 뭐라고 생각하세요?

채식은 제가 창조한 게 아니라 이미 있는 하나의 정체성 같은 것을 누가 만들어서 저한테 준 거예요. 그게 또 저한테 마침 유리한 부분이 있다는 생각이 들었고요. 그리고 '시민'이라고 스스로 명명할 때 채식 하나만 해도 많은 것이 해결되는 듯한 느낌이 있어요. 그래서 현대인으로서 제가 보이고 싶은 스스로의 정체성에 부합하면서도 편리한 것 같아요. 베지테리언으로 사는 것만 해도 정말 많은 실천을 한꺼번에 하는 것이기 때문에 저한테는 좋은 점으로 작용하거든요. 여러 가지 신경 쓸 게 많지만 채식주의로 해결되는 부분이 분명 있는 거죠. 노동도 들어가고 페미니즘도 들어가고 생명, 평화, 자본주의와도 직결돼요. 육아할 때는 아이들한테도 좋은 것을 줘야 한다는 것까지도 많이 해결해 주기 때문에 사람들한테도 슬로건처럼 말을 해요. '이것저것 다 힘드시다고요? 그냥 생협 가고 채식하세요'라고요. 다 해결되는 원스탑 서비스라고요.(웃음)

그다음엔 의식적으로 식사를 할 수 있다는 점이 좋아요. 삶이 재편되는 느낌인데 그게 정말 좋아요. 매 순간 내가 입에 뭘 넣는지를 아는 것, 내가 어디에 누구랑 있는지를 순간순간 인식하면서 살게 돼요.

채식을 하는 과정에서 느꼈던 다른 고민들도 있나요?

저는 만약 언젠가 채식이 더 이상 저를 구성하지 않는다고 생각하면 하지 않으려고 해요. 누군가를 해하거나 생존을 위협하는 때가 온다면 할 수 없는 거죠. 저는 채소를 기를 수 없는 곳에서 고기를 먹고 사는 이누이트의 삶을 존중해요. 또 언젠가 전쟁이 나고 식량의 선택지가 고기밖에 없다면 아마 그걸 먹겠죠. 도그마에 빠지지 않겠다는 게 저한테는 중요한 문제거든요.

또 다른 고민은, 그 누구하고라도 열어 놓고 소통하고 싶다는 거예요. 저는 욕을 듣는 건 진짜 아무렇지도 않거든요. 욕을 하고 제발 소통해 달라고 해요. 하도 공격을 많이 받으니까 누군가 '왜 채식하냐'는 질문을 하면 이런 질문을 하는 이유만 얘기해 달라고 말을 해요. 꼬투리 잡으려고 던지는 질문이라는 걸 아니까요. 처음에는 그런 질문에도 꼬박꼬박 답을 했었는데 이제 그런 질문을 받으면 공부를 하고 묻는 거냐고 그 질문을 되돌려 줘요. 정말 알고 싶어서 물어본다고 하면 저도 알려 줄 의향이 있거든요. 진짜로 알고 싶어 하는 사람 앞에서는 '설명충'이 돼서 막 얘기를 쏟아 내는데 저는 그게 재밌고 기뻐요. 왜냐면 누가 나한테 관심을 가져 주는 거니까요. 제가 진짜 관종이거든요.(웃음) 페미니즘과 비건에 대해 누가 물어봐 주면 덥석 무는 거죠. 그게 먹히면 친구하는 거고요. 저는 그런 채식을 하고 싶어요.

앞으로는 계속 사랑받고 사람들하고 관계하는 방식으로서 채식을 도구로 쓸 것 같아요. 사랑의 표현이 결국 공격이 되어 돌아왔던 경험도 있었지만, 반대로 저와 진심으로 연결되고 싶어 하는 사람을 가리는 수단이 되지 않을까 생각해요. 처음엔 이런 생각이 이기적이라고 생각했었어요. 그래서 한 친구에게 마치 내가 법관처럼 관계를 구분하게 돼서 죄책감이 든다는 얘기를 한 적이 있어요. 근데 그 친구가 '그게 너잖아'라고 얘기를 해 주더라고요. 그때 탁 깨달았어요. 내가 채식하는 것조차 편히 말을 못 하는 관계라면 괜찮은 사이일까?

만약 언젠가 채식이 더 이상
저를 구성하지 않는다고 생각하면
하지 않으려고 해요. 누군가를 해하거나
생존을 위협하는 때가 온다면 할 수 없는 거죠.
채소를 기를 수 없는 곳에서
고기를 먹고 사는 이누이트의 삶을 존중해요.
또 언젠가 전쟁이 나고 식량의 선택지가
고기밖에 없다면 아마 그걸 먹겠죠.
도그마에 빠지지 않겠다는 게
저한테는 중요한 문제거든요.

하는 의문이 생긴 거죠. 그래서 지금은 차라리 냉정해지자고 생각해요. 처음 질문을 던지고 그게 통과가 안 되면 '안녕히 가세요'를 하게 됐어요.(웃음) 저한테는 채식이 정말, 인간을 사랑하는 방식이에요.

채식이나 비거니즘에 관심이 있고 고민을 하고 있는 분들에게 전하고 싶은 이야기가 있을까요? 일단 이것부터 해 보라거나 하는 가벼운 제안도 좋고요.

당장 채식을 시작하는 게 너무 어렵게 느껴진다면, 맨 처음에 저는 그날 먹은 걸 하나하나 사진으로 찍고 어디서 먹었고 누구와 먹었는지 식사 일기를 간단히 써 보라고 권하고 싶어요. 꼭 끼니 식사뿐만 아니라 간식이나 음료수, 저녁에 먹은 야식이나 과일까지도요. 그러면 내가 얼마나 많은 인스턴트식품이나 자연식품, 기호식품, 건강하지 않은 음식을 먹었는지, 혹은 건강한 음식을 얼마나 먹으려고 노력했는지가 보이거든요. 어렵지 않게 SNS에 올려도 되고 개인적인 로그를 남기셔도 좋아요. 저도 이미 채식을 하고 있었음에도 식사 일기를 썼을 때 많은 도움이 됐거든요. 한 일주일만 해 보시면 굉장히 의식적으로 식사를 할 수 있게 될 거고, 채식을 시작하는 데 굉장히 큰 자원이 될 거예요.

저는 채식을 하면서 오히려 거절당하는 경험도 많이 했고 관계가 재편되기도 했고 실망도 했지만, 결국은 정말 저를 사랑해 줄 수 있는 사람들 그리고 나다움을 그대로 받아들여 주는 사람들을 훨씬 더 많이 만나게 됐어요. 그리고 제가 지향하는 삶에 완전히 가까이 다가가고 있기 때문에 저한테는 채식이 사랑하는 방식이고 또 살아가는 방식이에요. 좋은 관계를 찾아내고 사랑받는 기쁨을 발견하는 방식인 것 같아요. 앞으로 계속 지구에서의 삶을 이걸로 살아가려고 합니다. 이것 봐요, 저 너무 교조적이고 연출적이지 않나요.(웃음)

우리가 이야기 나눈 사람 김시형

지정 성별 여성. 독일어 번역자 및 콘텐츠 기획자, 작가 에이전트로 일하고 있다. SF소설 팬으로서 아마추어 비평을 하고 페미니스트로서 글을 쓰기도 한다.

우리가 이야기 나눈 곳 원슈가데이

비건 Eatery & Grocery
서울특별시 은평구 연서로 455
onesugarday

FARM
TO
TABLE
채식 식품점 원슈가데

PETS WELCOME
ONE SUGAR DAY!
원슈가데이
비건 식당
비건 식료품점
계절 채소
est 2017 @onesugarday

비건이라는 기준을 완전히 뛰어넘는 것

33년 차 비건 셰프 최태석

• • •

본격 인터뷰 진행에 앞서 기획팀 3인이 모여 인터뷰이 선정과 인터뷰 진행 방식, 책의 구성 형태나 홍보 방안 등에 대해 의견을 나누는 시간을 마련했다. 처음부터 인터뷰이를 확정하고 시작했던 프로젝트가 아니기 때문에 그저 각자 떠오르는 것을 거침없이 쏟아 내는 현장에 가까웠는데, 인터뷰이 선정이 모든 방향으로 열려 있는 상황에서도 가장 먼저 떠오르는 인물이 있었다. 바로, 부산 꽃사미로 베이커리의 최태석 오너셰프였다.

꽃사미로는 채식을 하는 사람들 사이에서는 널리 알려진 비건 스폿이었기에 당연히 그 명성을 익히 알고는 있었다. 흔히 비건이라고 하면 떠올릴 법한 '건강하지만 맛없는' 이미지를 타파하는 비주얼과 맛으로 이미 유명한 곳이었지만, 이후 동물권 관련 행사나 비건 캠프 등에 빵을 후원했다는 소식을 하나둘 접하게 되면서 이 공간을 운영하는 사람에 대한 호기심이 더 커져 갔다. 또한 서울이 아닌 장소에서 상징적인 인프라를 만들고, 비건 베이킹 창업 클래스를 운영하며 전국 각지의 비건 베이커리 탄생에 일조하고 있는 사람의 이야기를 담을 수 있는 더없이 좋은 기회였다.

부산으로 자주 출장을 다니며 이미 꽃사미로의 열혈 단골이었던 기획팀 이수지의 사전 도움으로 인터뷰가 성사되었고, 당시 망미동 골목 끝에 자리했던 꽃사미로에서 최태석 셰프를 직접 만났다. 매장에 자리가 나기를 기다리는 동안 자연스레 이야기를 나누게 됐는데, 그의 온화한 인상과는 달리 '이해 못 해 주는 관계는 다 잘라 버려도 된다'는 단호한 조언이 여러 이야기 속에서도 가장 인상 깊게 남았다.

미친 사람 취급을 받으며 수십 년간 비건 빵을 연구해 온 그의 집념과 철학이 응축된 꽃사미로를 출발점 삼아, 이제 그는 '내 가게'를 넘어서는 '비건 성지'를 만들기 위해 지역 네트워킹을 이끌어 나가는 구루로서 사명을 담은 풀뿌리 활동에 앞장서고 있다.

•
•
•

요리를 좋아하던 명상 수행자

상당히 오래전부터 채식을 실천해 오셨는데, 그 계기가 명상을 접하면서 자연스레 시작하게 되신 거라고요.

저희 집안 자체가 원래는 기독교 문화였어요. 누나가 전도사, 저는 집사였고요. 기독교 신자지만 그전에도 영성 관련 책을 보곤 했어요. 그러다 어느 날엔가 부산 KBS방송에서 히말라야에서 오신 분의 강연이 열린다고 해서 갔는데, 그 강연이 정말 마음에 들었어요. 당시 20대 초반이었는데 그 강연을 듣고 명상을 시작하게 됐거든요. 너무 오래돼서 연도도 잘 기억이 안 나지만 80년대 후반이었을 거예요. 처음에 그 강연자분이 속한 명상센터에서 6~7년 정도 명상을 했는데, 그곳은 반드시 채식을 해야만 들어갈 수 있었어요. 그때는 센터 안에서 명상을 하시는 분을 제외하고는 채식하는 사람이 거의 없었죠.

명상의 어떤 점이 그렇게 좋게 느껴지셨나요.

예전에 책을 볼 때 제가 좋다고 느꼈던 말들이 명상을 하니까 직접 연결이 되는 거예요. 명상은 고요함 속에서 나를 찾는 과정이니까, 어쩌면 기독교에서 풀지 못한 한계점이라고 생각했던 것들을 많이 찾을 수 있었던 것 같아요.

신학을 공부할 때도 그랬고 저는 공부에 관여되는 활동을 굉장히 적극적으로 하는 편이에요. 그래서 그때 명상센터에 아예 상주하면서 여러 일들을 도맡아 했어요. 그때는 스님도 계셨고 신부님도 오셨고 정말 다양한 분들이 오셔서 명상을 했거든요. 단체 명상처럼 같이 수행을 하는 방식이 참 좋았어요.

그럼 제빵은 어떻게 처음 배우게 되신 건가요.

지금은 돌아가셨지만 예전에 「남자의 자격」이라는 TV 프로그램의 청춘합창단 편에 '회춘 할머니'라고 나왔던 양송자 씨가 제 어머니세요. 어머니도 채식을 하셨고 요리사셨거든요. 예전에는 부모님 일을 존중하고 같이하는 분위기였으니까 어렸을 때부터 어머니를 도와 자연스럽게 같이 요리를 하게 됐어요. 저희 집이 좀 특별했는데, 종교를 떠나서 가족이 다 같이 명상도 하고 그랬거든요. 남자라서 부엌에 못 들어가게 한다거나 요리를 못 하게 하는 것도 전혀 없었어요.

어쨌든 명상을 하면서 채식을 시작했는데 먹을 게 없다 보니 처음에는 진짜로 밥하고 김만 먹었어요. 계속 먹고는 살아야 하니까 점점 음식을 만들어 먹기 시작했죠. 일단 제가 요리하는 걸 워낙 좋아했으니까요. 그러다 한번은 '도나스'를 만들어 봤어요. 같이 명상하는 분들이 먹어 보더니 너무 맛있다는 거예요. 계속 해 볼 수 없겠냐고 권하는 거죠. 만들면 돈 주고 살 테니까 계속 만들어 보라고요. 그래서 제빵을 배워야겠다고 생각했지만 막상 기초가 없어서 고민이었는데 때마침 지인의 소개로 일반 베이커리에 취업을 하게 됐어요.

죄송하지만 그 계란은 못 깨겠는데요

당시에는 채식 베이킹이라는 접근 방식 자체가 없었을 것 같은데요. 채식을 시작하고 나서 베이킹을 배우다가 계란을 도저히 깰 수 없어서 일터에서 뛰쳐나오셨다는 일화를 접했어요.

맞아요. 그때는 정말 채식 베이킹이란 게 아예 없었어요. 제가 처음 들어갔던 곳이 부산에서 장사가 잘되는 빵집이었는데, 한번은 계란 30~40판을 전부 깨라고 시키는 거예요. 어쨌든 저는 채식을 하고 있는 입장이니까 정말 난감했어요. 한두 개 깨는 것도 용납이 안 되는데 그 많은 걸 다 깨라고 하니까 저한텐 말도 안 되는 지시였던 거죠. 그래서 가만히 생각하다가 결국은 못 깨겠다고 했어요. 제가 채식주의자라서 이걸 깰 수가 없다고 이유를 설명했죠. 그랬더니 일하러 왔는데 무슨 소리냐고, 깨라면 그냥 깨라는 거죠. 그땐 지금보다 주방이 더 보수적이고 엄격한 분위기가 있었어요. 그래서 못 깰 것 같으면 나가라고 하길래 그 길로 그만두고 나온 거예요. 그때 뭔가 결심을 하게 됐죠.

이게 사실 말로만 들으면 별로 크게 와닿지 않는데요. 당시에는 정말 주방에서 쇠판으로 사람을 때리기도 하던 때였어요. 그 시절 얘기를 하자면 정말 말도 안 되는 일이 많았죠. 그렇게 그만두고 나와서는 제빵 쪽에서 유명하다는 분들을 찾아다니면서 '우유하고 계란을 안 넣고 빵을 만들 수 있는 방법이 없냐'고 물어보고 조언을 부탁했는데, 거절 정도가 아니라 다들 저보고 미쳤다고 정신이 나갔다고 했었어요.

그래서 책을 엄청 많이 찾아보기 시작했어요. 우리나라

계란 30~40판을 전부 깨라고 시키는 거예요.
한두 개 깨는 것도 용납이 안 되는데
그 많은 걸 다 깨라고 하니까…
가만히 생각하다가 결국은 못 깨겠다고 했어요.
그래서 못 깰 것 같으면 나가라고 하길래
그 길로 그만두고 나온 거예요.

초기 제빵이 대부분 일본에서 들여온 문화라 계란을 안 쓰는 가게가 거의 없었거든요. 그러니까 제가 이런 일을 겪는 게 너무나 당연했던 거예요. 그런데 책을 마구잡이로 찾아보다 보니까 독일이나 유럽에는 식사 빵이라고 해서 우유나 계란을 안 넣고 만드는 게 많이 있더라고요. 이런 빵도 있네 싶어서 책을 보면서 혼자 만들어 보기 시작했고, 그렇게 만들었던 게 '깜빠뉴'였어요. 그때는 깜빠뉴가 우리나라에 잘 알려져 있지도 않던 시기라 책 보면서 외롭게 만들기 시작했던 거죠. 혼자서만 만들다 보니까 처음 만든 빵은 죄다 돌덩어리 같았어요. 벽에 던져도 조금도 안 깨질 정도였으니까요.(웃음)

좀 더 부드러운 식감의 빵을 만드는 과정에서 정말 많은 밀가루를 갖다 버렸어요. 밤새 만들고 또 만들고 연구를 반복했거든요. 테스트를 할 때는 꼭 한 번에 되는 법이 없고 최소 40~50번을 하게 돼요. 완성도가 있을 때까지 물 양을 줄여도 보고 기름 양을 올려도 보고 수많은 방법을 계속 체크해 가면서 하나를 완성시키는 거라서요. 지금은 바로 레시피를 적어 낼 정도는 되지만 이렇게 하기까지는 정말 말도 안 되는 세월이 걸린 거예요.

1995년에는 대만 채식 베이커리 파티셰로, 1999년에는 미국에서 일하셨다는 이력이 눈에 띄었는데요. 한국에서의 이런 분위기에 한계를 느끼고 난 뒤 본격적으로 채식 베이킹 공부의 필요성을 느끼면서 대만에 가신 건가요?

같이 채식하는 사람들이 맛있다고 해서 빵을 만들어 보긴 했는데, 하다 보니까 더 좋은 빵을 만들고 싶어서 점점 욕심이

나기 시작하더라고요. 독학으론 안 되겠다 싶어 배우러 갔어요. 마침 제가 처음 명상을 하게 된 센터의 본원이 대만에 있었어요. 대만은 국민의 60퍼센트 이상이 도교, 불교 신자라서 종교 때문에 채식 식재료나 베이킹 같은 문화가 당시에도 엄청 발달해 있었어요. 지금도 마찬가지고 우리나라하고는 비교가 안 될 정도예요. 그때 대만에 가서 계란 안 넣고 만든 카스테라를 처음 먹었는데, 맛있어서 정말 깜짝 놀랐거든요. 그래서 6~7개월 정도 대만 채식 베이커리에서 근무를 하게 됐죠.

그러다 새로운 명상 스승님을 만나게 됐는데 그 명상센터가 미국 오리건 주에 있었어요. 오리건 주가 완전히 대자연이거든요. 깊은 산속에 있는 센터였는데, 거기서 재래식 흙가마로 빵을 굽는 독일 분을 만났어요. 같이 장작을 때고 빵을 구우면서 많이 배우게 됐어요. 거기는 주식이 빵이고 명상센터에 거주하는 사람들이 매 끼니마다 식사를 해야 하니까 매일매일 정말 많은 빵을 구웠어요. 그때 발효종도 직접 만들고, 빵에 대한 공부를 정말 많이 했어요. 그렇게 미국에는 한 1년 정도 있었는데 자연 환경이 너무 좋아서 정말 안 오고 싶긴 하더라고요.

언제부터 한국에 돌아와서 가게를 차려야겠다는 생각을 하신 건가요? 서울에서는 더브레드블루와 꽃밀, 부산에서는 밀한줌 등 여러 가게에 이름을 올리셨는데, 꽃사미로를 오픈하기 전까지 어떤 경로를 거치셨나요.

장사를 해야겠다는 생각은 늘 있었어요. 처음 신촌에 '더브레드블루'가 오픈할 때까지만 해도 비건 베이커리라는 게 없었으니까요. 마침 서울에서 지내고 있을 때였는데 더브레드블루에서 사람을 구한다고 하더라고요. 그래서 지원하게 됐는데 마침 그쪽에서도 저를 좋아해 주셔서 자연스럽게 같이 하게 됐어요.

한국에서 비건 베이커리라는 것 자체가 처음이다 보니 가게의 시스템이랄 게 없었어요. 원재료부터 체크를 하는데 카제인나트륨도 있고 벌레로 색을 내는 코치닐 색소도 쓰고 있고요. 잘 몰랐던 거죠. 비건 재료가 아닌 것부터 다 정리를 하고 새로 정비를 했죠. 이전에는 일 매출이 10만 원도 안 되는 가게였는데 제가 가고 난 다음에는 매출이 차츰차츰 올랐고 그만둘 때쯤엔 하루 매출이 140~150만 원 정도 나왔어요.

또 분위기가 맞아떨어졌던 게, 서울에서도 발효종 빵이 유행하기 시작할 때였어요. 제가 미국에서 독일 분께 천연 발효종 만드는 걸 배워 왔잖아요. 고객들도 외국으로 유학이나 여행을 다니면서 그런 빵을 많이 접하고 건강하다는 것도 알게 되면서 한국에서도 이런 빵들이 알려지기 시작했어요. 유학파들도 돌아와서 가게를 많이 내던 시기였고, 이후에 '악토버' 같은 베이커리가 많이 생겼죠. 당시에 치아바타 종류가 6~7개 정도 있었는데 한 종류당 하루에 60~70개씩 나가는 거예요. 정말 엄청 팔았죠. 가게 자체가 유명해진 거예요.

그때 한 출판사의 회장님이 가게에 빵을 사러 자주 오셨었는데 마침 제가 더브레드블루를 나오게 되면서 제안을 드려서 망원동에서 '꽃밀'을 같이 하게 되었죠.

서울에서 계속해 성공적인 활동을 이어 가고 계셨는데 갑자기 부

산에서 가게를 오픈하셨어요. 특별한 이유가 있었던 걸까요?

부산에는 어머님이 돌아가셔서 돌아오게 됐어요. 전부터 부산에서 일하자고 거의 1년 동안 제안을 받았는데, 계속 거절을 하다가 자연스럽게 오게 된 거죠. '밀한줌'은 부산에서 이탈리안 레스토랑을 하시던 사장님의 제안으로 빵 만들고 노는 공간을 열었던 건데 의외로 장사가 너무 잘됐어요. 문을 열자마자 계속 완판이었는데 매출이 느니까 상황이 달라졌어요. 자꾸 제가 생각하는 기준과 점점 달라지게 되니까 오롯이 제 가게를 내고 싶었고, 그렇게 오너셰프로서 처음 '꽃사미로'를 오픈하게 되었어요.

비건 베이커리의 절대 원칙

꽃사미로에서는 특히 제철 재료를 활용한 음료나 디저트도 많이 만드시잖아요. 전부 식물성이고 또 대부분 유기농, 제철 재료로 만드시다 보니 재료 수급이나 운영 면에서 한계가 느껴지진 않으세요?

정말 건강한 재료로 손님들께 드려야겠다는 생각이다 보니까 농부님들을 많이 찾게 됐어요. 그렇게 유기농으로 앉은뱅이밀 농사를 지으시는 홍순영 농부님도 알게 된 거고요. 그밖에도 유기농 밤, 해남 고구마, 인진 쑥 같은 여러 가지 재료를 쓰고 있어요. 제가 운영을 하는 거니까 재료에 대한 비용 문제는 사실 좀 내려놓게 됐어요.

저희 가게가 어떤 식으로 이뤄지냐면요, 꽃사미로에서

나오는 수익으로 직원 급여 같은 문제는 거의 정리가 돼요. 저는 외부에서 하는 강연이나 비건 베이킹 수업으로 제 몫을 충당하고요. 처음엔 재료 가격하고 판매가가 너무 차이가 없다 보니 빵 가격도 올리려고 했었어요. 근데 저도 채식을 오래 한 입장에서 어렵게 살았다 보니까요.(웃음) 가격을 너무 비싸게 받고 싶지 않았죠. 그래서 일반적인 가격대에 맞춰서 유지를 하고 있어요.

공산품처럼 대량 생산되는 식품은 맛의 균일함이 있잖아요. 반면 일반적으로 많이 쓰지 않는 재료를 쓰실 땐 그 균일함을 유지하는 게 어려울 것 같기도 한데요.

어렵죠. 특히 저희가 쓰는 토종 앉은뱅이밀은 분쇄도에 따라서 결과물이 달라지기 때문에 처음엔 정말 적응이 안 됐어요. 방앗간에서 가루를 내리니까 그때그때 입자의 굵기가 달라지는 거예요. 입자만 균일하게 나와도 어떻게 해 보겠는데 할 때마다 달라지니까 적응하는 게 쉽진 않았죠.

쌀가루도 마찬가지예요. 갈아 놓고 나면 수분이 마르기도 하고, 쌀의 상태에 따라서도 또 다른 거예요. 찹쌀 같은 게 섞이면 좀 더 찰지고요, 어떤 때는 버석버석할 때도 있어요. 지금 저희 가게 메인 제빵사님도 매번 어떻게 이렇게 다를 수 있느냐고, 일반 밀가루하고는 너무 다르다고 말씀하세요. 그때마다 저는 조절하는 방법을 가르쳐드리죠.

사실 제빵사는 고정관념이 매우 강해요. 밀가루 하나 바꾸는 것도 절대 타협이 안 되거든요. 옛날 방식을 고집하던 제빵사들이 많이 무너진 게 시대의 변화를 따라가지 못했기 때

특히 저희가 쓰는 토종 앉은뱅이밀은
분쇄도에 따라서 결과물이 달라지기 때문에
처음엔 정말 적응이 안 됐어요.
방앗간에서 가루를 내리니까
그때그때 입자의 굵기가 달라지는 거예요.
입자만 균일하게 나와도 어떻게 해 보겠는데
할 때마다 달라지니까 적응하는 게 쉽진 않았죠.

문이에요. 저는 그런 것들을 쉽게 받아들였어요. 처음에 그렇게 고생해서 뭔가를 만들어 냈던 경험이 있다 보니까 재료를 바꾸는 것 자체가 그렇게 두렵진 않았어요.

새로운 방식을 받아들이지 못한 많은 제빵사가 사라진 것처럼 빠르게 바뀌는 시장의 트렌드를 따라잡거나 선도해야 하는 것도 큰 일이었을 텐데, 그런 감각을 유지하기 위해 어떤 노력을 하시나요.

저는 새로 뭔가를 만드는 걸 되게 좋아하고, 그게 또 적성에 맞아요. 요즘 어떤 빵이 나오는지 어떤 디자인이 나오는지 항상 트렌드를 봐요. 궁금하니까요. 매일 보고 생각하다 보면 새로운 레시피가 구상이 돼요. 비건이 아닌 제품을 봐도 이걸 어떻게 비건으로 만들까 하는 고민이 늘 머릿속에 있어요. 사실 일하느라 새로운 빵을 만들 여력이 없었는데, 요즘은 여유가 좀 생겼어요. 그래서 앞으론 좀 더 다양하고 그간 보지 못했던 제품을 선보일 수 있지 않을까 해요.

저는 채식을 시작한 뒤로 비건 빙수나 핫도그 같은 음식을 꽃사미로에서 처음 먹었는데 정말 맛있어서 놀랐거든요. 채식의 다양화라는 게 결국 햄버거나 피자 같은 논비건 제품을 표방하는 거 아니냐는 비난이 꼭 따라오는데, 음식을 손님들에게 선보일 때 어떤 부분에 중점을 두시는지 궁금해요.

'맛있어야 한다'가 제 결론이에요. 시중에 나온 비건 제품이 제 기준에 미치지 못하는 경우가 많았거든요. 사람들이 이 소시지를 먹으면서 맛있다고 느껴야 돈을 주고 사 먹는 거예요. 아까 드신 핫도그도 제가 충분히 맛있다는 생각이 들었기 때문에 만든 거예요. 비건 소시지는 예전에도 많이 나와 있었지만 제 기준치를 충족하지 못했기 때문에 쓰지 않았던 것뿐이거든요. 그래서 아예 두부 같은 걸로 다르게 요리하는 방식을 선택했었어요. 제 기준은 비건이 아닌 사람이 와서 먹어도 맛있다는 말이 나와야 한다는 거예요.

샐러드에 들어가는 치즈도 저희가 만드는 건데 정말 고민을 많이 했어요. 보통은 두유나 캐슈너트로 만들지만 저는 치즈처럼 똑같이 발효를 시켜요. 두유를 발효해서 두유 요거트를 먼저 만든 다음에 3~4일 놔두고 수분을 완전히 빼 주면 꾸덕한 것이 정말 치즈 같이 나오거든요. 그렇게 만든 걸 또 발효를 하고요. 그런 과정을 거쳐야 어느 정도 풍미가 나와요. 제가 쓴 비건 요리 레시피북 『시작하는 비건에게』(2020, 수작걸다)에도 순대 같은 음식의 비건 레시피가 있어요. 오징어볶음 같은 것도 두부를 써서 거의 비슷한 식감으로 만들 수 있고요.

저는 원래 성격이 대충 비슷하게 만들어서 내놓는 것을 진짜 싫어해요. 자존심도 상하고요. 뭘 해 보고 안 되면 더 맛있게 할 수 있는 다른 재료를 찾아야지 완성도가 없는 음식을 누구한테 내놓는다는 게 기분이 좋지 않아요.

사실 본 재료의 맛보다는 양념 맛으로 먹는 음식도 많잖아요. 재료 본연의 맛을 살리는 쪽을 추구하세요, 아니면 조미를 하더라도 맛을 끌어올리는 쪽에 더 신경을 쓰는 편이세요?

둘 다 있어요. 제 생각에 빵은 본연의 재료 맛이 뛰어나야지 빵 자체가 잘 만들어 진다고 생각하거든요. 저희 빵은 겉에 고소한 맛을 더한다든가 하는 경우가 드물기 때문에 최대한 본

연의 맛을 부각시키면서 만들기 위해 노력하고 있어요.

요리라는 건 그런 것 같아요. 예를 들어 불고기를 만들 때 사실 그 고기에 크게 특별한 맛이 있는 건 아니잖아요. 양념 맛으로 음식의 호불호가 좌우되다 보니까 사람들도 양념과 식감에 많이 길들여져 있는 거 같아요. 우리가 먹어 보지 못한 음식은 그 맛을 기억할 수가 없잖아요. 먹어 봐야 아는 거니까요. 그런 것처럼 채식을 시작하신 지 오래되지 않았거나 기존 식습관에 익숙한 분들은 그 맛의 기억이 남아 있어요. 그러니까 식물성 재료로 만들더라도 그런 익숙한 맛을 내는 것도 저는 충분히 괜찮다고 생각해요. 채식을 처음 하시는 분들께는 도움이 되니까요. 그러다 자연스럽게 찾지 않게 된다고 보거든요. 단지 그런 것뿐이지, 음식이란 게 뭔가를 정해 놓는 건 아닌 것 같아요.

앞서 셰프님만의 맛에 대한 집중과 노력에 대해서도 말씀해 주셨지만, 오픈한 지 그리 오래되지 않은 곳이 부산의 비건 베이커리로 상징성을 얻게 된 이유가 무엇이라고 생각하시나요.

사실 골목에 처음 자리를 잡았을 땐 손님들이 많이 불편해 하셨어요. 이런 골목에 빵집이 있을 거라고 상상을 못 하시거든요.

서울에서부터 쭉 비건 베이커리를 해 오다 보니까 많은 분을 만났는데, 동물권단체 카라 활동가분들이 가게에 많이 오셔서 자연스럽게 임순례 감독님도 알게 됐고, 가게에서 작업하시던 황윤 감독님도 알게 됐고요. 그렇게 가게에서 하나씩 둘씩 연결고리가 생겼고 이야기를 나누다 보니까 그들의 불편함이나 고충에 대해서도 알게 됐죠. 그때 나중에 내가 가게를 할 때는 어떻게 해야겠다고 상을 많이 그려 놨었어요. 페미니스트인 배우자와도 이야기를 많이 나눴고요. 우리 가게에 오시는 모든 분이 차별을 느끼지 않는 공간이었으면 좋겠다는 생각을 가지게 됐어요. 그래서 성중립 화장실이나 장애인 보행로, 반려동물 쉼터 같은 공간을 만들게 됐고 그러다 보니 자연스럽게 이 공간을 좋아해 주시는 분들이 많아지지 않았나 싶어요. 제가 더브레드블루나 꽃밀에 있을 때 오셨던 손님들이 부산까지도 찾아와 주시니, 그것도 참 감사한 일이죠.

꽃사미로를 찾는 손님의 비중은 어떤가요? 일반적으로 어떤 분이 많이 찾는지 궁금한데요.

비건 손님이 그렇게 많지는 않아요. 요즘은 서울에서도 많이 찾아와 주시고 하셔서 비교적 늘긴 했지만, 실질적으로 부산에 계신 분이 그렇게 많지는 않아요. 오히려 건강이나 알레르기 같은 이슈 때문에 찾는 분이 많이 계시고요.

앞서도 말씀드렸지만 제가 비건 베이커리를 하면서 늘 강조하는 첫 번째 원칙이 '맛없으면 안 된다'예요. 비건 고객만을 대상으로 장사하면 안 된다는 것을 오래 하다 보니까 알게 됐어요. 건강한 빵, 몸에 좋은 빵도 중요하지만 일단 맛이 없으면 저 같아도 안 사 먹거든요. 생협 같은 곳도 많은데 그런 데서 먹으면 되지 맛없으면 굳이 여기 와서 먹겠냐고요. 정말 공들여 만들었는데 외면당하면 슬플 것 같거든요. 그래서 어떻게 하면 일반 빵에 뒤지지 않는 맛있는 빵을 만들 수 있을까 하고 연구를 옛날부터 많이 했고요.

저희 가게를 비건 베이커리로 알고 찾아오시는 분도 있

지만, 여기가 비건 베이커리인지 모르고 그냥 빵이 맛있어서 오시는 분도 많거든요. 다만 요즘은 비건 베이커리라는 정체성을 조금 드러내고 있는데, 그건 시대가 바뀌었기 때문이에요. 2030 비건분들은 비건 가게를 적극적으로 찾아다니세요. 옛날에는 선입견 때문에 드러낼 수가 없었어요. 또 채식이나 비건을 내세우고 장사하시다가 가게를 접게 되는 경우도 너무 많이 봤기 때문에 안타까웠어요. 누가 먹어도 맛있다는 말이 나와야 하는데, 비건들이 와서 선택지가 없으니까 어쩔 수 없이 먹고 이 정도면 괜찮다고 만족하는 경우가 많거든요. 그러면 가게가 오래 못 간다는 거죠. 이런 부분이 제가 여태까지 많은 가게를 지나오면서 잘됐던 이유 중 하나였던 것 같아요.

우리만 사는 게 아니라 다 같이 살아야 하니까

코로나19 이전에는 부산의 여러 비건 카페와 베이커리가 연합으로 참여하는 스탬프 투어를 진행하셨는데요. 그전에도 비슷한 행사인 '비건 로드'나 지역 도시 장터 '뿌리 마르쉐'를 여는 등 지역 커뮤니티를 기반으로 한 활동을 많이 기획하셨어요.

저도 간혹 서울의 비건 식당을 돌아다니면서 꽃사미로에서 왔다고 인사를 드려요. 다음에 같이 행사 하자고 적극적으로 이야기도 나누고요. 부산에서 이런 스탬프 투어를 하는 이유는 비건이라는 게 참 어렵고 가게를 접는 경우도 많이 봐서 사정을 잘 알기 때문이에요. 같이 공생하자는 목적이 있는 거죠. 우리만 사는 게 아니라 다 같이 살아야 하는 거니까요.

우리가 먹어 보지 못한 음식은
그 맛을 기억할 수가 없잖아요. 채식을 시작한 지
오래되지 않았거나 기존 식습관에 익숙한 분들은
그 맛의 기억이 남아 있어요. 그러니까
식물성 재료로 만들더라도 그런 익숙한 맛을 내는 것도
저는 충분히 괜찮다고 생각해요.
채식을 처음 하는 분들께는 도움이 되니까요.
그러다 자연스럽게 찾지 않게 된다고 보거든요.
단지 그런 것뿐이지,
음식이란 게 뭔가를 정해 놓는 건 아닌 것 같아요.

스탬프 투어를 같이 했던 가게들도 원래는 다 모르던 곳이었어요. 각자가 잘 알려져 있지도 않았고요. 지금은 비건 행사를 하면 다 불러서 같이 마켓도 나가요. 부산에 여행 오신 분들께 다른 가게들을 소개도 해드리고 하다 보니 이제는 서로 아주 잘 알고 있죠. 스탬프 투어는 일부러 휴가철에 맞춰서 했던 건데, 한번은 해당되는 가게들을 전부 방문하신 분들께 '비건 가든'이라는 파티를 초대하는 행사를 열었는데 생각보다 너무 많은 분들이 와 주셔서 순번을 잘라야 할 정도였어요.

부산 지역에서 채식 대중화를 위해서도 노력을 많이 하시는데, 채식 환경은 서울에서도 편중이 좀 심한 느낌이 있어요. 마포구나 일부 강남 지역을 제외하면 전반적으로는 선택지가 많지 않다고 느껴지거든요. 제2 도시인 부산에서도 채식 환경이 부족하다고 느껴지는 부분이 있나요?

아직 채식에 대한 인식이 대중화되지는 못했지만 확실한 건, 부산은 저력이 있다는 거예요. 저희가 이런 행사도 많이 열고 홍보를 자주 하니까 부산에 여행을 오시는 분들은 아무래도 저희 가게들을 다시 찾아 주시거든요. 부산 진구에 있는 '세자매 바른 빵'이라는 베이커리도 제 제자들이 하는 가게라서 손님들께 많이 소개시켜 드리고 있어요. 점차 주변 여러 지역으로 확장이 되고 있어서 가능성은 충분히 열려 있다고 생각해요. 어쨌든 중요한 건 맛있는 음식을 선보여야 한다는 거예요. 비건을 내세워서 가게를 내도 망하지 않아야 한다는 게 저한테는 확고한 문제인 것 같아요.

살아 보니 항상 다른 세계가 있더라

가게에서 셰프님의 하루 일과는 보통 어떻게 되나요?

아침 7시 정도에 출근해서 제빵사분들께 이것저것 가르쳐드리기도 하고, 장비를 고치기도 해요. 장을 다 보고 오후에는 새로운 제품 연구 개발도 하고 있어요.

장을 볼 때의 기준이 최고는 유기농, 그다음은 친환경, 정 없으면 플라스틱 프리를 염두에 두는 거라고 하셨는데요. 가게 운영을 하시면서 환경적인 부분도 두루 신경을 쓰게 되셨나요.

저도 그렇지만 저희 직원들이 더 엄격해요. 매니저님도 환경 이슈에 민감하시고요, 제빵 팀장님도 용납을 못 하세요. 그래서 주방에서도 비닐, 랩 이런 걸 다 없앴어요. 원래 제빵실에는 일회용 부자재가 난무하거든요. 저희 팀장님이 그런 걸 다 없애서 지금은 생분해되는 용기에 넣어서 발효를 하거나 보관하고 있어요.

처음엔 시스템을 바꾸는 데 비용이 들긴 했지만 가치관에도 맞는 일이고, 또 직원들의 가치와 신념이 저보다 더 강하니까 너무 좋기도 했죠. 분리수거가 잘 안 되어 있으면 단체 메시지로 사진을 찍어 올리시면서 엄청 뭐라고 하세요.(웃음) 제가 일부러 뭘 하려고 하지 않아도 자연스럽게 문화가 만들어졌어요. 제가 꼭 지키는 건 장을 볼 때 장바구니를 챙겨 가는 거고요.

스태프에게 하루 한 끼는 비건 식사를 만들어 주신다는 소식을

SNS에서 접했는데, 정성스럽기도 하고 무엇보다 맛있어 보여서 정말 부럽더라고요.

요즘 이 트렌드가 정말 좋아요. 젊은 친구들이라 그런지 점심 한 끼를 비건식으로 하는 것에 다 동의를 했고, 한 번도 어색하게 받아들인 적이 없었어요. 면접을 볼 때 '여러분이 채식을 하지 않더라도 한 끼 정도는 환경이나 동물을 위해서 비건 식사를 하시는 게 어떠냐'고 제안을 드리는데, 그렇게 물었을 때마다 단 한 번도 싫다는 이가 없었어요. 저는 그게 너무 좋았어요. 제가 처음 채식할 때 당시 같았으면 이상한 사람 아닌가 싶었을 거예요. 그런데 요즘은 자연스러워요. 저는 살기 위해 요리를 했던 사람이지만 새로운 음식을 개발하는 것에 관심이 많아요. 제가 스태프용 식사를 요리할 땐 짬뽕이든 짜장면이든 보통 20분 안으로 만드는 편인데, 집에서 먹는 것보다 더 맛있다고 하시고 많이 좋아해 주세요. 고기가 안 들어도 맛이 괜찮구나 하고 느끼시는 것 같아요.

이런 맛있는 식사 한 끼가 스태프에게는 채식에 대한 진입 장벽을 어느 정도 낮추는 역할도 하고 있을까요? 셰프님 말고도 채식을 하시는 직원이 더 있는지도 궁금한데요.

원래부터 비건인데 입사를 하신 분도 있고요, 여기 계시면서 채식이 좋다는 것을 알게 되고 고기를 줄여야겠다고 생각하시는 분들도 생겼어요. 인식이 정말 많이 변하죠. 그냥 어렵지 않다고 생각하시는 것 같아요. 적어도 이 공간 안에서는 채식이 어렵지 않은 거예요.

꽃사미로의 경영을 맡고 계신 임은주 작가님은 큐레이션 책방 '비비드'도 운영하고 있는데요, 지역에서 부부로서 두 분의 활동이 연결되는 부분이 많은 것 같아요.

배우자하고는 명상을 같이 하면서 만났어요. 임은주 작가님은 4개 국어도 하는 굉장한 능력자인데, 학교에서 성교육이나 강연을 많이 하세요. 각자가 잘하는 부분이 있다 보니 부산에서는 저희 부부를 같이 찾아 주시는 일이 많아요.

두 분은 함께 채식을 하시지만, 따님하고의 문제는 없나요?

저희 딸은 지금은 채식을 안 하고 있어요. 생각지도 못한 부작용이 있었거든요. 엄마 아빠가 비건이다 보니까 어릴 때는 아이 식단도 같이 맞췄었어요. 초등학교 5학년 때까지 학교 급식 식단표를 보고 채식 버전으로 똑같은 메뉴를 만들어서 매일 도시락을 싸서 보냈어요. 그런데 아이가 5학년 끝날 때쯤 되니까 '아빠, 이제 도시락 안 하면 안 돼?'라고 얘기하더라고요. 친구들은 다 급식을 먹으니까요. 그때 그게 제 욕심이었구나라는 생각이 들어서 정말 미안하더라고요.

딸은 자유롭게 하고 있고요. 게다가 지금은 사춘기다 보니까 절대 건드리면 안 돼요.(웃음) 그냥 하고 싶은 대로 하라고 두는 거죠. 저희 부부는 공부도 할 필요 없다고 얘기해요. 만약 하고 싶은 게 생기면 지원을 해 주겠지만 뭘 억지로 하려고 굳이 애쓰지 말라고 가르쳐 왔고요. 대안학교를 다니고 있는데 학교에서 채식 활동이나 페미니즘 공부도 하고 있어서 잘 보냈다고는 생각해요. 시간이 지나면 좀 달라졌으면 하는 바람이 있지만 강요하지는 않아요.

외국에서는 비건 식단 기준으로 유지를 하다가 채식을 포기하는 경우가 70퍼센트가 넘는다고 하는데, 오래 채식을 해 오신 셰프님 입장에서는 이런 데이터가 어떻게 느껴지는지 궁금해요. 그간 다양한 분들을 만나 오면서 채식에 대한 문제나 고민이 있는 분들께도 여러 조언을 전해 주셨을 것 같은데요.

이런 수치는 다른 것보다는 우리 사회가 받아들이지 못하고 유지를 어렵게 하는 분위기 때문에 나오는 것 같아요. 대부분 그래요. 직장 생활은 동료들과 강제로 관계를 끊고 할 수가 없으니까요. 하루 이틀도 아니고 매일 그 문제와 부딪힌다는 게 스트레스도 크고 남들과 분리된다는 생각도 들 거예요. 그런 삶을 살아야 하기 때문에 많이 포기를 하죠. 가정에서도 그렇고요. 사회가 인정해 주지 않기 때문에 비건이 소수이기도 한 거죠.

주변의 환경적인 이유들 때문에 완전 비건이 어렵다면 하루 한 끼만 실천해도 좋다고 생각해요. 저희 가게에서도 하루 한 끼를 비건으로 먹고 있는데, 이런 것도 괜찮아요. 그러다 채식을 그만두게 되더라도 언젠가는 다시 생각이 바뀔 거라는 믿음이 있고요. 좀 더 환경이 좋아지고 쉬워지면 '그래, 예전에 해 보니까 괜찮았어'라는 생각을 하게 되고 다시 해 볼 수 있는 힘이 생기는 거잖아요. 한번 경험을 해 본 사람은 다시 해 보는 게 쉽거든요. 하루 한 끼라도 실천하는 건 엄청난 경험인 거죠. 이건 제가 외부에 강연을 다닐 때마다 항상 드리는 말씀이기도 해요.

한편, 사회생활을 하는 분이 채식 지향으로 인해 인간관계가 단절되는 부분이 있으면 너무 애쓰지 말라고 강하게 얘

요즘 이 트렌드가 정말 좋아요.
젊은 친구들이라 그런지 점심 한 끼를
비건식으로 하는 것에 다 동의를 했고,
한 번도 어색하게 받아들인 적이 없었어요.
면접을 볼 때 '여러분이 채식을 하지 않더라도
한 끼 정도는 환경이나 동물을 위해서
비건 식사를 하시는 게 어떠냐'고 제안을 드리는데,
그렇게 물었을 때마다 단 한 번도
싫다는 이가 없었어요.

기하는 편이에요. 제가 살아 보니까 굳이 억지로 이끌고 갈 필요가 없다는 생각이 들었어요. 나의 이상이나 생각을 받아들이지 못하면 결국 관계가 오래가지 못하더라고요. 앞으로 새로운 관계를 얼마든지 만들어 낼 수 있거든요. 지역 커뮤니티로 연결이 되고 서로 이야기를 나누다 보면 또 다른 삶이 분명히 있거든요? 지금까지의 관계가 다 없어질 것 같지만 살아 보면 정작 그렇지 않아요. 다른 세계가 있어요, 항상. 그게 너무 좋고 아름다워요.

지금 준비하고 있는 다른 계획도 많이 있을 것 같은데, 앞으로 꽃사미로를 통해 지역에서 이루고 싶은 목표가 있으신가요.

많은 프로젝트를 계획하고 있어요. 수업도 베이킹뿐만 아니라 일반 요리부터 김치까지 다양하게 기획하고 있고요. 제가 김치도 되게 맛있게 담그거든요.(웃음) 어머니가 요리사셨다 보니까 저는 그런 걸 하면서 컸고, 다 해 본 것들이에요.

저희 가게 이름이 '꽃 피는 사월 밀 익는 오월'이잖아요. 교육장 이름은 '삼월의 학교'예요. 이런 식으로 프로젝트로 열두 달을 다 채우는 걸 목표로 하고 있어요. 다음에 제가 뭔가를 한다면 유월이나 칠월이 되겠죠.

그리고 부산에서 이 지역을 비건 성지화시키려고요. 누군가가 이곳에 와서 창업을 한다면 같이 어울리는 공간이 되었으면 좋겠거든요. 커뮤니티를 통해서 협력해 나가는 분들이 더 많아졌으면 좋겠어요. 저도 많이 도와드릴 거고요.

우리가
이야기 나눈
사람

최태석

채식 베이킹 33년 차 경력을 지닌 부산 비건 베이커리 '꽃사미로'의 오너셰프. 대만과 미국에서 채식 베이킹을 공부하고 한국에 돌아와 더브레드블루, 꽃밀, 밀한줌 등을 거쳐 2019년 '꽃피는 사월 밀 익는 오월'을 오픈했다. 꽃사미로를 비롯해 지역 네트워크를 연결한 비건 성지를 만들고 싶다는 목표로 각종 행사와 커뮤니티를 기획하며 그 초석을 다지는 데 앞장서고 있다.

우리가
이야기 나눈
곳

꽃피는 4월
밀익는 5월
(꽃사미로)

농부의 얼굴, 셰프의 마음을 담은 베이커리 카페
부산광역시 수영구
망미번영로70번길 16 1층
april_and_may45

비건으로 먹방부터 벌크업까지

상식과 틀을 깨는 인플루언서 단지앙

• • •

더 이상 고기를 안 먹기로 했다는 선언을 하자 단백질 보충 문제부터 체력에 대한 걱정까지, 주변에서 너 나 할 것 없는 '영양학적 지적'이 시작되었다. 물론 새로운 식습관으로 전환한 사람에 대한 순수한 탐색과 호기심도 있었을 테지만 이전까지는 아무도 간섭하지 않던 영역이었기에 단숨에 변화된 그 시선들이 처음엔 무척 당혹스러웠다. 그저 늘 고기를 먹고 있었을 뿐, 육식을 할 때도 특별히 영양 균형을 고려해 식사를 설계해 본 적은 거의 없었기 때문이다.

탈육식 결심 후 각종 입문서부터 다큐멘터리까지 관련된 책과 영상들을 닿는 대로 보면서 채식 영양에 대한 확신은 스스로 얻을 수 있었지만, 다른 사람들에게 설득력 있게 전달하는 것은 또 다른 영역의 과제처럼 느껴졌다. 때마다 개인만의 취향이나 기호인 것처럼 구분되고 분리되면서 채식을 하는 의미조차 제대로 설명하지 못해 열패감을 느끼는 경우가 쌓여 갔기 때문이다. '풀떼기만 먹어서 어떻게 힘을 쓰냐', '고기를 안 먹어서 아픈 거다'라는 식의 대책 없이 단선적인 정의 앞에서는 무력감을 느끼기 일쑤였다.

그러니 더욱 간절할 수밖에. 식물성 식단의 영양과 체력, 건강의 상관관계에 있어 뿌리 깊게 내려앉은 편견과 몰이해를 깨며 다른 비전을 제시하는 사람들의 이야기를 너무나 듣고 싶던 참이었다. 마침 넷플릭스 다큐멘터리 「더 게임 체인저스The Game Changers」가 운동인들 사이에서도 꽤 화제가 되었던 터라, 한국에도 채식을 하는 운동인이 있다면 새로운 모델로서 이 책에도 꼭 담아내고 싶다는 욕심이 있었다. 비건 먹방 유튜버로 활동하는 동시에 비건 식단으로 근육을 증량하는 벌크업 프로젝트를 진행하고 있던 단지앙은 바로 이런 고민에 대한 뚜렷한 증거 같은 느낌으로 다가온 존재였다.

단지앙은 비건 먹방 유튜버로서 2019년부터 활동을 시작했다. 이후 식물성 식단으로 근육을 증량하는 비건 벌크업 챌린지를 진행했고, 현재는 운동 정보와 영양 정보를 전달하는 비건 피트니스 커뮤니티 '파이토케미컬유니언' 활동과 더불어 비건 비스트로 '다켄씨엘'을 운영하며 더없이 다채로운 행보를 이어 가고 있다. 뭐든 도전하는 것을 좋아해서 게임처럼 시작했던 채식 챌린지가 여성성 착취에 맞닿은 육식 산업의 진실에 가닿기까지, 그 과정에 깊이 몰입하며 스펙트럼을 확장시켜 나간 것은 탄탄한 자기 관리가 뒷받침된 스스로의 동력이었다.

⋮

'비건 먹방'이라는 새로운 문을 열어젖히다

2019년부터 먹방, 브이로그, 운동 루틴과 식단 등 채식과 관련된 여러 정보를 전하는 유튜브 채널과 SNS를 꾸준히 운영해 오셨어요. 처음에 유튜브 채널은 어떻게 꾸리게 되셨나요?

2017년에 채식을 처음 접하게 됐는데, 그 당시 주변에 채식을 하는 친구나 지인이 전혀 없어서 정보도 부족했고 무엇보다 외로움을 많이 느꼈어요. 그래서 채식 커뮤니티를 찾게 됐고 그 커뮤니티의 오프라인 정모에 나가 친구들도 사귀면서 비건 지향 입문기 시절에 도움을 많이 받았죠. 그때 만났던 한 분이 채식 관련 스타트업을 준비하고 계셨는데 저에게 함께 일해 보자는 제의를 하셨어요. 저는 당시 프리랜서였고 채식과 비건에 관심이 많았기 때문에 반가운 마음으로 덜컥 수락을 했죠.

그렇게 시작한 일에서 저는 주로 채식 문화를 전파할 수 있는 모임과 활동을 기획하고 진행하는 역할을 맡았었어요. 그때 회사 채널을 만들어 운영하면서 유튜브라는 생태계를 처음으로 접하게 됐고, 그에 맞는 촬영과 편집을 배우기 시작했어요. 그렇게 일 년 정도 일하고 퇴사를 하고 나니 저의 방향성에 맞는 비건 지향 유튜브 채널을 운영해 보고 싶더라고요. 그래서 '단지앙' 채널을 만들게 됐어요.

줄곧 궁금했는데 '단지앙'은 무슨 뜻인가요.

처음 채널을 기획할 때 콘텐츠 콘셉트를 '비건 먹방'과 '먹방 브이로그'로 정했는데, 그 당시만 해도 저는 요리에 자신이 없었기 때문에 요리사인 애인과 함께하려고 했었어요. 그래서 두 사람의 이름을 한 글자씩 따와서 '단지'를 만들었고, '앙'은 음식을 한 입 크고 맛있게 베어 무는 모습을 표현하고 싶어서 붙이게 됐어요. 단지앙 단지앙 하니까 어쩐지 입에 착착 붙고 둥글둥글 성격도 좋아 보이는 이름인 것 같아서 그렇게 결정했습니다.(웃음)

비건이나 채식을 한다고 하면 한정된 이미지들이 있잖아요. 그런데 단지앙 님 먹방 영상을 처음 봤을 때는 정키해 보이는 비건 음식이 많아서 놀랐어요. '비건'과 '먹방'이 아주 매끄럽게 연결되는 키워드는 아닌데, 당시에 어떻게 이런 콘셉트를 기획하게 되셨나요.

일단 유튜브에서 어떤 콘셉트의 영상이 잘 팔리는지를 살펴봤더니, 이미 너무 레드오션이긴 하지만 그래도 여전히 먹방이었어요. 레드오션이라는 것은 어쨌든 소비자가 많다는 얘긴데 그런 시장에서조차 비건 채식은 없었기 때문에 비건 먹방을 선택하게 됐죠. 전형적인 먹방은 사람들의 욕망을 자극하면서 대리만족을 시켜 주잖아요. 그래서 비건 채식도 굉장히 탐욕스러울 수 있고 정키한 음식도 많다는 것을 보여 주면서 채식에 대한 편견을 좀 깨고 싶은 것도 있었어요. 채식을 한다고 하면 마치 스님처럼 금욕적인 생활을 할 거라고 오해하는 분들도 많으니까요. '이것도 채식이었어?', '이렇게 게걸스럽게 먹는 애가 채식을 한다고?' 하는 식으로 연결을 시켜 보고 싶었어요.

또 워낙 제가 먹는 걸 좋아하다 보니 먹방 자체는 자연스럽게 기획이 됐던 것 같아요. 평소에 제가 즐겨 먹거나 또는 먹고 싶었던 비건 음식의 조합, 그리고 해외 비건 요리 자료를 참고하면서 도전해 보고 싶은 것들을 리스트로 짜서 하나씩 하나씩 콘텐츠로 만들었어요.

그러는 와중에 나름의 고충도 있었는데, 먹방 음식들의 조건이 사람들이 자주 즐겨 먹는 '아는 맛'이어야 하고 '자극적'이고 '접근성'이 좋아야 한다는 거잖아요. 그런데 비건 음식은 위 세 가지 조건에 있어서 전부 불리한 거예요. 그래서 여러 먹방 채널을 보면서 가장 인기가 많은 메뉴를 우선 리스트업했고요, 그다음 유튜브나 구글에 '비건 치킨', '비건 도넛', '비건 핫도그' 이런 식으로 검색해서 비슷한 비주얼을 뽑아낼 수 있는 레시피를 찾고 만들어 보는 작업을 많이 했어요. 비건 버전으로 레시피가 없는 음식은 기존의 레시피에서 동물성 재료들을 모두 빼고 식물성 재료로 대체하는 연습을 했어요. 그렇게 해서 맛과 모양이 잘 나오면 그때 먹방을 찍었어요. 그 당시에는 비건 배달 음식도 전무했고 더욱이 제가 거주하는 지역은 비건 황무지이기 때문에 포장을 해 올 수도 없는 상황이었거든요. 이렇게 하는 게 재미는 있었지만 솔직히 점점 품이 많이 들고 쉽지만은 않았어요.

브이로그 영상은 일상의 캐주얼한 모습을 담으면서도 그 안에서도 다양한 주제를 다루는데, 먹방과는 또 다른 재미와 정보가 있더라고요.

브이로그는 그냥 저의 평범한 일상을 보여 주고 싶어서 선택한 거였어요. 채식하는 사람은 유난스럽거나 어딘가 특별한 사람일 거라고 생각해서 불편하고 낯설게 보시는 분이 많은데, 저희도 그냥 평범한 사람들이잖아요. 물론 저를 일부러 공격하려고 하는 상대에게는 맞서서 논쟁을 벌일 순 있겠지만 사람 대 사람으로 만나면 그냥 평범한 사람일 뿐이에요. 누굴 만나자마자 '오늘 아침에 채식했어?'라고 물어보는 거 아니잖아요.(웃음) 혼을 내는 사람도 아니고요. 채식이 베이스로 깔려 있어도 너무나 평범한 저의 일상적인 모습을 브이로그로 보여 주고 싶었어요. 또 제 고민을 날것으로 드러내면서 저보다 더 경험과 지식이 많은 분들께 솔루션 같은 것도 얻고 싶었고, 친구들도 많이 만들고 싶었어요. '여기 비건 지향인 한 명 있어요'라고 저를 알리는 도구로도 사용을 했던 거죠.

게임처럼 미션처럼 시작했던 채식 챌린지

단지앙 님이 처음 채식을 시작하게 된 계기가 '친구 따라서'라고 들었어요. 친구에게 영향을 받게 된 구체적인 일화 같은 게 있나요?

느지막이 제 정체성에 혼란을 겪던 시기가 있었어요. 그 당시 저는 세상의 모든 걸 받아들이겠다는 자세로 다양한 사람을 만나러 다니곤 했는데, 그때 그 친구를 만났어요. 어느 커뮤니티에서 열린 오프라인 모임이었는데, 다 같이 배달 피자를 주문하려고 서로 좋아하는 메뉴를 고르면서 화기애애한 분위기였어요. 근데 그 친구가 불쑥 본인은 채식을 하고 있고 치즈까지는 먹을 수 있다고 하는 거예요. 그 얘기를 듣고 저는 속으로 치즈를 무척 좋아하나 보다 생각했는데, 지금 생각하면 그때 제 머릿속이 세상 꽃밭이었구나 싶어요.(웃음) 자세히 기억은 안 나지만 순간 모두가 멈칫했던 것 같아요. 그때의 그 묘한 기류가 인상적이었지만, 딱히 적극적으로 나서지는 않았었죠.

나중에 그 친구와 친해질 기회가 생겼고 둘이 만나는 일도 잦아지면서 함께 식사를 할 때는 저도 같이 채식을 했어요. 그게 저의 첫 채식 경험이었어요. 그리고 어떤 날엔 일반 피자집을 갔는데 그 친구와 함께 먹을 수 있는 메뉴를 찾다가 고기를 빼 달라는 주문을 제가 직접 해 본 거예요. 그 상황이 뭔가 신선하고 재밌게 느껴졌어요. 게임을 하면서 퀘스트를 수행하는 기분도 들었고요.

그럼 처음 시작하셨을 때의 식단 구성엔 친구의 영향이 좀 있었겠네요.

네. 그 친구가 치즈와 계란은 먹는다고 해서 저는 단순하게 '아, 그게 채식인가 보다. 생각보다 쉽겠는데?'라고 생각하고 그냥 일단 따라 했어요. 또 참 꽃밭 같은 생각이었죠.(웃음) 저는 충동적이고 즉흥적으로 일을 시작하는 경향이 있거든요. 흥미롭고 재밌어 보이면 일단 저지르고, 그다음에 경험으로

그 친구가 불쑥 본인은 채식을 하고 있고
치즈까지는 먹을 수 있다고 하는 거예요.
그 얘기를 듣고 저는 속으로 치즈를
무척 좋아하나 보다 생각했는데,
지금 생각하면 그때 제 머릿속이
세상 꽃밭이었구나 싶어요.(웃음)

배우는 타입이에요. 그래서 채식도 그렇게 시작을 한 거고요. 굳이 따져서 이름을 붙이자면 시작은 '락토 오보'였어요.

사실 이런 구분 유형에 대해 지금은 동의하진 않아요. 채식 유형을 '페스코 베지테리언', '락토 오보 베지테리언', '폴로 베지테리언' 등으로 단계를 나누어 놨는데, 엄연히 따지고 보면 그러한 식생활 유형은 '베지테리언'이 아니라 '부분적 육식인'이라 하는 것이 맞기 때문이죠.

아무튼 저는 어릴 때부터 우유를 먹으면 항상 속이 불편했기 때문에 유제품을 싫어했어요. 알고 보니 유당불내증이 심한 체질이었던 거죠. 그래서 성인이 된 이후나 채식을 시작하면서도 자연스럽게 유제품은 먹지 않았는데, 단백질에 대한 강박은 심했어서 초반에는 고기를 안 먹는 대신 계란은 열심히 챙겨 먹었었죠.

처음엔 챌린지처럼 재밌게 채식을 시작했지만 나중에는 공장식 축산의 진실을 알게 되고 굉장한 배신감을 느끼셨다고요.

단순하게 고기를 먹지 않았을 뿐인데 건강이 무척 좋아졌어요. 이게 첫 번째 충격이었어요. 왜냐하면 저는 늘 운동을 했고 건강한 식단이라고 불리는 '닭고야(닭가슴살, 고구마 또는 밥, 야채)'를 오랜 시간 유지해 왔거든요. 그래서 저는 건강에 자부심이 컸던 사람인데 고기를 끊고 한 달도 안 돼서 차원이 다른 건강의 상태를 경험하게 된 거예요.

그전에는 두통, 소화불량, 피부 트러블, 장 트러블, 감기, 불면증, 우울증, 지독한 PMS 등 여러 잔병치레로 피로한 일상이 지속돼도 그게 정상인 줄 알았어요. 그야말로 바쁘디 바쁜 현대사회에 살고 있으니까요. 그런데 평생 떠안고 살아야 할 것만 같았던 그 잔병치레들이 사라지고 '나에게 이런 생명력이 있었나?'라고 느껴질 만큼 신기할 정도로 생기와 활력이 넘치는 일상을 경험하게 됐어요. 분명 '고기를 먹어야 건강해진다고 했는데 고기를 안 먹으니 정말 건강해졌네?'라는 생각이 들면서 기분이 싸한 거예요. 마치 제가 영화 「트루먼 쇼」의 주인공이 된 것처럼요.

친구가 소개해 줬던 동물보호단체 '페타(PETA: People for the Ethical Treatment of Animals)'의 영상을 찾아보면서 두 번째 충격을 받았죠. 「도미니언Dominion」, 「카우스피라시Cowspiracy」, 「몸을 죽이는 자본의 밥상What the health」 등과 같은 비거니즘 관련 다큐멘터리를 연달아 보게 됐고, 더 이상 계란도 먹을 수가 없었어요. 우유에 대한 진실과 제 주변을 둘러싸고 있는 물건들, 온갖 매체에서 쏟아지는 일상의 장면이 이상하게 보이고 이상하게 들리기 시작했어요.

이런 다큐들을 연달아 보면서 힘들다고 느끼진 않으셨나요.

무척 힘들었어요. 특히 「도미니언」 같은 공장식 축산업의 현실을 가감 없이 보여 주는 다큐는 한 번에 끝까지 볼 수가 없더라고요. 그래도 누구보다 육식에 집착했던 사람으로서 그동안 내가 무엇을 먹었는지 알아야만 한다는 책임감과 오기로 어떻게든 보려고 며칠 동안 나눠서 끝까지 보고 또 봤어요. 그런 과정 덕분에 지금까지 제가 먹고 쓰던 것들의 현실과 소비 행태가 타자와 환경에 어떤 영향을 주고, 어떻게 나와 연결될 수밖에 없는지를 알게 됐어요. '오늘도 맛있게 드소', '돼지사냥', '맛돼지'라고 쓰여 있는 간판에 웃으면서 자기 살을 들고 있는 소, 돼지, 닭의 그림이 너무 괴기스러워 보였어요. 다큐에서는 그들도 분명 나처럼 숨을 쉬고 심장이 뛰고 고통을 느끼는 자들이었고 죽음을 감지하거나 자식을 빼앗겼을 때 울부짖고 있었거든요. 제가 건강을 관리하고 근육을 키운답시고 하루에 1킬로그램씩 먹었던 닭가슴살도 '맛있닭' 같은 문구가 적혀 있거나 강해 보이는 표정의 닭 이미지로 포장되어 나오지만, 실제로 닭은 아주 좁은 케이지 안에 여러 명이 구겨져 있고 털은 다 빠지고 부리는 잘리고 축 처져서 염증이 몸에 박힌 모습이지, 전혀 근육질도 아니고 건강하지도 않잖아요.

그때부터 건강상의 이유가 아니더라도 '비건은 해야 하는 것'이라는 확신을 가졌고 모든 동물과 동물의 부산물, 동물 착취를 야기하는 것들은 먹지 않겠다고 다짐했어요. 육식 소비가 지닌 윤리적인 문제가 저에게는 비건을 지향하는 큰 동기와 원동력이 된 거죠.

단지앙의 두 번째 챌린지, 비건 벌크업 프로젝트

비건 먹방 콘텐츠를 올리던 무렵에 비건 벌크업 프로젝트도 함께 시작하게 된 계기가 있을까요?

제가 비건을 지향하면서 가장 많이 받았던 질문이 '채식을 하면 근육을 키울 수 없고 또 있던 근육도 손실되지 않냐'는 거였어요. 하지만 저는 비건 벌크업 챌린지를 시작하기 전에도 이미 비건 지향 3년 차였고 완전한 식물성 식단으로도 제 근육량을 이상적으로 지킬 수 있었어요. 오히려 불필요한 체지방이 빠지면서 체성분 상태가 더 좋아졌기 때문에 그런 질문을 들으면 제 경험을 바탕으로 답변을 해 주곤 했죠. 그럼에도 제 겉모습이 시각적으로 우락부락한 근육질이 아니어서 그런지 그들의 생각을 바꿀 만큼의 설득력은 없었던 것 같아요. 그래서 항상 속으로 피트니스 산업에서 영향력 있는 누군가가 비건 보디빌딩에 도전해서 비건식과 채식에 대한 오해를 풀어 줬으면 좋겠다고 늘 생각은 했었어요.

당시에 제가 직접 도전해서 보여 줘야겠다고 생각하지 않았던 이유는 제가 피트니스 산업에 종사하고 있지 않은 상태였고 운동을 쉰 공백 기간도 길었기 때문이에요. 보디빌딩은 장기간에 걸쳐 차근차근 쌓아가는 인고의 시간이 필요한데 '사람들에게 자극이 되고 그들의 생각을 바꾸는 계기가 될 만한 몸을 이제 와서 내가 만들 수 있을까?'를 생각해 보면 솔직히 자신이 없었거든요. 고백하자면 그때 난생처음으로 근육을 키우는 데 유리한 남성의 신체였으면 좋겠다는 바람이 들 정도였어요.

그러다가 먹방 채널로 운영하던 유튜브 계정이 해킹을 당했어요. 5~6개월 정도 복구를 하는 과정이 있었는데 그동안 채널에 대한 이런저런 고민을 했어요. 기존의 먹방 채널이 복구가 안 되면 새로운 채널을 만들어야 하는데 똑같이 먹방을 해야 하나, 아니면 다른 시도를 해야 하나 하는 고민이었죠. 그러다 문득 이참에 운동을 해 보자 해서 만들게 된 두 번째 채널이 '단지앙 운동LOG'였어요. 운동 전문가로서 채식을 하면서 누군가를 가르치는 게 아니라 '나 이번에 챌린지 한

번 해 볼 건데 실패할 수도 있고 성공할 수도 있어. 결과는 잘 모르지만 한번 봐 줄래?' 이런 느낌으로 시작을 했죠. 그런데 작정하고 해서 그런지 제가 기대했던 것보다 몸에 빠르게 변화가 오고 꽤 좋은 성장을 하는 거예요. 그러면서 좀 더 집중도 하게 됐고, 사람들에게도 자신감 있게 변화된 몸도 보여드리게 됐죠.

맞아요. 벌크업된 몸 보여 주실 때 정말 멋있었어요.

감사합니다. 올리면서도 진짜 많이 고민하거든요.(웃음) 저는 내향적이고 내성적이어서 멋있는 척하는 표정과 제스처로 사진을 찍고 SNS에 공개하는 행위가 무척 부끄러워요. 그렇지만 목적을 위해 끝내 공유를 누르긴 하죠.

비건 벌크업을 하는 과정에서 또 중요한 요소가 '홈트'인 것 같은데, 특별히 홈트레이닝을 하시는 이유가 있나요.

목적과 특성에 따라 전문 시설이 잘 갖추어진 환경에서 해야만 하는 운동이 있고 그렇지 않은 운동이 있는데, 제가 하는 운동의 특성과 저의 운동 목적, 기술, 환경 등을 고려했을 때에는 홈트로도 충분히 가능하다고 생각했어요. 저는 시간을 효율적으로 활용하는 게 무엇보다 중요하거든요. 제 공간에 운동이 가능한 환경만 마련되면 유동적인 스케줄 안에서도 한 장소에서 일, 운동, 휴식이 다 가능하잖아요. 돈도 많이 절약되고요. 제 성향이 워낙 사람이 많은 곳을 불편해하고 집중도 잘 못 해요. 그래서 저한테는 홈트가 잘 맞아요.

비건 벌크업 프로젝트는 3~5년 정도의 장기 계획을 목표로 삼고 계시더라고요. 현상 유지도 쉽지 않다는 중간 소회도 보았는데 채식을 안 할 때와 비교했을 때 달성률이나 속도 차이 같은 게 있을까요.

처음에는 3~5년으로 잡았는데 지금은 최소 5~10년으로 더 길어졌고요.(웃음) 비건 식단으로 도전해서 기간을 더 길게 잡은 것이 아니라, 보디빌딩은 노력과 시간이 많이 들기도 하고 내가 한 만큼 결과가 나오는 운동이기 때문이에요. 그래서 욕심이 생겨서 그 기간을 늘렸어요. 보디빌더 선수도 기본 10년 이상 운동 경력을 갖고 있거든요. 그리고 비건식으로 근육을 키우는 챌린지를 몇 년간 해 보니까 내가 포기하지만 않으면 계속 성장할 수 있는 가능성이 느껴지고, 무엇보다 몸에 무리가 없다는 게 체감이 됐어요.

이전에 닭가슴살과 계란으로 고단백을 섭취했을 때는 신물이 자주 올라오고 소화도 잘 안 되고 가스도 많이 차서 속이 정말 불편했었어요. 만성피로도 있었고요. 그래서 '아, 이 운동은 오래 할 게 못 된다'라고 생각했었죠. 근데 비건 벌크업을 하고 있는 지금은 그때와 비슷하게 하루 네 끼, 많게는 다섯 끼를 먹어도 속이 너무 편하고 회복도 빨라서 피로감이 덜한 거예요. 그게 체감적으로 비교가 되더라고요. 특히 회복이 빠르다는 것은 비건을 지향하는 다른 운동인들한테서도 똑같이 나오는 얘기예요.

그리고 주변에도 자주 말하는데, 신체적으로 노화가 시작된 30대 중반에 이 도전을 시작해서 지금과 같은 근성장과 좋은 컨디션을 지속할 수 있는 것은 '식물성 식단이기에 가능한 것'이라고 이야기해요. 개인적으로 저는 간과 신장 기능이 약하고 가족 병력도 있거든요. 이건 제 주관적인 의견이 아니라, 식물성 식단이 주는 영양적 이로움이 뒷받침해 주는 사실이에요. 오직 식물만이 가지고 있는 항산화 물질인 다양한 파이토케미컬과 식이섬유를 자연스럽게 섭취하게 되니까 영양의 소화, 흡수와 노폐물 배출이 잘되고 항염 작용, 혈액 순환, 대사 기능, 면역 기능이 향상돼서 몸에 무리 없이 건강하게 운동할 수 있고 기량까지 높일 수 있는 거죠. 식물성 식단을 유지하면서 발암 물질을 덜 섭취하게 되는 것도 이점이라고 생각해요.

달성률이나 속도에서 차이점은 못 느끼고 있어요. 이것 또한 식물성 식단의 이점이라는 얘기죠. 더구나 닭가슴살과 계란, 고기를 먹으면서 운동했을 때는 20대 초반이었으니까요. 최근에 제 고등학교 동창을 만난 적이 있는데, 그 친구는 제가 운동하는 시절을 다 지켜본 친구라서 지금의 몸 상태가 그때보다 더 좋다고 말하더라고요.

오히려 긍정적인 변화와 차이가 있는 거네요.

네, 맞아요. 앞으로도 벌크업이 잘 안 되거나 오래 정체되는 현상이 생기는 등 제 도전에 더 이상의 발전이 없게 된다면 그 이유는 저의 유전적 한계나 노력 여부, 기술적인 부분이 부족하기 때문이지, 식물성 식단 때문은 아니라는 확신이 있습니다.

하지만 여성 운동인이 발달된 근육을 강조해서 보여 주면 '이게 여자냐, 호르몬 검사해 봐야 한다'는 식의 반응들이 많잖아요. 일

신체적으로 노화가 시작된 30대 중반에
이 도전을 시작해서 지금과 같은 근성장과
좋은 컨디션을 지속할 수 있는 것은
'식물성 식단이기에 가능한 것'이라고 이야기해요.
개인적으로 저는 간과 신장 기능이 약하고
가족 병력도 있거든요.
이건 제 주관적인 의견이 아니라,
식물성 식단이 주는 영양적 이로움이
뒷받침해 주는 사실이에요.

반적으로 여자가 운동한다고 하면 목적이 다이어트라고 생각하거나 아니면 유연성을 기르는 운동 정도로 치부하는 편향된 시선이 대부분이고요.

맞아요. 어떻게 여자가, 심지어 비건 식단으로 그렇게 근육을 키울 수 있냐는 얘기도 들었고, 혹시 약물 사용한 거 아니냐고 피 검사하라는 얘기까지도 들어 봤어요. 그런 얘길 들을 때마다 저는 속으로 제가 깨고 싶었던 편견들, 사회가 만들어 낸 '여성상'과 '비건상'에 금을 내고 있는 제 모습에 뿌듯해하곤 합니다. '내 존재 자체가 그 편견을 깨고 있구나!', '나는 다양성의 집합체로서 내가 목표한 바에 맞는 방향으로 잘 가고 있구나!' 하고 생각하면서요.(웃음)

말 그대로 편견이고 고쳐야 할 차별적인 인식이에요. 그래도 요즘에는 저보다 훨씬 근육도 많고 힘이 강한 지정 성별 여성들의 사례가 많이 노출되고 있어서 다양성에 대한 존중과 성평등에 대한 인식도 넓어지고 있고, 그로 인해 근육이 많고 격한 운동을 즐기는 여성을 향한 혐오적인 시선과 차별이 아주 조금은 줄어든 것 같기도 해요. 물론 여전히 한참 멀었다고 생각하지만요.

비건 근육에 대한 편견은 동물성 단백질에 대한 뿌리 깊은 신화와 맹신 때문이에요. 근육은 운동으로부터 오는 자극과 균형 잡힌 영양 그리고 휴식이 적절히 조합되면 잘 자라요. 물론 목적에 따라 디테일한 설정이 필요하지만 기본적으로 이 세 가지가 갖춰지면 근비대, 근성장, 근력이 향상되거든요. 우리가 음식을 통해 섭취한 여러 아미노산이 일부 근합성에 쓰이는데 이때 근육이 '아, 이거는 동물의 아미노산이고 저건

식물의 아미노산이니까 동물의 아미노산을 써서 합성이 되어야지!' 이렇지 않거든요. 근합성에 필요한 아미노산 조합을 제공하는 여러 단백질 급원을 식단에 구성해서 섭취하면 되는 거예요. 그래서 동물성과 식물성의 우월을 가리는 것은 의미가 없어요. 먹을 것이 너무 풍족한 요즘 시대에는 더욱 그렇죠. 한 친구가 저에게 '이제는 사람들이 고기, 고기 하는 게 고리타분하다'라는 얘길 한 적이 있는데 저도 너무 동감하는 바예요.

그런데 이런 얘기를 제가 주변에 해도 잘 먹히지 않는 이유는, 동물성 단백질을 맹신할 수밖에 없도록 만드는 이 사회의 분위기 탓이라고 생각해요. TV나 SNS에 고기를 먹으면 건강해지고 강해지고 근육이 생긴다는 이미지가 널려 있으니까요. 가정이나 학교 같은 교육장에서도 그렇게 가르치고 있고요.

지정 성별 여성인 제가 비건 식단으로 벌크업이 되어 가는 모습이 사회의 차별과 편견의 시선으로 비춰지기도 하고 종종 약물 복용 의심도 받지만, 아직 인지도가 많이 없어서 힘들어 죽겠는 수준은 아니고요.(웃음) 제가 더 성장해서 그런 이슈의 중심에 서게 된다면 사회의 소수자를 향한 차별과 혐오적 인식을 바꿀 수 있는 기회라고 생각을 하고, 오롯이 저 자신으로서 만들어 낼 수 있는 저만의 다양성을 더욱 당당하게 보여 줄 것 같아요.

비건 피트니스 코리아 커뮤니티, 파이토케미컬유니언의 시작

일부 온라인 커뮤니티 등에서 직접적인 타깃팅이 되는 문제도 있다고 들었는데요. 사실 이게 순전히 개인적인 문제라서 공격을 받는 게 아니라 앞서 말한 사회적 편견이나 인식이 잘못 강화되어 나타난 현상이라 보이는데, 이에 대해서는 어떻게 대응을 하고 있고 어떤 고민이 있는지요.

사실 제가 좀 무디기도 하고 별로 큰 고민은 없어요. 흔히 좌표가 찍힌다고들 하잖아요. 저 개인보다는 식당에 대한 부분 때문에 그냥 무대응으로 일관하고 있어요. 사람들은 그렇게 비건에 관심이 없거든요. 제가 거기에 어떤 반응을 하면서 소위 '어그로'를 끈다든가 이슈를 만드는 게 아니라 잠시 활동을 접어 버렸기 때문에 잠잠해질 거고요, 또 이미 잠잠해졌을지도 모른다고 생각은 하고 있어요. 제가 그렇게 많이 알려진 것도 아니지만 기왕 이렇게 된 거 사람들이 흥미를 잃고 잊힐 때까지 그냥 좀 쉬자고 생각하고 있는 거죠.

그간에도 비건 벌크업을 해 오면서 언젠간 이슈가 될 거라고 생각은 했었어요. 그래서 이런 일이 생긴 것 자체가 그렇게 충격적이진 않아요. 비건이나 여성에 대한 사람들의 기준점이 너무 낮기도 하고, 운동에 대해서도 무조건 남성이어야 하고 고기를 먹어야 가능하고 헬스장에 가서 무거운 중량을 들어야 한다는 스테레오 타입이 있잖아요. 그래서 만약 제가 유튜버로서 활동을 계속하고 있었다면, 우리는 이런 고정관념을 깨야 하고 그래야만 여건에 맞게 본인의 몸을 키울 수 있다는 내용으로 영상을 찍었을 것 같긴 해요. 당장은 이런 이슈나 상황에 대해 얘기를 하면서 제 생각을 전달하기엔 피로감이 느껴져서 못하고 있지만, 앞으로는 제가 활동하고 있는 '파이토케미컬유니언'을 통해 더 전문적으로 전달하게 될 것 같아요.

파이토케미컬유니언 창립 멤버로서 활동하고 계신데, 이 커뮤니티는 어떻게 만들어졌나요? 이 공동체 내에서 단지앙 님은 어떤 역할을 담당하고 있는지, 활동을 통해 궁극적으로 이루고 싶은 목표가 있는지 궁금해요.

2021년 초반에 어떤 계기로 비건을 지향하는 전문 피트니스 트레이너, 영양사 그리고 아마추어 운동인들이 모여서 파이토케미컬유니언이라는 이름을 짓고 비건 피트니스 커뮤니티를 만들게 됐어요. 그 이후부터 멤버들과 함께 국내 피트니스 문화에 비거니즘을 전파해 보자는 목표를 세우고 여러 활동을 하고 있어요.

2022년 2월에 '식물 기반 영양과 건강'이라는 주제로 첫 세미나를 열었는데 참여자들과 협찬사들 그리고 비건이나 채식에 전혀 관심이 없던 제 주변 지인까지도 반응이 무척 좋았어요. 그런 긍정적인 피드백들과 더불어 사람들이 관심을 보이는 것을 보고 제 방향성과 활동에 대해 더 확신과 자신을 가지게 됐죠.

또 2023년 4월에는 파이토케미컬유니언을 대표해서 김지영 운동 코치 선생님과 김정연 영양 코치 선생님이 '리프트스쿨'이라는 큰 규모의 역도 커뮤니티에서 강연을 하셨는데, 저는 일하느라 가진 못했지만 참여하신 분들의 반응이 긍정적이고 좋았다고 하더라고요. 이런 식으로 저희 채널이나 비건 운동에 관심을 갖는 분이 늘어나고 있고 관계자들도 여러 협업을 제안해 오고 있는 상황이라, 앞으로도 이런 대외적인 강연이 계속 진행될 예정이에요.

이처럼 파이토케미컬유니언은 비거니즘을 지향하는 피트니스 전문가들이 합심하여 지금의 피트니스 문화에 영향력을 미치기 위해 만들어진 커뮤니티라서, 건강에 대한 올바른 정보를 알리고 피트니스 산업에서의 고기 소비 총량을 줄여 보자는 게 저희의 궁극적인 목적이에요. 그래서 대중들에게 균형 잡힌 영양을 안내하고 모든 사회 구성원의 식탁 선택권을 확보해 나가는 것, 또 건강과 즐거움을 위한 개인의 피트니스 라이프에 윤리적인 가치를 더해서 개인과 지구 공동체 전체의 건강을 추구하는 분위기를 형성하는 것을 목표로 하고 있어요. 이렇게 비거니즘 기반의 피트니스 문화를 확산시키는 역할을 해 보려 하고 있고, 저는 그 안에서 콘텐츠 기획과 제작을 담당하고 있습니다.

> **비건 피트니스 코리아**
> **파이토케미컬유니언**
> phytochemical.union

넷플릭스 다큐멘터리 「더 게임 체인저스」가 채식인들 사이에서 뿐만 아니라 대중적으로도 화제가 많이 됐었어요. 프로야구 노경은 선수는 롯데자이언츠 시절 이 다큐를 보고 채식 식단을 선택했다고 했고, 쇼트트랙 국가대표 곽윤기 선수도 2022년 베이징 동계올림픽 이후 같은 계기로 비건 도전을 한다고 해서 한때 화제를 모았어요. 저는 이런 콘텐츠가 실제로 전문 운동인에게도 영향을 끼치는 게 좀 신기했는데요, 이 다큐를 어떻게 보셨나요.

비건을 영업하기에 좀처럼 어려운 특정 집단의 사람들을 타깃팅했고, 일부였지만 실제로 그들의 행동을 변화시켜서 너무 신기했고 놀랐어요. 그런 효과에 기대감을 가지고 제 주변의 남성들과 운동하는 사람들에게 저도 많이 추천을 했죠. 개인적으로도 비건 식단이 근력과 경기력 향상에 매우 효과적이라는 사실에 대해 다큐를 통해서 다시 한 번 확인하고 확신을 가질 수 있었고요.

반면 아쉬웠던 점도 있었어요. 다큐에 나온 사례들은 운동과 영양에 관해 전문적인 지식이 어느 정도 있거나 주변에서 식단을 관리하고 지원해 주는 전문 운동인들이라는 점 때문이죠. 그래서 일반인들은 그 다큐를 보고 '그래, 비건 식단의 이점도 알겠고 나도 해 보고 싶은데 내가 어떻게 할 수 있지?'라는 벽을 느끼게 되는 거예요. 그러니까 아예 시작을 못하거나 중도에 포기하는 분들이 생기더라고요. 해외에는 비건 트레이너, 비건 보디빌더, 비건 피트니스 전문가들이 있어서 그들과 접촉하면 되지만 국내에는 손에 꼽는 실정이니까요. 점점 늘어나는 수요에 비하면 국내엔 거의 없다시피 하다고 생각되거든요. 관련 정보도 마찬가지고요. 그래서 그 역할을 앞으로 파이토케미컬유니언에서 다양하게 시도해 보려고 해요.

저도 건강에 관심이 많아서 여러 다큐멘터리를 찾아보는 편인데 일부 맹목성이 극단적으로 두드러지는 경우도 있는 것 같아요. 제가 본 어떤 해외 다큐에서는 근육을 만들기 위해 모유를 먹거나 평생 스테로이드를 먹겠다고 공언하는 보디빌더도 있었는데,

국내 예능에도 유명한 헬스트레이너가 나오면 일단 소고기 몇 팩 먹고 시작하자는 식이더라고요.

머릿속에 흑역사들이 마구 스치는데요……. 동물성 단백질에 집착하며 찌들어 살던 때에 저의 외식 장소 1순위는 무한리필 고깃집이었어요. 거기서 일행들보다 한 접시를 더 먹어야만 직성이 풀렸고 그 모습을 자랑하고 전시하면서 뿌듯함과 성취감을 느꼈어요. 그 당시 저는 고기를 잘 먹고 많이 먹는 털털하고 강한 여성의 이미지를 갖고 싶었고, 그걸 과시하고 싶었거든요. 그렇게 해서 건강해질 거라는 철석같은 믿음도 있었고요. 그래서 더 무리해서 고기를 몸에 때려 넣었어요. 정말 총체적 난국이죠?(웃음)

지금 생각해 보니 그때의 저는 전형적인 종차별주의자의 '보스몹급'이었네요. 비건이 저를 살렸죠. 비건을 지향하면서부터 제 몸에 동물을 꾸역꾸역 집어넣었던 일과 종차별적 사고를 멈추니, 그때는 느끼지 못했던 안정감과 행복감을 많이 느끼게 됐어요. 가장 중요한 건 그 시절보다 저는 지금이 훨씬 더 신체적으로나 정신적으로 건강하다는 점이에요. 세상은 고기를 먹으면 건강해지고 행복할 거라고 말하지만 사실은 그 반대이고, 먹고 쓰고 취할 것들이 너무 많은 시대에 살고 있는 우리는 이제 음식이든 물건이든 나에게서 덜어 내는 법을 배워야 한다고 생각해요. 그것이 좁게는 내 개인의 삶이, 넓게는 지구 전체가 건강하고 행복해지는 방법이에요.

이 자본주의 사회가 고기에게 부여한 상징들이 너무 많죠. 건강함의 상징, 감사와 사랑, 위로의 상징. 그중에서도 특히 권력과 남성성, 근육의 상징으로 그 뿌리가 가장 깊게 박혀 있다고 생각해요. 그래서 말씀하신 장면들이 매체에서 쏟아지고 우리 일상에서도 빈번하게 발생되면서 그것에 함축된 차별과 혐오를 느낄 새도 없이 속수무책으로 학습하게 되는 거예요. 그렇게 악순환의 고리에 갇히면 벗어나기가 힘들어지는 거죠.

제가 비건을 지향하면서 사회에 배신감을 느꼈던 지점도 그 부분이에요. 육식과 연쇄적으로 연결된 심각한 문제들을 사람들이 못 보도록 감추고, 어쩌다 발견하더라도 감히 반하는 행동을 못 하도록 시스템과 분위기를 만들어 놓았다는 것을 알고서는 사회의 거대 권력과 자본에 놀아나는 기분이었고 스스로가 너무 무력하게 느껴졌어요. 어쩐지…… 인터뷰를 진행할수록 너무 많은 고백을 하게 돼서 민망하면서도 속이 시원하네요.

나의 몸에 관심을 갖는다는 것은

예전에 전문 트레이너로 일하기도 하셨는데, 운동은 어떻게 처음 시작하게 되셨어요?

학부 시절 체육을 전공하게 되면서 본격적으로 운동을 접했어요. 수영이나 배드민턴 같은 생활체육 분야에서 강사도 해 보고 전문 피트니스 시설에서 트레이너로 근무하는 등 졸업 후 계속 피트니스 관련 산업에 종사를 했었고요. 그러다가 서른즈음 전공과 전혀 다른 일을 하기 시작했고, 그 후 운동은 제 건강을 지키기 위한 수단으로만 최소한으로 하게 되었어요.

전공이 현재의 활동에서 도움이 된다고 느껴지는 부분도 있나요.

그러게요……. 트레이너로서 마지막 직업을 그만둘 때 '이 지겨운 운동이랑 피트니스 일을 내가 두 번 다시 하나 봐라!' 이런 다짐을 하면서 나왔는데, 지금 비건 벌크업을 하고 있고 비건 피트니스 커뮤니티까지 만들었으니 들이부은 학비가 아깝지만은 않네요.(웃음) 체육을 전공하면서 제가 즐겼던 운동에 대해 학문적으로 깊이 배울 수 있었고 전문적인 지식과 경험을 쌓을 수 있던 점은 좋았어요.

그런데 사회에 나와서 일을 하면 할수록 점점 고달프기 시작하더라고요. 수영 강사로 일을 했을 때는 체형과 제스처가 여성스럽지 못하다는 이유로 모욕적인 놀림과 지적을 받는 게 일상이었고요. 또 어떤 때는 여성이라는 이유로 제 전문성과는 전혀 다른 형태의 업무를 해야 하기도 했고요. 이런 크고 작은 사건들이 일상다반사였고 종종 사고로도 번지곤 했는데, 그때마다 장본인인 여성은 아예 삭제되어 버리더라고요. 그런 폭력적인 분위기에서 결국 저는 버티지 못했고, 제가 좋아했던 운동까지도 싫어져서 아예 다른 삶을 찾아가게 됐어요.

그러고 비건을 지향해 나가면서 우유가 어떻게 생산이 되는지 알게 됐어요. 여성 소를 반복적으로 성폭행해서 끊임없이 재생산하는 도구로 사용하고 자식을 뺏고 젖을 착취하고 더이상 쓸모가 없어지면 죽임을 당해 고기가 되는……. 그 과정은 세상이 소수자와 약자에게 온갖 차별과 혐오를 드러내며 가할 수 있는 모든 폭력의 총 집합체였고, 여성으로 패싱이 되었던 저와 수많은 여성들의 이야기가 오버랩되면서 더

이 자본주의 사회가 고기에게 부여한
상징들이 너무 많죠. 건강함, 감사와 사랑, 위로.
그중에서도 특히 권력과 남성성, 근육의 상징으로
그 뿌리가 가장 깊게 박혀 있다고 생각해요.
그래서 말씀하신 장면들이 매체에서 쏟아지고
우리 일상에서도 빈번하게 발생되면서
대중들은 그것에 함축된 차별과 혐오를 느낄 새도 없이
속수무책으로 학습하게 되는 거예요.
그렇게 악순환의 고리에 갇히면
벗어나기가 힘들어지는 거죠.

이상 우유를 소비할 수 없게 만들었어요. 계란도 마찬가지예요. 소젖과 닭알을 소비한다는 것은 결국 남의 손을 빌려서 그 폭력에 가담하는 것이니까요.

이후로 자연식물식*을 하시면서는 우울감도 많이 호전되었다고 들었어요. 자연식물식을 특별히 집중해서 하게 된 이유가 있었나요?
어릴 때부터 가공식품은 몸에 좋지 않다는 인식이 강했어요. 그렇게 자라서 성인이 됐고 트레이너로 활동하면서 나와 타인의 건강을 관리하는 역할을 하다 보니 가공식품은 항상 멀리했죠. 그 예로 라면을 10년 이상 끊었던 적이 있고요. 아이러니하게도 비건을 지향하면서 10년 넘게 끊었던 라면을 다시 먹기 시작했어요. 물론 비건 라면들로요.(웃음) 그래서 비건을 지향할 때 자연스럽게 자연식물식으로 시작을 하게 된 것 같아요.

현대의 많은 사람들이 그렇듯이 저도 우울감과 무기력함이 있었어요. 사회에서 여성으로 패싱되면서 겪는 차별과 혐오, 연애 과정에서의 폭력, 가정사 등 어쩌다 내몰리게 된 환경에서 그 스트레스를 견디다 보니 그렇게 됐겠죠? 비건을 지향하면서 스스로를 더 잘 돌보고 사랑할 수 있는 방법을 배웠고, 그래서 지금은 무척 평안한 상태예요.

물론 식단의 영향도 컸다고 생각해요. 자연식물식을 꾸준히 했을 때 강박과 불안함, 예민함은 줄고 안정되고 차분해

* 자연식물식은 동물성 식품을 배제하고 식물성 식품을 먹는 채식과 유사한 식사법이다. 다만, 식물성 식품을 정제하거나 인위적인 가공을 하지 않은 자연 그대로의 형태로 섭취한다.

지는 기분을 느꼈는데, 그 식단이 제 몸의 독소를 배출시키고 대사를 원활하게 해서 호르몬 분비도 정상으로 돌려놓고 그렇게 좋은 기운이 생길 수 있도록 도운 게 아닐까 생각하고 있어요. 운동을 겸했을 땐 그 시너지가 더 커져서 우울감이 낮아진 상태를 오래 지속할 수 있더라고요.

저도 자연식물식에 대한 책을 읽으면서 가장 충격적이었던 부분이 가공되지 않은 건강한 탄수화물의 섭취가 오히려 비만을 막고 건강을 유지하는 핵심이라는 거였어요. 사람들은 탄수화물에 대한 공포가 심해서 다이어트를 하면 할수록 극단적으로 탄수화물을 배제시키는데 그러면 이미 매크로*가 깨진 상황인 거잖아요. 예전 단지앙 님 영상을 보면 늘 이런 매크로를 중요시하고 많이 알려 주시더라고요. 식단을 짜실 때 단백질, 탄수화물, 지방의 매크로를 염두에 두시나요?

지금도 식단을 꾸릴 때 매크로를 염두에 두긴 하지만 매번 각 영양소 섭취량을 정확히 맞추기 위해 식재료를 계량해서 먹진 않아요. 완벽을 추구하지만 치밀하지는 못하다고 할까요? 체계성과 정확도의 차이는 있었지만 예전부터 제 식단 관리는 늘 스스로 해 왔고 또 회원들의 식단도 관리했던 이력 때문에 식재료의 구성과 양을 보면 대충 어느 정도의 열량과 영양 섭취가 가능하겠구나 하는 감이 있어요.

저는 사람들이 한 번쯤은 본인의 1일 총 칼로리 소비량을 파악해 보고 '탄단지' 비율을 따진 체계적인 식단을 스스로

* 목표 칼로리 설정에 따라 탄수화물, 단백질, 지방을 일정 비율에 맞게 섭취하는 것을 뜻한다.

꾸리고 식단 일지도 기록해 봤으면 해요. 그걸 해 보면 본인이 평소에 인지하지 못했던 나쁜 식습관을 파악할 수 있고 얼마나 불균형적으로 영양을 섭취하고 있는지와 얼마나 몸을 움직이지 않는지를 알 수 있어요. 그러면 본인의 건강을 더 위하는 방향으로 노력을 하게 되고 건강을 해치는 잘못된 습관을 개선하는 계기가 될 수 있거든요. 요즘에는 개인의 운동 목적에 맞는 일일 섭취 칼로리와 식단 매크로 계산, 식품별 영양 정보를 쉽게 찾을 수 있는 어플이 많아서 꼭 전문가의 도움을 받지 않더라도 스스로 어렵지 않게 식단 관리를 할 수 있어요. 그런 방법들을 소개하고 싶어서 콘텐츠도 만들어 봤던 거고요.

나의 몸을 관찰하고 나에게 맞는 식단을 연구해서 스스로의 건강을 관리하는 연습을 해 보면 다이어트나 벌크업을 위해 극단적으로 특정 영양소를 줄이거나 과잉 섭취하게 되는 실수를 피할 수 있어요. 그리고 사람들에게 선명한 복근을 동경하게 만들고 마른 몸에 대한 강박을 갖게 하는 사회적 분위기에 노출이 되더라도 그에 현혹되지 않고 올바른 판단을 할 수 있도록 개인이 지식과 경험으로 무장을 할 필요가 있다고 생각해요.

단지앙 님 얘기를 계속 들으면서 내 몸을 아는 게 정말 중요하다는 걸 느끼게 됐어요. 저는 아직도 제 몸을 잘 모르는 것 같거든요. 스스로의 몸에 관심을 기울이는 게 중요하다는 생각을 많이 하게 되네요.

제 몸에 대해 아는 게 많다기보다는 관심을 계속 기울이고 관찰하고 건강을 지키기 위해 부지런히 여러 시도를 잘하는 것 같아요. 현대에 살고 있기 때문에 스스로 본인의 몸에 더욱 많은 관심을 가져야 한다고 생각해요.

이제는 개인이 건강을 위해서 'Non-GMO 로컬 유기농 자연식물식'을 혼자 열심히 챙겨 먹는다고 해도 우리가 쓰는 생필품들 그리고 마시는 물과 토양, 공기 중에는 이미 미세플라스틱을 포함한 각종 유해 물질이 가득하고 요즘은 바이러스 문제까지 심각해서 크고 작은 대사질환, 정신질환, 면역질환, 암 같은 질병들을 피할 수가 없거든요. 그래서 내 건강에 관심을 기울이다 보면 내가 속한 사회, 자연환경, 야생동물 등 지구 전체의 건강까지 시야를 넓힐 수 있으니까 많은 사람들이 건강에 대해 많은 고민을 했으면 해요.

한 살이라도 젊을 때, 비건 식당 창업

2022년 6월에 비건 식당 '다켄씨엘'을 서울 망원동에 오픈하셨어요. 원래 비건 식당 준비를 계속 해 오셨던 건지 궁금한데요, 직접 가게를 운영하게 된 계기가 있을까요?

예전에 채식 관련 커뮤니티에서 지금의 파트너를 만나게 됐어요. 파트너는 20년간 요리를 한 셰프인데, 오랫동안 관계를 지속해 오면서 막연히 '나중에 나이 들고 노후를 위해서 뭐할까?' 하는 얘기를 하다가 비건 식당을 운영하자는 얘기를 했었어요. 그랬지만 불혹이나 지천명 정도의 나이는 되어야 하지 않을까 생각했던 건데, 저도 이렇게 갑작스럽게 시작을 하게 될 줄은 몰랐어요. 파트너가 빨리 식당을 오픈하고 싶어했고 제게 부담이 될까 봐 잘 얘기하지 않았지만 혼자 레시피 만들고 하면서 준비를 많이 했던 거라, 제 입장에서는 그렇게 준비 기간이 길지는 않았죠. 부동산 갔다 왔다는 식으로 조금씩 언질을 주기는 했었는데 그래도 1~2년 정도 걸리겠다 싶었지, 갑자기 내일부터 청소하러 나오라고 할 줄은 몰랐어요.(웃음)

그렇게 시작이 됐어요. 그래도 제가 프리랜서라 상대적으로 시간적 여유가 있다 보니 엄청나게 부담이 되거나 하는 건 아니었어요. 다만 식당 일을 하기 전엔 그간 운동도 열심히 했고 체력도 길러 놨으니까 유튜브나 다른 활동을 병행할 수 있지 않을까 했는데, 그게 엄청난 착각이라는 걸 알게 됐죠. 어쨌든 파트너와 예전부터 계획은 하고 있던 거였고, 생각보다 급작스럽게 하게는 됐지만 지금은 한 살이라도 젊을 때 시작하게 된 게 오히려 다행이라고 생각하고 있어요.

사실 서울 마포구에는 채식인이 갈 수 있는 올 비건 식당이나 채식 옵션을 제공하는 식당이 꽤 많이 모여 있어서 친숙한 느낌도 있긴 한데요, 망원에서 가게를 오픈하게 된 이유가 특별히 있나요?

저희 둘 다 시장조사 같은 걸 치밀하게 하는 사람들이 아니라서요. 파트너가 망원이라는 동네를 좋게 인식하고 있고 따뜻한 느낌이 든다고 해서 그쪽으로 많이 알아보더라고요. 사실 저는 집에서 가게까지 1시간 50분 정도 걸려서 굉장히 멀지만 이 동네만의 분위기와 이웃들이 좋아요. 걱정이라면 의외로 저녁 7시만 되어도 거리가 한산하다는 점이에요. 저는 가게를 지나다니는 분들이 워크인으로 많이들 오시겠지 하고 막연히

사실 이렇게까지 일회용 쓰레기가
많이 나올 줄은 몰랐는데,
저도 처음엔 로망을 좀 가지고 있었던 것 같아요.
업체에서 들어오는 것도 다 비닐 포장이라
그런 것에 대한 죄책감도 있었기 때문에
제가 홀 담당이니까
물티슈는 그냥 없애자고 제안을 했어요.

생각했었는데 놀러오는 유동인구보다는 집으로 가는 목적지가 있는 상권인 것 같더라고요. 저녁에 사람들이 그렇게 많지 않다는 게 좀 아쉽긴 한데, 그래도 주변에 바로 큰 시장이 있어서 시장에 갔다가 오시는 경우도 있기는 해요. 그렇다고 동네 주민들을 타깃하기엔 좀 어렵게 느껴지는데 그게 비건이라서 그런가 싶기도 하고 고민 중이에요. 이제 막 1년 남짓 지났기 때문에 더 열심히 홍보도 하고 해 봐야죠.

고민은 정말 많아요. 크지 않은 식당을 운영하는 것이지만 프리랜서였을 때와 비교하면 사업 규모도 크고 유지와 존속의 무게감이 훨씬 무겁게 다가오거든요. 쉽지 않은 세계지만, 재미는 있어요. 파트너랑 웃으면서 '우리 꿈은 비건 식당 차리는 거야'라고 얘기했던 게 실현이 되어서 고달픈 와중에 행복한 나날을 보내고 있죠.

저는 이런 게 늘 궁금한데, 가게 이름인 다겐씨엘은 어떤 뜻인가요.

저희 셰프님이 일본 록 밴드 '라르크 앙 씨엘'의 '찐팬'이에요. 사실 저는 잘 몰라서 굉장히 마이너한 취미를 가지고 있구나 하고 생각했어요. 파트너는 요즘도 보컬이 활동하는 거 보면서 울고 그러거든요. 또 라르크 앙 씨엘이 프랑스어로 무지개라는 뜻이 있대요. 그게 저희 정체성이나 비거니즘이 가지고 있는 다양성에 대한 포용과도 연결이 되더라고요. 비거니즘은 타자의 다양성에 대한 것을 보려고 하잖아요. 거기다 제 활동명인 단지앙이랑 파트너 이름에도 영문 이니셜 'D'가 들어가서 앞에 붙이게 됐죠. 사람들이 궁금해할 만하다고 생각해요.

다켄씨엘은 퓨전 음식점으로 등록이 되어 있는데 음식 장르랄까요, 파스타나 리조또, 피자, 타코 등 지금의 메뉴는 어떻게 구성하게 되었나요.

저는 '요리'의 '요'자도 몰라서 메뉴에 대한 선택권은 거의 없어요. 뭔가를 조합하거나 마지막에 얹는 정도죠. 파트너는 일본에서 일식을 먼저 배웠고 호주에서 요리 학교에 다니면서 양식 등 많은 경험을 해 왔어요. 한국에 돌아와서는 거의 10년 넘게 이탈리안 레스토랑에서 일을 했고요. 거의 모든 장르의 음식들을 섭렵한 사람인데, 어떤 음식을 비건으로 할까 했을 때 양식이 가장 접근성이 좋기도 하고 파트너가 오래 몸담았던 쪽이라 먼저 선택을 하게 된 것 같아요.

지난번에 비건 기사식당 콘셉트로 3일 동안 팝업을 한 적이 있는데, 파트너가 하고 싶은 게 굉장히 많아서 비건 한식, 비건 분식, 비건 중식 등등 지금 자리에서 팝업처럼 이것저것 해 보게 될 것 같아요. 초반에는 메뉴 이름을 지을 때도 레시피 개발을 할 때만큼이나 공들이고 더 특별하게 지으려 했는데 점점 아이디어도 고갈되고 머리 쓰는 것마저도 힘이 들더라고요.(웃음)

'바다향 페스토 파스타' 같은 메뉴명이 특색 있다고 생각했는데요. 먹어 보니 실제로 뭔가 바다의 맛도 나고요.

바다향 페스토 파스타는 일주일 동안 고민해서 지은 이름이긴 해요. 그 페스토를 처음 만들었을 때는 맛이 앤초비(Anchovy) 같은 거예요. 그렇다고 비건 앤초비라고 하기엔 어쩐지 어색하고, 괜히 비교되거나 따라한 거 아니냐는 얘기나 들을 것 같아서요. 그래서 바다 맛이 나기도 하니까 바다향이라고 하게 됐어요.

일전에 매장에서 식사하다가 우연히 보게 됐는데 물티슈를 찾는 손님에게 정중하게 화장실을 안내하시는 태도가 인상 깊었어요. 크리에이터 시절에 올리셨던 유튜브 영상에서 쓰레기를 줄이기 위한 노력들도 접한 적이 있었고 이후에는 직접 플로깅*도 많이 하셨는데, 가게를 직접 운영하게 되면서 이런 고민이 확장된 부분도 있을까요?

네, 사실 많이 고민되는 부분이에요. 식당이 쓰레기가 너무 많이 생길 수밖에 없는 구조로 되어 있더라고요. 처음에는 손님들에게 물티슈가 아니라 면으로 된 수건을 드리자고 파트너한테 얘기를 했었어요. 바로 앞집이 통장님이 하시는 세탁소이기도 하고요.(웃음) 이것도 의견이 맞아야 진행이 될 수 있는 부분인데, 셰프님은 힘이 드는 일인데 할 수 있겠냐고 저희 노동력부터 시작해서 가장 크게는 손님들의 컴플레인을 걱정하시더라고요. 20년 넘게 요식업에 종사하면서 다양한 손님들을 겪었을 거잖아요. 그래도 지금은 예전에 비해 인식이 달라지긴 했지만 면 수건을 비위생적이라고 하는 경우가 더 많을 거라 처음에는 좀 조심스럽다 하시더라고요. 이 부분은 제가 잘 모르는 부분이 많으니까 그 의견을 수렴하는 대신에, 검색을 해서 생분해가 되는 옥수수 소재의 물티슈를 찾았어요.

* 플로깅(Plogging)은 '이삭을 줍는다'는 뜻의 스웨덴어 'plocka upp'과 'jogging'의 합성어로, 조깅하면서 쓰레기를 줍는 활동을 일컫는다. 국립국어원은 이를 대체하는 우리말로 '쓰담달리기'를 선정 및 발표했다.

기존에 거래하는 업체에서 취급하는 일반 물티슈는 정말 저렴했어요. 굳이 따로 구매를 해서 처음에는 옥수수 소재 물티슈로 몇 달 사용을 했었죠.

사실 이렇게까지 일회용 쓰레기가 많이 나올 줄은 몰랐는데, 저도 처음엔 로망을 좀 가지고 있었던 것 같아요. 업체에서 들어오는 것도 다 비닐 포장이라 그런 것에 대한 죄책감도 있었던 터라 제가 홀 담당이니까 물티슈는 그냥 없애자고 제안을 했어요. 화장실도 가게 안에 있으니까 문의가 들어왔을 때 최대한 정중하게 안내하면서 무조건 좋게 말씀드리자고요. 그렇게 했더니 여태껏 정말 한두 분 빼고는 저희의 취지를 좋게 봐주시면서 화장실을 이용해 주셨고, 비건 식당과의 연결점을 찾아서 긍정적으로 말씀해 주시는 분들도 있었어요.

사실 저 개인적으로 실천을 했을 때에는 많은 부분에서 제로웨이스트나 레스웨이스트를 지킬 수 있었는데, 식당을 하니까 그게 다 무너져 내린 것처럼 지키기 힘들게 되니까 이런 부분에서 죄책감이 많이 들게 되죠. 그래도 하나씩 하나씩 일회용품을 줄일 수 있는 부분에서 줄이려 하고 있고, 조금씩 나아지지 않을까 싶어요.

앞으로 다켄씨엘을 운영하는 방향성이나, 또 사람들에게 이 공간이 어떤 의미로 남았으면 한다는 바람이 있는지도 궁금한데요.

저희는 앞으로도 비건 식당으로 운영을 해 나갈 거고요. 말씀드린 것처럼 쓰레기 관련해서도 일회용품을 최대한 의식하면서 많이 줄이는 방향으로 나아가려고 합니다. 그리고 식당으로서 좋은 평점을 받고 계속 유지해 나가고 싶어요. 사실 저희

가게는 많이 아담한 편이고 이런저런 부족한 부분들이 있을 수 있어요. 그럼에도 늘 맛있고 다양한 비건 음식이 있고 그래서 행복한 경험을 할 수 있는 공간이 되었으면 좋겠어요.

Plant-based Bistro 다켄씨엘
서울 마포구 월드컵로19길 42 1층
darc.en.ciel

비건 지향 크리에이터부터 비건 식당 창업까지, 단지앙 님의 이런 다양한 활동과 경험들을 바탕으로 채식에 대한 마음은 있지만 망설이고 있는 분들께 전하고 싶은 이야기가 있다면 한마디 부탁드립니다.

채식이 어려울 것 같아서 또는 어떻게 시작해야 할지 몰라서 선뜻 실천하기가 어렵다면, '내일부터 나 채식할 거야'라고 당장 결심하기보다는 지금 내 앞에 있는 식탁에서 고기를 하나씩 빼 보세요. 그렇게 하나씩 하나씩 덜어 내는 연습을 하시다 보면 자연스럽게 덜어 낸 그 자리에 다른 다양한 음식들이 채워질 거예요.

이렇게 하실 수 있는 좋은 방법이 있는데요, SNS에서 '#채식식단', '#비건식단', '#나의비거니즘일기' 같은 해시태그를 검색해 보시면 정말 다양하고 좋은 정보들이 많아요. 그러면 내가 덜어 낸 자리에 죽음이 아닌, 정말 이롭고 건강한 음식들이 채워질 거예요. 그렇게 천천히 하나씩 실천해 보시는 것을 추천하고 싶습니다.

우리가
이야기 나눈
사람

단지앙

비건 피트니스 커뮤니티 '파이토케미컬유니언' 운영진으로 활동하며 비건 식당 '다겐씨엘'을 운영하고 있다. 언젠가는 비건 지향 크리에이터로서 활동을 재개하는 날을 꿈꾸고 있다.

우리가
이야기 나눈
곳

카페 거북이

식물성 재료로 만드는 디저트 카페
서울특별시 서초구 방배천로4안길 48 1층
_cafe_turtle_

가려진 진실을 폭로하는 비폭력 직접행동의 힘

직접행동DxE 활동가 섬나리

• • •

불과 몇 년 전까지만 해도 나는 배터리 케이지*에서 사육되지 않은 암탉이 낳은 닭알을 소비하자는 한 동물단체의 캠페인**을 착실히 따르며 양식 있는 소비자로서의 자부심을 맘껏 누리고 있었다. 소위 동물복지 농장이라고 하는 곳의 실제 사육 환경을 자세히 알고 싶은 생각도 없었거니와, 고작 닭알 껍질에 표시된 번호를 확인하는 행동만으로 케이지 양계 방식에 반대하는 정치적 입장을 취할 수 있다는 게 너무 간편하고 좋았다. 제품 너머의 출처를 굳이 알고 싶지 않은 마음, 알지 않아도 번듯한 현대인으로 계속 살아갈 수 있는 그 단단한 권력이 진실을 거부할 수 있는 강력한 기제로 작동했다.

동물해방공동체 '직접행동DxE(Direct Action Everywhere, 이하 디엑스이)'는 바로 이러한 일상의 기만과 폭력을 드러내며 첫 출범 당시부터 한국에서 큰 반향을 일으켰다. 고깃집, 식당, 마트 정육 코너 등 흔한 일상의 장소에 국화꽃을 놓고 함께 애도의 노래를 부르며 '음식이 아니라 폭력'이라는 구호를 외쳤다. 육식주의가 당연하게 짜 놓은 일상의 판을 흔드는 방해시위(Disruption), 즉 비폭력 직접행동의 철학이 담긴 혁신적인 운동 방식이었다.

그러나 나도 처음 디엑스이의 활동을 접했을 때는 괜한 방어기

* 산란계를 밀집 사육하기 위해 사용되는 A4용지 3분의 2 크기의 감금식 철장. 케이지가 겹겹이 쌓인 모습이 대포를 정렬한 모습과 비슷하다고 하여 붙여진 이름.

** 2018년 8월 23일부터 시행된 닭알 사육 환경 표시제로 인해 닭알 껍질 끝의 숫자를 통해 암탉의 사육 환경을 가늠할 수 있게 되었다. 끝자리 1번은 자연 방사, 2번은 계사 내 평사, 3번은 0.075제곱미터 크기의 다소 개선된 케이지, 4번은 기존 0.05제곱미터의 배터리 케이지에서 사육된 암탉이 낳은 닭알을 뜻한다.

제부터 거침없이 튀어나왔다. 시위의 자유를 주창하면서도 한편으론 영업장의 '불가침' 권리를 앞세우거나 '저건 좀', '극단적'이라는 말부터 주워섬기기 바빴다. 나는 절대 할 수 없을 것 같은 행동을 하는 그들의 낯선 용기가 불편했고, 마치 내가 그 현장에서 비난이라도 받고 있는 것처럼 사람들의 냉소와 비웃음을 확인하는 게 무서웠다.

이런 탓에 디엑스이 섬나리 활동가와의 인터뷰는 일말의 요동치는 마음을 안고 진행되었던 것이 사실이다. 그럼에도 도살장 락다운, 축산동물 공개구조 등 가려진 동물의 자리를 드러내기 위해 최전선에서 투쟁해 온 동물권 활동가를 통해 디엑스이가 지향하는 활동의 의미와 목표에 대해 들을 수 있을 터였다.

결론부터 말하자면, 이 인터뷰를 기점으로 나의 무언가는 확실히 바뀌었다. 이제 나는 비폭력 직접행동이 우리의 감정을 바닥까지 투명하게 비춰 주는 즉각적인 투쟁의 몸짓임을, 육식 사회에 대한 직선적인 도전임을 안다. 그리고 나 역시 그것에 대해 불편함을 느끼며 이미 흔들리고 있었고, 반응하고 있었다. 혐오감 없이 먹을 수 있는 소수의 동물 종을 철저히 분리해 냈던 자칭 동물 애호가였던 나 역시 육식주의의 피해자로 오랫동안 살아왔음을 겨우 깨달은 것이다.

도살장 앞에서 죽음에 직면한 돼지의 비명 속에서 비로소 '인간'으로서의 단단한 껍질이 부서졌다던 섬나리 활동가의 이야기는 조밀하게 응축된 에너지가 가득했다. 동물권 활동을 시작한 지 2년 남짓한 시간 동안 '동물'과 '동물'로서 연결된 감각과 인식의 대전환이 일어났던 그의 이야기는, 비거니즘이 단순히 식단의 단계를 구분하는 지표가 아니라 동물의 자리로 내려가 함께 연결되어야 하는 가치임을 강렬하게 확인시켜 주었다.

⋮

서울애니멀세이브와 디엑스이

SNS에서 섬나리라는 활동명을 몇 번 접했을 때는 이 이름이 본명인지 궁금하기도 했는데, 찾아보니 울릉도에 자생하는 백합과의 꽃 이름이더라고요.

아버지 본가가 울릉도인데 울릉도를 워낙 좋아하다 보니 쓰게 된 이름이에요. 울릉도에 섬나리 꽃이 많이 피거든요. 예쁘기도 하고요. 울릉도가 오랜 시간 비어 있다가 사람들이 다시 이주하기 시작한 게 약 1800년대 말쯤인데 그때 제 조상들이 이주를 했다고 들었어요. 할머니가 계셨던 곳이라서 저도 매년 울릉도에 갔었고 2년 정도 살기도 했어요.

너무 자연스럽게 만들어진 활동명이었네요.

본명도 울릉도랑 관련된 이름이기는 한데, 너무 흔하기도 해서요.

'서울애니멀세이브'와 '디엑스이'의 한국 지부에서 활동하고 계세요. 사실 이 두 단체에 대해 잘 구분을 못 하고 있었는데, 각기 다른 두 단체에서 활동을 병행하고 계신 거지요.

두 단체를 처음에 시작한 사람들이 같아서 활동 구성원이 거의 겹치기는 해요. 저희도 앞으로 어떻게 운영할지 전략적으로 고민하는 부분이긴 한데요. 두 단체가 활동 성격은 좀 다른데 구성원이 같다 보니까 외부에서 볼 때는 다 같은 단체에서 하는 것처럼 인식이 되기도 하더라고요. 어쨌든 두 단체 모두 전 세계적인 풀뿌리 운동으로서 활동 방향을 공유하면서 여러 지역에 퍼지는 것을 목표로 하고 있어요.

단체의 목적에 따라 분리를 해서 활동을 하시는 건데, 섬나리 님은 기획자로서 각 단체에서 어떤 활동을 주로 하시나요.

서울애니멀세이브는 일단 '비질' 활동에 집중하고 있어요. 도살장 사전 답사 및 참여자를 모집한 뒤 현장에서 진행하면서 경찰과 도살장 직원 대응 같은 것을 주로 하는 편이에요.

저도 SNS에서 비질 후기를 접했었는데 일단은 비질이라는 용어 자체가 생소하고 낯선 느낌이더라고요. 이 활동에 대해 좀 더 설명해 주실 수 있을까요.

영어다 보니까 종종 빗자루질로 이해하시기도 하는데 '비질(Vigil)'이라는 용어 자체는 철야 기도, 농성이라는 뜻이에요. 외국에서는 보통 참사 희생자들에 대한 강력한 정치적인 애도 행위를 의미한다고 해요. 그래서 육식주의 사회에서 이를 소, 돼지, 닭, 물살이* 앞에 붙여 쓰는 것은 굉장히 급진적인 의미를 갖게 되는 것이죠. 종차별 사회에서 '감히' 인간이 아닌 동물에 이 단어를 붙이는 것 자체가 질서에 대한 도전이고,

* 물살이는 오직 먹기 위한 존재로 어류를 대상화하는 물고기라는 종차별적 표현을 대체하는 용어이다.

인간 중심적인 추모의 개념을 확장하게 되죠.

이러한 비질과 함께 '증인되기(Bear Witness)'라는 용어를 같이 쓰는데요, 현재 육식주의 사회가 가리는 피해자들을 만나는 현장에 가서 증인이 되는 활동이라고 생각하시면 될 것 같아요.

그럼 디엑스이에서는 주로 어떤 활동들을 하시나요.

디엑스이는 방해시위(Disruption)와 공개구조(Open Rescue)가 주된 활동이에요. 또 그 활동을 가능하게 만들어 주는 활동가 커뮤니티 구축도 중요한 활동 중 하나예요. 한 활동가가 말하길 노동 운동이나 페미니즘 운동은 본인이 문제의식을 느끼면 거리에도 나가고 활발하게 참여할 수 있었는데, 동물권에 문제의식을 느끼고 운동을 해야겠다고 하니까 사람들이 대형 동물권 단체에 취업부터 하라고 했다더라고요. 동물권 운동을 하려면 일단은 채용이 되어야 하고, 또 그것 말고는 할 수 있는 게 많이 없다는 게 이상했다는 얘길 들은 적이 있어요. 그래서 디엑스이는 활동가 교육을 하면서 커뮤니티를 구축하는 것을 중요하게 생각해요. 디엑스이나 애니멀세이브가 풀뿌리 네트워크를 지향하는 이유는 그래야 전문가만 할 수 있다는 인식을 넘어 운동에 참여할 수 있는 이들이 많아지기 때문이에요. 문제의식을 느끼면 누구나 정치적인 목소리를 내는 게 시민의 권리이고 자연스러운 거잖아요.

주로 활동하시는 구성원의 연령대가 젊은 편인 것 같은데, 어떻게 모여서 디엑스이 한국 지부를 꾸리게 되었는지 궁금하더라고요.

'비질(Vigil)'이라는 용어 자체는
철야 기도, 농성이라는 뜻이에요.
외국에서는 보통 참사 희생자들에 대한
강력한 정치적인 애도 행위를 의미한다고 해요.
그래서 육식주의 사회에서 이를
소, 돼지, 닭, 물살이 앞에 붙여 쓰는 것은
굉장히 급진적인 의미를 갖게 되는 것이죠.

막상 활동하는 현장에서는 다양한 연령대의 연대자들이 오시긴 하는데, 주로 나서는 활동가나 운영 인력은 젊은 편인 것 같아요. 2019년에 열린 '비건 캠프'에 참가했을 때 본 비질 영상이 감명 깊었는데, 그때 마침 활동가들이 지구의 날 맞이 비질을 계획하고 있다고 하기에 저도 참여하면서 다 같이 처음으로 모이게 됐어요. 이후 1인 방해시위를 기점으로 디엑스이가 한국에서 활동을 시작하게 됐습니다.

가려진 동물들의 현실을 알리는 방해시위의 힘

활동 개시로 시작했던 1인 방해시위로 인해 디엑스이가 출범 즉시 엄청난 화제가 됐어요.

애초에 이런 결과를 전략적으로 의도하고 설계된 액션이지만, 개인적으로 이 정도 규모의 반응은 정말 상상도 못 했어요. 2019년 5월 어린이날쯤에 각자 다른 식당에서 1인 방해시위를 했고, 영상 공개는 6월 말쯤에 했었어요. 올리자마자 트위터 실시간 트렌드에 '영업방해', '방해시위', '비거니즘'이 올라오고 난리가 났더라고요. 트위터에서 조회 수가 50만이 넘고 리트윗도 몇천 개가 되고 뉴스에도 많이 나왔어요. 일본에서도 와서 인터뷰를 했는데 알고 봤더니 대형 방송사의 프로그램이더라고요. 이런 방해시위가 말도 안 되는 거라고 생각해서 급격히 디엑스이가 알려지게 된 것 같아요. 그다음에 대형마트에서 방해시위를 했었는데 그때도 사람들한테 충격적으로 다가갔던 것 같아요.

일본 방송 보도 화면

방해시위를 하고 날 때마다 여러 반응이 교차하잖아요. 일반적인 반응은 어느 정도 예상 가능했을 것 같은데, 채식하는 사람들도 그 층위가 다양하다 보니 어떤 공통의 가치를 일부 공유한다고 하는 쪽에서도 날 선 반응이 나올 땐 어떻게 느끼시나요.

채식 커뮤니티 같은 곳에서도 찬반이 엄청 나뉘어서 얘기가 많이 됐다고 하더라고요. 안 그래도 힘든데 채식인들 이미지 더 안 좋게 만든다고요. 그런데 사실 저희가 목표로 하는 게 사람의 식단에 집중하는 게 아니라 동물의 현실, 종차별에 대해 알리는 거거든요.

제가 가장 신기하다고 생각하는 건, 저희 구호가 '음식이 아니라 폭력입니다'인데 이게 사람들한테 제대로 다시 말해지는 경우가 거의 없다는 거였어요. '육식은 폭력이다'라는 식의 내용으로 다 바꿔서 얘기하는 거예요. 의미가 좀 다르잖아요. 그걸 계속 '채식 대 육식'의 문제로 가져가는 거죠. 육식이

음식이 아니라
폭력입니다

DIRECT ACTION EVERYWHERE
SEOUL

디엑스이의 공식 피켓 문구

라는 것 자체보다는 어쨌든 동물을 더 드러내기 위해서 하는 건데, 계속 '육식인 vs. 채식인' 이런 식으로만 나누니까요.

그 이후에 저희가 새벽이 구조도 하고 도살장 앞에서 결박도 하는 모습을 보면서 처음에 그런 반응을 했던 분들도 점점 변하는 것 같더라고요. '이 사람들이 그냥 식습관에 대해서 뭐라 하는 게 아니라 뒤에 있는 동물을 드러내는 거구나' 하면서요. 처음에는 방해시위에 반감을 많이 가졌었는데 이제는 왜 그렇게 하는지 이해가 된다면서 같이 참여하시는 분들도 있고요. 사실 이런 얘기는 댓글로 다는 게 아니라 메시지로 보내시니까 저희가 부정적인 피드백만 받는다고 보일 수 있는데요, 생각을 다시 하게 됐다는 분들도 많아요.

말씀하셨듯이 방해시위 같은 직접행동이 일반인에게 불편하고 낯선 경험으로 다가간다는 걸 활동가분들도 이해한다고 하시더

라고요. 그러다 보니 일반인들이 쉽게 소화할 수 있는 운동의 방식에 대해서도 고민하는 지점들이 있는지 궁금했어요. 한국에서 비거니즘이 대안적인 라이프스타일로 많이 소비되면서 대중성을 확보하고 있는 것과는 다른 방향성으로 느껴지기 때문인데요.

디엑스이의 활동 목표나 방향에서 '라이프스타일 비거니즘'에 대해서는 얘기를 하지는 않고 있어요. 오히려 효과가 없다고 판단하기도 하고요. 사실 한국에서는 이제야 라이프스타일로서의 비거니즘이 좀 퍼지고 있는 것 같은데요, 그런 것들이 먼저 퍼진 미국의 사례를 얘기하고 싶어요.

미국에는 '홀푸드'처럼 비건 프렌들리한 회사가 많아서 비건 옵션 상품이 엄청나게 많이 출시되는데요. 이를테면 디엑스이는 홀푸드에 공급하는 '동물복지 고기', '동물복지 달걀'을 생산한다고 하는 농장을 직접적인 타깃으로 삼고 들어가요. 막상 가 보면 어마어마하게 동물을 학대하고 있거든요. 이런 현장을 담아내서 기업들의 기만을 더 파헤쳐요. 한국 기업들도 비건 제품을 출시하면서 흐름을 좀 따라가긴 하는데, 사실 비건 음식이 옵션으로 나온다고 해서 다른 것이 줄어들 거라고 기대하는 건 너무 낙관적인 생각이고 실제로 그렇게 굴러가지도 않거든요. 그래서 불편한 것들, 명확한 목표를 계속 드러내야만 사람들이 많이 바뀌고, 실제로 대중운동의 방향으로서도 오히려 효과적이기 때문에 채택하고 있는 것이죠.

저 같은 채식인 입장에서는 옵션이 늘면 좋긴 하지만 말씀하신 것처럼 옵션이 생긴다고 해서 기존 메뉴가 줄어드는 건 아니니까 소비할 때에도 고민이 되긴 하는데요. 이런 시장의 변화 자체에

대해서는 어떻게 생각하시나요.

그래도 나오면 좋죠. 왜냐면 나와야 그 기만을 보여 주면서 그 다음 단계의 운동을 할 수 있으니까요. 어쨌든 일차적 운동이 있었기에 기업에서 옵션 제품을 출시한 거고 사람들에게 인지는 좀 더 되는 거잖아요. 그 상태에서 할 수 있는 운동이 새로 생기는 거예요. 저희의 목표가 옵션을 늘리는 건 아니지만, 이런 상태에서는 기업들이 옵션으로 자신들이 저지르고 있는 어마어마한 폭력을 가리려고 한다는 메시지를 사람들한테 전달할 수 있거든요. 옵션이 없는 상태에서 '옵션을 늘리는 것은 근본적으로도 효과적으로도 해결책이 될 수 없다'는 것을 우리의 목표와 대비해서 말하기가 힘들죠.

누군가에게는 마지막인 순간을 만나러 가는 일

인터뷰 수락을 해 주셔서 잡지 《문학3》*에 기고하신 글을 읽었는데, 동물권 활동가로서의 시간이 그렇게 오래되지 않았다는 게 새삼 놀랍게 느껴지더라고요. 기고 시점 기준으로 2년 전까지는 육식을 했다고 밝히셨는데 '비명 지르는 그들과 만난 뒤, 다시는 예전처럼 살아갈 수 없게 되어 버렸다'고 하셨어요. 동물권을 잘 모르고 큰 관심도 없으셨던 분이 관련된 영상을 봤다고 해도 어떻게 곧바로 비질 활동에 참여할 수 있었던 걸까요.

전부터 육식을 끊기는 했지만 비질이 결정적인 계기가 되었

* 《문학3》 2020년 3호-불편한 문학, 불편하게 하는 문학

던 건 더 이상 음식이라는 생각 자체가 안 들게 되었기 때문인 것 같아요. 끔찍하다는 느낌도 아니고 그냥 음식이라는 범주에서 아예 삭제된 느낌? 그전에는 내가 선택할 수 있는 옵션이지만 안 먹는다는 느낌이 강했거든요. 전에도 영상으로 많이 보기는 했지만 어쨌든 다른 사람이 찍은 거라서 그 동물들이 저를 보는 느낌은 아닌데, 비질에 가면 저를 보는 게 느껴지니까 진짜 만났다는 느낌이 들더라고요.

비질은 맨 처음부터 참여했기 때문에 더 걱정 없이 갔던 것 같기도 하고, 그때 동물권을 얘기하는 새로운 사람들을 워낙 많이 알게 된 시기라서 같이 하면 별로 걱정이 안 되는 부분도 있었어요. 도살장이라는 곳이 사실은 정말 평범한 곳에 있더라고요. 앞에 식당도 있고요. 처음엔 그런 이미지가 잘 그려지지 않으니까 걱정을 좀 하긴 했는데, 그냥 그 정도로만 생각하고 갔던 것 같아요.

그런데 그다음부터는 매주 도살장을 가셨다고요. '죽은 동물들의 소리가 계속 들리고 그 소리를 듣느니 직접 마주하는 게 편할 것 같아 그냥' 매주 가셨다고 쓰셨는데, '더 이상 만날 수 없는 존재를 만나러 간다'는 것을 아직 구체적으로 상상하기가 힘들어서 그런지 그 마음이 조금 낯설게 느껴지기도 했어요.

솔직히 매주 가는 것도 적다고 느껴질 정도이긴 했어요. 혼자 간 건 아니고 매주 비질을 하면서 수많은 사람들하고 같이 간 건데, 어쨌든 제가 없을 때도 동물들이 도살장 안으로 계속 들어가고 있다는 느낌이 드니까요. 그 느낌이 강하게 왔던 것 같아요. 가면 마음이 힘들고 좀 그렇긴 한데, 막상 잠깐만 떨어져도 너무 편한 거예요. 너무 깔끔하고요. 그런 느낌이 싫더라고요. 너무 금방 잊을 수 있으니까요.

그런데 나만 이렇게 느끼는 것보다 최대한 많이 느끼면 좋겠다는 생각도 들었어요. 처음 두세 번 갔을 때는 저도 충격만 있었고 좀 많이 무뎠어요. 돼지 얼굴이 마음에 잘 안 들어오고 비명 소리가 들리니까 끔찍하다 이런 느낌이었어요. 슬프다는 생각도 없었고 충격만 커서 눈물도 안 났었거든요. 그때까지만 해도 추상적으로만 느껴졌었는데 점점 가다 보니까 닭도 그렇고 돼지도 그렇고 소도 그렇고 각자 다르게 생긴 얼굴이 점점 보이는 거예요. 닭도 다 똑같이 생긴 줄 알았는데 눈도 다르고……. 이런 걸 보니까 진짜 만나러 간다는 생각이 들면서 충격적인 걸 전한다는 것보다는 내가 누군가에게는 마지막인 순간을 만난다는 게 의미 있게 느껴졌어요.

앞으로도 비질은 계속 진행할 계획이 있으신가요?

지금은 좀 공백이 있기는 한데요, 가장 아쉬운 건 비질에 딱 한 번 오는 걸로는 조금 부족하다는 점이에요. 어떤 분들은 너무 절망적이어서 힘이 좀 빠진다고도 하시는데, 처음에는 그런 감정이 들 수 있는데 계속 오다 보면 오히려 좀 더 단단해지는 게 있거든요. 그다음에 이제 뭔가 해야겠다 하는 확신도 생기고요. 동물도 고통받는 존재로서 대상화되는 게 아니라 하나하나의 얼굴을 다 보게 되는 거예요. 그래서 많이 왔으면 좋겠는데 보통은 한 번 오시고 이렇게 충격적인 게 있더라 하고 끝나서 좀 아쉽기는 해요. 평일이고 멀리 이동하다 보니까 힘든 부분도 있기는 하죠. 장기적으로는 이런 일회적인 경험

전부터 육식을 끊기는 했지만
비질이 결정적인 계기가 되었던 건
더 이상 음식이라는 생각 자체가
안 들게 되었기 때문인 것 같아요.
끔찍하다는 느낌도 아니고
그냥 음식이라는 범주에서 아예 삭제된 느낌.

이나 절망으로만 끝나지 않고 공동체가 함께하는 일종의 정치·사회적 의례로서의 성격을 만들어가는 것이 목표예요.

2년 남짓한 시간 동안 동물해방 운동에 이렇게 주력하시게 된 모습이 참 놀랍게 느껴져요.

처음 비질을 간 게 2019년 4월 22일인데 그 일주일 전이 세월호 참사 5주기였어요. 저랑 연령대가 비슷한 사람들이 겪은 사건이었는데 금방 잊히는 게 너무 답답했었거든요. 처음 비질에 갔는데 벽 하나 두고 도살장 안에서 비명이 막 들리는 거예요. 트럭에서 내릴 때 돼지들을 찌르니까 나는 비명이었던 것 같은데, 어쨌든 저는 그 소리를 처음 들었으니까요. 당시 업체 경비랑 경찰이 왔었는데 전부 돼지는 하나도 신경 쓰지 않고 그냥 이 사회가 잘 굴러가는 것에만, 자기 할 일에 대해서만 반응하는 것을 보고 '여기서부터 안 되니까 다른 것도 다 이 모양이구나'라는 생각을 했어요. 너무 대놓고 비명인데 아무렇지도 않으니까요. 사람들이 이 비명을 못 들으니까 다른 비명도 무시하는 것 같더라고요. 왜냐면 동물을 죽이고 사는 건 일상이니까요.

이런 바탕 위에서 사회가 굴러가고 있으니까 약하고 돈 없는 사람들이 죽는 건 어쩔 수 없다는 식으로 인식되는 것 같아요. 다 이어져 있다는 게 그제야 완전히 느껴지더라고요. 그래서 인권 운동만 하는 것은 굉장히 단절되어 있다는 느낌이 들어서 동물권 운동을 해야 다른 것도 좀 풀리겠구나 싶었어요. 이게 더 드러나야 다른 폭력도 사람들이 더 민감해지고 참여를 하겠구나 싶었던 거죠.

정말 급진적으로 변화하셨다는 느낌이 드는데, 그만큼 일상이 많이 바뀌셨을 것 같아요.

네, 정신이 없어요.(웃음) 학교도 그만뒀거든요. 답답해서요. 생활이나 인간관계도 아예 다 바뀌어 버렸어요.

법정에서 동물의 권리를 외치다

디엑스이에서 활동가들이 콘크리트에 팔을 결박해 도살장 트럭을 막아 닭 7천 명의 죽음을 5시간 미루게 한 사건을 정식 재판으로 이끌었어요. 1심에서 유네스코 세계동물권리선언을 인용하며 동물의 권리를 인정한 판결문 내용 등 재판 과정에서 나온 일부 성과들도 있는데요, 이에 대한 소회와 앞으로의 계획은 어떠한가요.

사실 재판 결과가 크게 바뀔 거라고 기대는 하지 않아요. 당장의 재판 결과만을 목표로 하는 것도 아니고요. 디엑스이는 법정이 동물의 현실을 세상에 알릴 수 있는 또 하나의 기회라고 생각해요. 우리의 목표는 법적인 영역에서 동물의 현실을 최대한 많이 얘기하고 그걸 계기로 사회에 널리 퍼뜨리는 거예요. 밖에서만 얘기한다고 우리의 요구 사항이 법 안으로 들어가는 게 아니고, 현행법의 부정의(不正義)라는 선을 넘으며 드러내는 사건으로 우리가 법의 영역으로 들어가야지 법이 바뀌는 것이기도 하고요. 어쨌든 지금은 동물권을 담론 안에 올리는 걸 목표로 하고 있고, 장기적으로는 정말 현실성 있는 계획들을 더 전략적으로 가지고 가야죠. 오래 걸리긴 하겠지만요.*

마침 인터뷰 오기 전날 밤 한 뉴스레터 채널을 통해 메일을 받았는데, 바로 이 재판에 대한 이야기더라고요. 원래는 항소를 할 계획이 없으셨다고요.

어떤 분한테 여쭤보면서 들은 건데요. 캐나다 '토론토 피그세이브(Toronto Pig Save)'를 처음 만든 사람이 강아지와 산책을 하던 중 돼지 도살장 앞을 지나가다가 돼지들이 목말라 하는 걸 보고 물을 줘야겠다 싶어서 시작을 한 거래요. 근데 그렇게 물을 준 행위 자체만으로 기소가 된 거예요. 이런 재판 자체가 사람들한테는 굉장히 특이하잖아요. 그렇게 법정에 서면서 엄청나게 많은 활동가를 결집시키고 운동을 성장시키는 계기가 됐다고 해서 저희도 그런 목표로 항소심을 진행하게 됐어요.

이처럼 여러 건의 재판을 통해 '동물권리장전'에 대한 의제도 많이 전달하고 있는데, 여기에는 어떤 활동 목적이 있나요.

동물권리장전은 디엑스이에서 하는 주된 목표이자 프로젝트라고 보시면 될 것 같아요. 개나 고양이의 경우에는 법이 어느 정도 있으니까 법에 대해 요구를 하기가 수월한데, 농장동물이나 실험동물 같은 경우에는 이미 합법적으로 이루어지고 있는 산업이기 때문에 관련 법을 조금씩 개선하는 것으로는 엄청난 한계가 있어요. 이미 외국에서도 관련 활동을 많이 했

* 디엑스이는 2019년 10월 4일 세계 동물의 날을 맞이하여 경기도 용인시의 한 도계장 앞에서 진행한 글로벌 락다운 액션으로 업무 방해로 기소돼 1심에서 천2백만 원의 약식명령을 받았지만 이에 대한 정식 재판을 청구했다. 디엑스이는 2심에서도 상고심을 진행함으로써 동물 권익을 대변하는 운동으로서는 최초로 대법원의 심리를 받은 바 있다. 앞서 동물의 권리와 현실이 명기된 판결문을 얻어 낸 만큼 대법원 판결에서도 동물의 권리에 대한 진일보한 판결을 기다리고 있는 중이다.

지만 스톨(Stall)*을 없앤다든지 케이지를 조금 더 넓힌다든지 하는 정도밖에 개선을 못 했는데, 오히려 그사이에 축산업의 규모는 어마어마하게 성장해서 사실상 실패한 거라는 진단이 있어요. 그리고 '지금 당장 동물해방' 같은 구호를 외치는데 장기적으로 봤을 때 좀 추상적으로 느껴지는 게 있잖아요. 그래서 인간의 권리도 권리장전을 통해서 침범할 수 없는 권리가 된 것처럼, 동물의 권리도 그런 식으로 법제화되어야 가능하다고 좀 더 구체적으로 들어간 게 동물권리장전이에요.

디엑스이는 전 세계적인 네트워크지만 처음에 시작된 미국 버클리가 중심이라서 그곳의 자료들을 주로 참고해요. 디엑스이의 목표가 한 세대 내에 동물해방을 이루는 것이라서 40년 단위의 로드맵이 전부 있어요.** 일단 한국하고는 법이 좀 달라서 한국에 맞게 만들고 있고, 아직 제대로 퍼뜨리지는 못했는데요. 그래서 저희 활동에 대해 정식 재판을 청구하고 법정에 서는 일들의 목표는 이런 동물권리장전이 필요하다는 담론을 만들기 위한 신호탄 같은 느낌으로 하고 있어요. 앞으로는 한국에서도 동물권에 대한 법제화가 필요하다는 것을 구체적으로 제시할 예정이에요.

활동을 하는 동안 동물복지를 인간복지보다 우위에 둔다는 주장도 많이 들어 봤을 것 같아요. 동물과 인간을 분리하는 대표적인

* 돼지를 대규모로 사육하기 위해 만들어진 철제 구조물. 돌아누울 수조차 없는 좁은 공간이 일렬로 설계되어 있다. 어미 돼지는 임신 기간 대부분을 스톨에서 보내다가 출산 임박 시에만 분만 틀에 보내진다. 출산 후 다시 돌아와 평생 임신과 출산을 반복하게 된다.

** 디엑스이가 제시하는 로드맵. dxe.io/roadmap

근거로 우월성을 내세우는데, 디엑스이의 슬로건이 '모두가 해방되지 않으면 아무도 해방될 수 없다'잖아요. 이런 활동 방향과 슬로건의 의미에 대해 자세히 설명해 주실 수 있을까요.

최근에 한 활동가가 초등학생을 대상으로 과학 과외를 했대요. 거기서 동물에 대해서 배우는 게 있었는지, 활동가가 인간도 동물이라고 하니까 '인간이 왜 동물이에요?'라면서 학생이 전혀 이해를 못 한다는 거예요. '그럼 인간이 식물이에요?' 라고 반문하면 그제야 '그건 아니네'라고 답을 한대요. 인간이 동물이라는 개념이 희박하고 정말 특별한 존재라는 인식이 이 사회의 바탕을 이루고 있다고 느꼈어요.

사람들이 복잡하고 단절된 사회에 있다 보니까 기본적인, 즉 동물적인 감각에 대해서는 무시를 하잖아요. 먹고, 싸고, 자는 이런 행위에 대해 부정적으로 보고 관심을 잘 못 기울이니까 스스로도 좀 분리되어 있는 존재라고 생각하는 것 같아요. 예전에는 저도 복잡한 생각을 하면 할수록 그렇게 느꼈던 것 같고, 그래서 인권이 더 높고 대단한 것처럼 느껴지기도 했었어요.

사실 도시라는 것 자체가 전부 동물이 살던 공간을 콘크리트로 깔아서 안전하게 살고 있는 거잖아요. 옛날에는 맹수도 있고 많이 다치기도 했는데 지금은 약도 먹고 병원에도 가면서 오래 살 거라는 기대 때문에 노후 준비도 하지만, 사실 인간은 굉장히 취약해요. 우리도 몸 안에 전부 피가 흐르는 존재인데 그런 감각이 너무 없는 것 같아요. 죽음이라는 것 자체도 분리되어 장례식장에서 깔끔하게 처리되니까 완전히 가려져 있는 거예요. 도살장 앞이 그나마 죽음을 볼 수 있는 곳이고, 오히려 도시는 그런 모습이 하나도 없어서 더 무서운 곳이거든요. 죽음이 드러나지 않는 곳에서는 삶도 제대로 된 의미가 사라지는 거예요. 죽음을 알아야 삶도 느껴지는 거니까요.

지금은 동물도 주로 개, 고양이만 생각하게 되는데 사실 동물권은 인권이라는 것보다 더 넓은 범주이고 사실 우리도 그 안에 포함이 되는 거예요. 이렇게 얘기하면 '그럼 동물도 인간처럼 똑같이 투표권도 줘야 하나'는 식의 주장도 많이 하는데 그런 뜻이 아니죠. 동물권리장전 내용처럼 각 동물마다 기본적인 권리가 있고 충족되어야 하는 것들이 있는데, 자세히는 모르더라도 '지금 우리가 하고 있는 게 폭력'이라는 걸 말하는 권리이기 때문에 이 부분에 좀 더 집중하고 상상력을 넓혔으면 좋겠어요. 본인의 문제로도 생각을 넓혀서 나와 분리된 문제가 아니라 지구상에서 취약하게 존재하는 같은 동물로서 우리가 동물답게 살아갈 수 있는 권리로서 생각을 하면, 옳고 그르고 비난하는 문제가 아니라 꼭 다 같이 행동을 해야 하는 문제가 되는 거니까요.

로즈법: 동물권리장전
Rose's law: Animal Bill of Rights

1. **고통과 착취로부터 구조될 권리**
2. **보호받는 집, 서식지 또는 생태계를 가질 권리**
3. **법정에서 그들의 권익을 대변하고, 법에 의해 보호받을 권리**
4. **인간에 의해 착취, 학대, 살해당하지 않을 권리**
5. **소유되지 않고 자유로워질 권리 - 또는 그들의 권익을 위해 행동하는 보호자가 있을 권리**

roses_law_korea

반드시 동물과 연결될 수밖에 없는 탈육식이라는 감각의 대전환

동물권을 잘 모르던 상태에서 먼저 채식을 시작하셨다고 했는데 그럼 비질에 갔을 때도 채식을 하던 중이셨겠네요.

네, 지금 그게 딱 2년 정도 됐는데요. 동생이 먼저 영화 「옥자」를 보고 동물권에 관심을 갖게 돼서 비건을 하고 있었는데, 저는 그때 인간 문제에만 관심을 가지고 비인간 동물은 눈에도 안 들어왔었어요. 동물권 운동 보면서 답이 없어 보이는데 어떻게 하고 있나 싶기도 했었어요. 특히 인간의 언어로 의사소통이 안 되니까 더 힘들어 보이는 거예요. 더군다나 개, 고양이에 대해서만 그 정도로만 생각하고 소, 돼지, 닭은 거의 알지도 못했어요.

동생이 조심스럽게 추천해 줬던 다큐 같은 게 있었는데 막상 귀찮아서 안 보고 있었거든요. 그리고 그냥 존중해 주는 척만 했어요. 식당 같이 가자고 하면 몇 번 같이 가는 식으로요. 그러다 같이 본가에 모였을 때 동생이 상처를 받은 일이 있었고 장문의 카톡을 보냈는데, 그 메시지를 보고 제가 위선자임을 반박할 수가 없어서 예전에 동생이 보라고 했던 다큐멘터리를 하나 봤어요. 「몸을 죽이는 자본의 밥상」이라는 다큐인데 사실 동물권에 대한 내용은 아니에요. 마침 저도 관심 있던 자본주의나 제약 산업, 의료 시스템, 환경에 대한 주제가 나오니까 '아, 진짜 먹을 이유가 없겠구나' 하는 생각이 들어서 조금씩 안 먹기 시작했어요. 그다음에 게리 유로프스키 같은 활동가의 동물권 강연도 유튜브로 보고 비건 캠프도 가고 다큐 「도미니언」도 보게 됐죠. 그전에는 채식을 했어도 동물 때문에 한다는 느낌은 크게 없었던 것 같아요. 동물도 안 죽으니까 그냥 좋지, 이런 느낌이었는데 이후에 다른 다큐멘터리를 보면서는 눈물이 나더라고요.

사람들이 음식 뒤에 동물의 도살이 있다는 건 다 알잖아요. 단적으로 2020년 여름 집중 호우 때 비를 피해 지붕이나 산 중턱의 절로 도망친 소들을 보며 수많은 사람들이 간절히 구조 요청을 보내는 등 감정적으로 많이 연결됐단 인상을 받았거든요. 이후 공개된 기사를 보니 그때 구조된 소가 일주일도 안 돼 도살됐다고 하더라고요.* 또 한국에서 개 식용 종식을 위한 운동을 할 때마다 '너희는 소나 돼지도 안 먹냐'고 꼭 반문하는 사람들이 있어요. 이런 반응을 보면 미약하게나마 동등성에 대한 개념은 가지고 있는 것 같은데, 왜 결정적으로 실천으로는 이어지지 못할까 싶더라고요.

가능성이 없어 보이니까 할 수 있는 것에 대해서만 생각을 하게 되면 그렇게 되는 것 같기도 해요. 피난하고 있는 소를 구조하는 건 맞지만 '가축'의 운명 자체는 어쩔 수 없다고 생각하니까요. 지금 당장의 현실이 문제를 받쳐 줄 준비가 안 되어 있어서 그런 것 같아요. 그래서 디엑스이의 목표가 한국에서도 정말 구체적인 비전을 제시하는 거거든요. 동물해방이라는 구호를 들으면 이상적으로만 느껴지니까 적극적으로 하고 싶어지지 않잖아요. 그래서 한 세대 안에, 우리 생애 안에 동물

* 2020년 11월 14일자 한겨레신문 커버스토리 '90310 소의 경로' - 살려고 오른 세상 꼭대기… '지붕 위 그 소는 어떻게 됐을까'

권리장전이 포함된 헌법 수정안을 통과시킨 뒤, 모든 도살장의 문을 닫을 수 있다는 목표를 제시하는 거죠.

물론 기후위기도 그렇고 지금 안 하면 큰일 난다는 것은 어느 정도 알지만 너무 거대하거나 미약해 보여서 안 하는 게 크다고 생각하거든요. 물론 저희도 대담하게 제시하는 거지만 어쨌든 정말 구체적이고 실현 가능한 것을 목표로 움직이는 사람이 많이 늘어나면 똑같은 상황이어도 사람들의 생각이 훌쩍 나아갈 수 있는 건 한순간이라고 생각해요. 소도, 개도 마찬가지예요. 어쩔 수 없다는 것만 조금씩 깨 주면, 사실 동물이 고통받는 걸 보고 좋아하는 사람은 거의 없으니까요.

그리고 농장도 기업형으로 대규모로 운영하는 경우도 있지만 국가에서 투자해서 생계형 축산으로 전환된 사람들은 당연히 방어적으로 나올 수밖에 없어요. 이런 문제에 대해서도 동물권리장전에서는 '정의로운 전환'이 필요하다는 제시를 하고 있어요. 축산업도 정부 예산을 엄청나게 써서 굴러가는 거거든요. 그 예산을 농가들의 업종을 전환하는 데만 써도 가능한 거예요. 이런 담론이 점점 커지면 사람들이 어느 정도 현실성이 있는 얘기다, 축산업이 없어져야 하는 건 맞다는 확신이 생기고 전환도 할 수 있어요. 목소리만 커지면 사람들의 반응도 금방 바뀔 거라고 생각해요.

채식의 필요성을 비롯해 육식 문화 뒤에 가려진 진실과 연결되는 계기나 시기는 사람마다 모두 다르잖아요. 「더 게임 체인저스」 같은 다큐멘터리를 보고 오히려 더 동기 부여가 되는 분도 있다더라고요. 동물권뿐만 아니라 환경, 건강 등 어떤 이유로든 많은 사람

이 탈육식을 하는 것이 중요하다고 생각하시나요.

그런 다큐에서도 전부 동물에 대한 메시지를 전달하고 연결되어 있다는 얘기를 하잖아요. 탈육식을 한다는 건 결국엔 세상에 대한 감각을 새롭게 만드는 거라고 생각해요. 동물을 먹지 않는 것으로 당장 축산업이 끝나진 않지만 그간 무시했던 동물의 고통을 좀 더 느끼고 어떤 계기로든 결국에는 동물과 연결이 될 수밖에 없다고 생각해요. 반드시 그래야 하고요.

실천의 완벽성 자체에 초점을 맞추면 유지가 어렵거나 열패감을 느끼는 분도 많다고 해요. 육식을 하지 않아도 육식 문화의 선택지에서 살아가야 하기 때문에 '미트 프리 먼데이(Meat Free Monday)' 같은 캠페인이 등장하기도 했고, 실제로는 비건보다는 다양한 단계의 채식주의자가 시장을 변화시키고 더 많은 동물을 살리는 효과가 있다고 하기도 하는데요.

평소에 생각하고 있던 질문들이긴 해요. 미국에서도 '디엑스이는 왜 전통적인 비거니즘이나 라이프스타일에 대한 교육을 하지 않느냐'는 지적이 있었어요. 앞서 말씀드렸듯 그런 게 더 효과적이라고 판단하는 것에 반대하는 건데, 왜냐면 경제적인 측면보다는 정치적인 측면에서 동물을 드러내는 게 운동의 목표를 가리지 않고 더 효과적이기 때문이에요.

디엑스이는 실천의 완벽성에 대해서는 절대 얘기를 하지 않아요. 문제를 알았을 때 현실에 같이 저항하는 게 중요한 거지, 저항할 자격이 있는 게 아니잖아요. 완벽하게 비건을 해야 동물권 운동을 할 수 있는 게 아니니까요. 문제의식을 느껴서 참여하는 과정에서 더 알게 되는 것도 있고요. 비질을 할 때도

'난 아직 비건이 아니라서 도살장에 못 가겠다'는 얘기도 많이 들었어요. 비질에 가서 어떤 폭력이 있다는 것에 직면하고 목소리를 내는 게 중요한 거지, 개인을 바꾸는 것에 집중하는 운동이 아니니까요. 동물권의 측면에서 보다 널리 정치적인 목소리를 내는 게 중요하다고 생각해요.

그런데도 어려운 부분은, 각자가 느끼는 감정이에요. 저희는 지금 육식을 하는지 여부와 상관없이 같이 운동을 할 수 있다고 말하지만 개인적으로 그것이 불편해서 참여하지 않게 되는 부분이 있으니까요. 어쨌든 어떤 자격이 중요한 게 아니라 같이 정치적인 목소리를 내는 게 중요하기 때문에 '미트 프리 먼데이' 같은 캠페인을 디엑스이가 굳이 하지는 않죠. 저희의 목표는 동물의 현실을 긴급한 정치적 의제로 만드는 것이니까요.

디엑스이는 사회운동 연구를 참고해서 전략을 짜는데, 인구의 최대 3.5퍼센트가 참여한 비폭력 시민운동들이 역사적으로 사회에 어마어마한 변화를 일으켰다는 연구 결과가 있어요.* 사실 현재 소위 선진국을 제외하고 착취를 많이 당한 나라들은 모든 자원을 뺏겨서 축산업이 아니면 먹고살기도 힘들게 만들어진 구조가 많아요. 그래서 활동가들은 신변의 위협을 감수하고 동물권 운동을 하는데, 적은 수라고 하더라도 엄청나게 크게 퍼져 나갈 수 있으니까 개개인을 비건으로 만드는 방식에 집중하는 것보다는 이런 방식이 폭력을 잘 드

* 3.5퍼센트의 법칙. 정치학자 에리카 체노웨스는 1900년부터 2006년까지 시민의 저항과 사회 운동에 대해 다룬 저작물들을 상세하게 검토한 결과, '저항 운동이 절정기에 인구의 3.5퍼센트가 참여한 것 중 실패한 사회운동은 없다'는 결론을 발표했다.

러내며 동시에 더 현실적이고, 효과적이기도 하죠.

돼지 '새벽이'의 공개구조와 국내 최초 생추어리* 설립

경기도의 한 종돈장에서 구조한 돼지 새벽이의 삶을 기록하는 생추어리 운영기를 인상 깊게 봤었어요. ** **국내에서는 생추어리가 처음 설립된 사례인데, 새벽이를 구조하게 되기 전까진 생추어리 설립 계획이 따로 있었던 것은 아니었다고요.**

계획은 없었지만 구조하기 전에 대책이 있기는 했어요. 맡아 줄 데도 있었고요. 그런데 새벽이를 구조한 다음에 여러 이유로 계획들이 다 무산이 됐어요. 생추어리 설립이라는 건 너무 큰 문제라서 처음부터 그것까지 생각했으면 구조를 못 했을 것 같고요. 계획이 무산되면서 처음에는 활동가 집에서 지내다가 다른 동물권단체의 보호소로 갔었어요. 흙이 있으니까 가자마자 새벽이가 너무 신이 나서 뛰어다니더라고요. 그런데 새벽이가 몸집이 계속 크니까 거기도 좁아지기 시작한 거죠. 그렇게 힘들어질 즈음에 생추어리를 만들어야겠다 해서 이리저리 부탁하면서 땅도 알아보고 2020년 5월에 설립하게 됐죠.

* 1986년 미국의 동물권 활동가 진 바우어가 가축 수용장의 사체 더미에서 양 한 명을 구출하며 '생추어리 농장'을 설립한 것을 계기로, '생추어리'는 도살장이나 공장식 축산 농장에서 구조된 동물을 위한 공간으로 명명되기 시작했다.

** 새벽이 구조부터 생추어리 설립까지의 기록을 담은 디엑스이 활동가들의 책 『훔친 돼지만이 살아남았다』(2021, 호밀밭)가 출간되었다.

생추어리 운영기를 보면 정말 모든 것을 바닥부터 일구어 나간다는 느낌이었어요. 한국에서는 돼지를 고기로 다루는 것 이외의 방법론이 전혀 없기 때문에 외국 자료를 통해 돼지의 본성을 파악해야 하는 등 여러 가지 어려움이 있다고 들었는데요.

설립까지는 저도 많이 참여를 했는데 이후에는 자원 활동을 좀 하다가 지금은 분리가 되어 있기는 해요. 물론 디엑스이가 새벽이를 구조했고 한국에서는 최초로 설립한 생추어리라 처음에는 마치 디엑스이의 생추어리처럼 여겨지는 상황이었지만, 사실 해외에서는 디엑스이는 공개구조만 하고 생추어리에는 비밀리에 동물을 데려가는 방식이거든요. 동물의 신변이 위험하니까요. 외국에는 생추어리가 여러 군데 있어서 가능한 것도 있는데, 저희도 그렇게 해야 할 것 같아서 팀도 나누고 분리를 시켰어요.

2020년 초에 몇몇 활동가가 이탈리아의 생추어리에 방문해서 그곳에서 봉사하면서 얻은 경험과 자료가 도움이 많이 됐어요. 한국에는 양돈 쪽에 건강 관리를 위한 안내는 있긴 하지만 너무 한정적이거든요. 어쨌든 농장에서 돼지를 관리하기 쉽도록 공간을 구성하는 거잖아요. 생추어리에서는 편하게 돌아다녀야 하고 농장처럼 이윤을 위해 살만 찌우도록 관리하는 게 아니니까 돼지의 습성에 대해서는 여러 자료를 많이 참고하고 있죠.

생추어리가 위협받는다는 글도 보았는데 어떤 이유인가요? 보호와 확장 사이에서 균형을 맞추는 것이 중요할 것 같은데 어떤 고민이나 목표가 있는지 궁금해요.

다른 국가도 마찬가지일 텐데 한국에서는 아프리카돼지열병 등의 전염병이 발생하면 국가의 예방적 살해(살처분)로 인해 엄청 위험해져요. 지금 있는 곳 근처에는 위험성이 없다고 듣긴 했는데 전에 활동가들과 땅을 이곳저곳 알아볼 때도 어딜 가나 근처에 농장이나 도살장이 있어 많이 걱정되더라고요. 사실 지금 있는 곳에서 계속 있을 거라는 생각은 안 하고 있거든요.* 생추어리의 의미와 존재가 많이 알려져서 새로 만들어지는 걸 바라고 있어요. 지금 생추어리의 이런 경험을 잘 아카이빙하고 다른 생추어리가 계속 생길 때 도움을 주는 걸 목표로 하고 있고요.

새벽이생추어리
국내1호 생추어리.
새벽이와 잔디가 살고 있다.
dawnsanctuarykr
facebook.com/dawnsanctuarykr
후원 페이지

생추어리 출입문 앞에 '여기서는 동물들이 주인이고 당신이 방문객'이라는 인상 깊은 문패가 있더라고요. 사람들이 이곳을 대할 때 어떤 태도가 필요하다고 생각하시나요.

그냥 동물원에서 그랬듯 구경하듯이 보는 게 아니라 생추어리가 왜 있는지, 새벽이가 어떤 곳에서 와서 무엇을 빼앗겼었는지 그 관계를 생각해 보면 좋겠어요. 그리고 사실 생추어리라는 게 파라다이스가 아니거든요. 그 안에서도 답답하고 외로워한다는 것들을 많이 의식하고 새벽이라는 존재에 대해서 접근을 해 줬으면 좋겠어요.**

* 새벽이생추어리는 새로운 부지로 이주를 준비 중이다.

확실히 가려진 것을 가시화시키는 활동을 하는 분이라는 생각이 들어요. 평소에 봐 왔던 활동들만 지속된다면 끝내 안 보게 되고 못 보게 되는 게 있으니까요. 그런데 한편으로는 인력적인 부분에서 참 힘드시겠다는 생각도 들어요.

더 많아지게 해야죠. 저희도 처음이다 보니까 실패했던 것도 많고 힘들어서 떠나간 사람들도 있어요. 이런 표현이 어떨진 모르겠지만 가치관과 태도들을 복제하는 게 중요한 것 같아요. 이제까지는 이런 부분에서 좀 부족했던 것 같고요.

인력 문제를 제외하면 활동을 하시면서 어떤 부분이 가장 힘드신가요.

악플은 사실 기쁘고요.(웃음) 오히려 상처가 되는 건 대놓고 악플을 다는 게 아니라, 복잡한 언어로 운동 방식에 대해서 지적하는 분들이에요. 동물에 대해서도 대놓고 하등하다고 하진 않지만, 인간보다는 동물이 우선순위에서 많이 밀려나 있구나 싶은 사람들이 있어요. 그런 걸 보면 답답하다가도 너무 모르고 하는 소리라는 생각을 많이 해요.

공장식 축산에 대해서 머릿속에 어느 정도는 있겠지만 저만 하더라도 기껏 전국의 도살장 몇 군데만 가 본 거거든요. 그 규모에 대해서는 인간 한 명으로서는 상상하기도 어렵고

** 인터뷰 진행 당시에는 새벽이 공개구조부터 생추어리 설립으로 이어진 일련의 과정에 대한 질의문답을 진행했지만, 현재 새벽이생추어리는 디엑스이와 완전히 분리된 독립 단체로서 운영되고 있다.

지구 전체로는 어마어마하니까 우리가 너무 모른다는 생각이 들어요. 이런 현실이 더 많이 드러나면 그런 식으로는 말을 못 할 거라는 생각이 들어서 지금은 좀 나아졌는데, 처음엔 그런 게 좀 상처가 되더라고요. 고통을 대상화해서 보여 준다는 식으로 비난하는 말들 있잖아요.

특히 동물권은 드러나는 것조차 너무 없으니까 사실은 몸으로 가서 먼저 느끼는 게 많아져야 한다고 생각하는데, 단순히 학문적인 용어로 방어를 하니까 처음엔 힘이 들더라고요. 또 어쨌거나 권위 있는 사람의 말이 더 퍼지게 되니까 이런 부분에서는 좀 속상하기도 해요. 활동가들이 엄청 힘들게 운동하는데 이런 이슈들이 수면 위로 올라갈수록 그런 논의의 장에 초청되는 사람들은 정작 현장에 오지 않는 경우가 많으니까 아쉽긴 하죠.

이렇게 힘들 때 스스로 동력을 끌어올리는 작업이 필요할 것 같은데 어떻게 하시는 편이세요?

저도 아직 활동을 오래 한 게 아니라서 더 오래되면 어떻게 될지 모르겠어요. 다른 분들이 들으면 아직은 와닿기 힘들겠다 싶긴 한데, 작년에는 사실 비질에 가야 동력이 생기는 게 있었어요. 사람들은 비질에 가면 힘들어서 어떡하냐 하시는데 저는 비질에 안 가는 게 더 답답하고 힘든 거예요. 답이 없어 보이고요. 그래서 비질에 가면 오히려 마음이 좀 편하고 원래 있어야 할 곳에 있는 느낌, 이게 딱 정확하게 내가 사는 사회였지 하는 생각이 들어요. 저만 해도 이십몇 년 동안 이런 문제에 대해 하나도 모르고 살았으니까 외면하고 싶은 마음이 들 때도 있거든요.

처음 활동을 시작하던 시기에는 뭔가 헛짓거리하는 것 같다고 느껴지고 현실이 안 믿기고 다른 걸 해야 할 시간에 이걸 하고 있는 게 아닌가 하는 의심도 많이 했었어요. 왜냐면 사람들이 저에게 끊임없이 말하기를 육식이 없어지거나 도살장이 없어지는 건 아예 상상 불가능이라는 거예요. 차라리 동물에 대한 전문적인 자격을 갖추거나 채식 요리도 좀 배우면서 퍼뜨리는 방식으로 하면 되지 않냐는 거죠. 채식하는 사람이 좀 더 늘어나는 정도나 가능한 거지, 너도 네가 먹고살 것을 찾아야 한다는 얘기를 계속해서 들으면 저도 좀 흔들리는 거죠.

더구나 도시에 있으면 동물들이 하나도 없으니까요. 그런데 비질에 가면 그 말이 사실이 아니라는 걸 알게 되고 동시에 이 문제는 단순히 몇 가지 개선한다고 되는 것이 아닌, 사회 구조 전체를 바꾸어야 하는 문제임을 절실히 깨닫게 되거든요. 그래서 그때는 그걸로 힘을 많이 얻었는데, 안 좋은 건 활동에 좀 영향이 있다는 점이에요. 디엑스이는 밝은 분위기로 기발하게 방해시위도 많이 하는 편이거든요. 그런데 비질에 계속 가니까 사람이 심각해지는 거예요. 밝은 걸 하면 괜히 죄책감도 들고요. 때로는 활기찬 방향을 좀 가지고 있어야 사람들이 너무 부담스러운 활동이라는 이미지 없이 가볍게 운동에 참여하기도 하는데, 그런 문제도 좀 있기는 했어요.(웃음)

동물권 활동하면서 좋은 사람들을 많이 만났다고 쓰신 글도 보았어요.

그전에는 솔직히 인간관계에서 힘을 좀 많이 못 얻었던 것 같

이런 표현이 어떨진 모르겠지만
가치관과 태도들을
복제하는 게 중요한 것 같아요.

아요. 처음에 비건 캠프 갔을 때 생태에 대한 이야기도 하게 되고, 이런 사람들이 너무 많이 모여서 진짜 좋다고 생각했어요. 페미니즘에 대해서도 섬세하게 캠프 규칙이 짜여 있었거든요. 따로 방을 쓸 사람만 신청을 받고 젠더 프리 숙소와 화장실을 기본으로 하는 등 젠더에 대해 물어보지 않는 방식 같은 게 저에겐 굉장히 해방적이었거든요. 논바이너리로서 성별이분법에 대해서 불편하게 느끼게 되고 그런 걸로 공부하고 얘기도 많이 하던 때라서요. 당연하게 남성으로 패싱되지 않는 경험이 처음인 데다가 다들 그 분위기를 편안해하고 즐겁게 이야기 나누는 게 쌓이니까요. 같은 문제의식을 느끼는 사람들이 비거니즘도 말하길래, 그 논의들을 만나고 나서 제 삶이 엄청나게 트였죠. 그래서 한꺼번에 많이 바뀌기 시작한 것 같아요.

요즘 식사는 주로 어떻게 하시나요.

밖에 나가면 먹을 것도 많아졌잖아요. 그렇다고 해도 전문 채식당은 사람들이랑 날 잡아서 가는 정도고, 평소엔 귀찮으니까 김밥이나 비빔밥에 재료들 빼 달라고 해서 많이 먹어요. 집에서는 현미밥을 잔뜩 하거나 파스타를 만들어 먹거나 하는 편이에요.

채식을 하기 전에는 요리가 어렵게 느껴졌는데 채식을 하면서 오히려 요리를 하는 부담이 많이 줄더라고요. 손질할 것도 많이 없으니까요. 채식하고 나서는 요리에도 좀 재미를 붙였는데 은영 활동가가 요리하는 걸 좋아해서 저도 많이 배웠어요. 맨 처음 채식할 땐 현미 생식을 했어요. 현미를 불려서 한 끼 넘게 먹었는데 그게 저한텐 너무 혁명적인 거예요. 설거지할 것도 없고 요리도 안 해도 되고, 들고 다니기도 편하고요.(웃음) 현미는 엄청 천천히 먹어야 해서 다 먹으려면 한 시간 정도 걸리는데 먹으면서 깔끔하게 다른 일도 할 수 있으니까요. 쌀은 무조건 요리해서 먹어야 하는 줄 알았는데 불려서 먹는 게 적응이 되니까 먹을 만한 거예요. 혀도 민감해지면서 채소도 생으로 먹어도 고유의 맛 같은 게 느껴지니까 너무 좋았어요. 그러면서도 몸까지 너무 가볍게 느껴졌어요. 지금은 활동하느라 밖에서 많이 사 먹긴 하는데 한창 현미 생식을 할 때는 몸무게도 거의 10킬로그램 정도 빠지고 피부도 좋아졌었어요.

맞아요. 사실 저도 자연식물식이나 현미 생식에 늘 관심이 있는데 바쁘단 핑계로 실천이 쉽지는 않더라고요.

동료들은 이런 저를 건강에 집착한다고 많이 놀리긴 해요.(웃음) 그런데 해 보니까 값도 싸고 음식에 대한 집착도 많이 줄고 삶이 좀 편해지더라고요. 사람들이 미래에 대해서 걱정하는 게 병원비 같은 거잖아요. 활동가라는 삶 자체가 걱정이 많이 되기도 하고요. 채식이라는 게 건강에 안 좋았으면 솔직히 저도 힘들었을 것 같은데 그게 아니니까 자신감도 생겼어요. 사실 채식 식당에서 매끼 먹는 게 아니면 돈도 더 드는 게 절대 아니니까요. 기본적인 식단을 간단하게 하면 많이 안 먹어도 되고 활동하는 데에서도 여러 걱정이 좀 줄었어요.

비거니즘이란 세계관을 알고 나서 욕망이랑 불안감이 많이 줄었다고 할까요? 뭘 못 가지면 불안감 때문에 이미 어느 정도 충분해도 더 높이 올라가고 싶고 더 많이 벌고 싶어지는 거잖아요. 실제로 대안적인 방식으로 사는 사람들을 많이 만나게 된 것도 영향이 있는 것 같아요. 이렇게 살아도 어느 정도 만족하고 살 수 있다는 걸 알게 돼서 동물권 활동도 어마어마한 희생을 감당하고 시작하는 게 아니라는 생각을 했던 것 같아요. 그러다 보니까 전과 기록 같은 것도 겁날 일이 아니게 되고요. 문자 그대로 삶을 통째로 빼앗긴 이들을 계속 마주하게 되니까요. 기후위기도 마찬가지예요. 기후위기가 엄청 심각하다 보니까 저의 개인적인 성공과 같은 미래에 대한 걱정도 많이 없어지고 동물권 운동이 해야 할 역할이 많겠구나 하는 생각이 들었어요. 다 이어져 있는 것 같아요.

예전에는 불안이나 욕망이 많았다고 느끼셨어요?

네, 많았던 것 같아요. 사실 제가 가진 게 많다고 생각하는데도 뭔가가 불안한 거예요. 저는 경쟁을 해서 더 많이 갖고 싶다거나 하는 욕망은 없지만 이렇게 살았다가 곤두박질치는 게 아닌가 하는 괜한 불안이 있었던 거예요. 학교 다닐 때 철학 공부를 했는데 활동하기 전에도 저는 취업이 아니라 일단 그냥 공부를 하고 싶었어요. 주위에 취업한 사람들의 삶이 엄청 피폐해 보이고 불안도 많아 보여서 도시에서의 삶이 너무 불행하다고 느꼈거든요. 그래서 삼십 대 이후에는 무조건 도시를 떠야겠다는 생각은 하고 있었는데 그래도 불안하긴 했던 거죠. 지금은 도시가 많은 문제의 중심이기에 여기에서도 어느 정도 의미를 느끼고 있고, 해야 하는 일이 있다는 생각을 하고 있어요.

저도 비거니즘을 만나고 전체적인 욕망이 많이 줄었고 인간적인 성취에 대해서도 크게 의미를 부여하지 않게 되었는데, 활동의 측면에서는 또 다르실 것 같긴 해요.

성취에 대한 건 원래도 없었다기보다는 좀 꺾인 느낌이랄까요. 너무 힘드니까요. 사회에서 뭘 해도 좀 불행할 거라는 생각을 해서 애초에 좀 제가 꺾어 버린 상태였는데 그렇다고 행복하지는 않았죠. 지금은 그런 게 자연스럽게 받아들여지는 것 같아요. 경쟁에서 이기고 싶은 마음은 없지만 거기서 이긴 사람을 보면 내가 갖춘 게 없는 것 같은 불안감이 많이 있긴 했었어요. 사회가 돈을 많이 못 버는 사람을 워낙에 쓸모없게 여기니까요. 그런 게 많이 줄었어요.

그런데 활동의 측면에서는 또 욕심이 좀 많이 나죠. 활동도 어영부영할 거면 사실 다른 걸 하고 살았을 거예요. 이런 활동은 급한 것도 많고 성공해야 한다는 생각에 무게도 느끼지만 어쨌든 활동을 할 때가 좀 더 해방감이 느껴지는 게 있긴 하더라고요. 전에는 제가 어떤 생각을 하고 있든 간에 외부에서 볼 때는 시스템에 순응해서 사는 느낌이 드니까 무력감도 들었거든요. 예를 들어 채식만 할 때는 '지금 다 위기이고 동물이 죽으니까 사람도 다 채식해야 하는데' 하는 방식의 생각에만 갇혀 있었던 것 같아요. 그래서 조급하기는 한데 그렇다고 당장 할 수 있는 건 없으니까 무력감도 들고, 설득하는 것도 한계가 있으니까요.

동물은 피해자고 나는 가해자라는 그 위치가 되게 고정적으로 느껴졌거든요. 근데 동물들 옆에서 결박을 해서 싸우거나 할 때는 저랑 동물들이랑 함께하고 있다는 느낌이 들어요. 이 언어도 구체화시키게 된 계기가 장애인이동권 투쟁 기록 중 '함께 싸울 때만이 우리가—장애인과 비장애인이—동등한 위치에 서게 된다'는 말을 접한 것이었어요. 그러면서 자유로움을 느낀다는 게 동물권 운동도 마찬가지인 것 같아서요. 비인간 동물들은 조직적으로 투쟁을 하는 건 아니지만 비명을 지르고 밖으로 도망치며 생으로써 투쟁을 하는 거잖아요. 같이 싸울 때 의미를 느껴요.

비건 세상, 나아가 동물해방 세상이 올 것이라고 생각하시나요?

정말 힘든 과정이겠지만, 올 것이라고 생각해요. 사실 그게 그려지지 않는 게 크잖아요. 한국에서 저희가 많이 작업을 해야 하는 부분이기도 해요. 미국 디엑스이 홈페이지(directactioneverywhere.com 혹은 dxe.io)를 보면 디엑스이가 지향하는 로드맵 단계의 마지막 순간을 마치 SF소설처럼 표현한 게 있어요.

한 도살장에서 돼지들이 도살되기 직전에 디엑스이 구조팀이 도착하는데 거기서 활동가들이 현장 직원들을 맞닥뜨려요. 사실 활동가들과 직원들이 대면하게 될 때가 가장 우려하는 상황이거든요. 그런데 갑자기 도살장 직원들이 도망을 가기 시작해요. 그리고 경찰과 기자들이 와서 '아기 돼지들을 고문하고 먹으려고 했다'는 충격적인 증언을 입수하고 보도를 해요. 이어서 몇백 대의 응급차가 와서 돼지들을 병원으로 전부 이송하고요. 이런 모습은 사실 현재 상황에선 말이 안 되는 거잖아요. 그때 이런 문장이 나오더라고요. '때는 2060년, 동물권리장전이 포함된 수정헌법이 통과된 지 4년이 지났고, 지구의 마지막 도살장이 문을 닫는 순간이었다'라고요. 그러니까 현실 상황에 견주어서 미래의 모습을 상상으로 제시한 거죠. 마지막 문장을 읽었을 때 뒤통수를 맞은 것처럼 얼얼하고 소름이 돋았어요.

지금은 상상이 안 되더라도 우리가 꿈꾸는 세상이 이미지로 딱 느껴지는 게 있어야 사람들이 힘이 나잖아요. 충분히 가능하고, 안 하면 큰일 나는 상황이기도 하니까요. 그래서 그런 이미지가 굉장히 중요하다고 느꼈어요.*

불과 몇 년 전까지만 해도 육식을 하고 동물을 성가셔하던 사람의 세계가 완전히 뒤바뀌었는데, 채식에 대해 고민하고 있거나 시작하고 싶은 분들에게 전하고 싶은 이야기가 있을까요.

처음에 채식을 하게 된 계기는 다양하더라도 주변에서 들려오는 얘기나 그 이후에 보게 되는 것들이나 축산업, 동물에 대한 현실을 자연스럽게 인식할 수밖에 없잖아요. 그럴 때 들려오는 것들, 고통스러운 동물들의 모습을 볼 때에 좀 더 그냥 자연스럽게 흘러오도록 마음을 열어 놨으면 좋겠다고 생각해요. 기존의 습관대로 생각하기보다는 내가 흔들릴 여지를 많이 두는 거예요.

동물이 고통스러워하는 걸 처음에는 피하고 싶은 게 크겠지만 그 생각을 넘어서 가까이 다가가고 싶은 마음도 분명히 우리 안에 있다고 생각을 하거든요. 자신의 가능성을 많이 열어 두었으면 좋겠다는 얘기를 드리고 싶어요. 그리고 좀 다

* The Roadmap to Animal Liberation (Part I: Plant the Flag)

른 얘기기는 한데, 채식하면서도 그냥 힘들 때가 있잖아요. 그럴 때 생각을 비인간 동물의 현실과 우리의 관계로 많이 연결하면 좋겠어요. 만약에 내가 지금 육식을 하고 있더라도 채식하는 사람들 눈치를 보는 게 아니라 동물을 좀 더 생각했으면 좋겠고, 채식을 하는 입장에서도 누가 나한테 육식을 말하더라도 음식보다는 동물을 떠올렸으면 좋겠어요. 초점을 좀 더 비인간 동물로 맞추고, 동물에 대해 가까워지려고 노력했으면 해요. 우리가 동물이니까 자연스럽게 그렇게 흘러가야 하는 건데 막히니까 더 불행해진다고 생각을 하거든요.

지금은 많은 분들이 채식은 하면서도 동물권까지는 아니라고 방어적으로 말하게 되기도 하는 환경이잖아요. 매일 같이 반발을 접하면 워낙에 피곤하기도 하고요. 저도 낯선 사람들을 만날 때마다 매번 그렇게 말하기도 힘드니까 이제는 그냥 동물과 우리의 관계에 대해서 얘기를 해요. 상대가 제 앞에서 고기를 먹든 말든 채식하라고 하는 얘기보다는 제가 비질에 갔다 온 얘기를 하는 식이에요. 그런 얘기를 하면 상대도 채식을 강요한다고 받아들이기보다는 좀 더 방어기제 없이 생각을 해 보게 되더라고요. 저의 경험을 얘기하는 거니까 듣는 사람도 다른 생각은 잘 안 하게 되고요. 전에는 아무리 얘기해도 채식인을 존중은 해야 하니까 먹을 걸 따로 챙겨 주기만 하면 된다는 식으로만 받아들여서 답답했거든요. 저도 그 사람의 식생활을 바꾸려고 하다 보니까 서로 불편해지고 그랬는데, 동물과 사회의 부정의함에 맞서는 동물권 활동에 대한 얘기를 하니까 조금씩 변하는 부분이 느껴져요. 실천으로 이어지는 것은 자기 신념이 바뀌면서 같이 오는 것이니까요.

우리가
이야기 나눈
사람

섬나리

'서울애니멀세이브', '직접행동DxE' 활동가. 비명 지르는 얼굴을 마주한 이후 동물해방 운동을 하고 있다.

우리가
이야기 나눈
곳

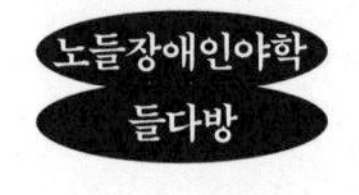

장애인과 비장애인이 함께 일하는
예비 사회적기업
서울특별시 종로구 동숭길 25 4층
dbdb_deul

ACT NOW!

COFFEE & NON COFFEE
TEA & ADE
소화기
WE WELCOME ALL
WE WELCOME ALL
커피

© SEOK Y. LEE

비건 테이스티 세계관의 혁신적인 확장

동물해방 키친 동지 채선우&권창환

• • •

처음 채식을 시작했을 때 가장 고민이 됐던 부분 중 하나는 남편과의 식단 문제였다. 물론 남편이 나의 선택을 지지하고 존중해 줄 거라는 기본적인 신뢰는 있었지만, 같이 먹던 식단을 당장 다음 끼니부터 완전히 바꾸는 일이 나부터도 어렵고 서툰 것투성이였기 때문이다. 흔히들 말하는 '식성이 안 맞으면 부부가 오래 못 산다'는 한국식(?) 속설은 분명 채식 여부와는 무관한 것이었지만, 간혹 남편과 식단 차이로 인한 갈등이 생기거나 서운함이 밀려올 때마다 쓸데없이 맘속에 맴도는 말이기도 했다. 관계에서는 식단 자체가 매번의 이슈일 수밖에 없기 때문에 처음부터 이 닮음과 차이에 집중한 부부의 사례와 이야기를 꼭 담아내고자 했다.

다채로운 재료의 활용과 조합으로 '비건 초밥'을 선보이며 비건 테이스티의 세계관을 확장시킨 에티컬테이블은 아시안 비건 요리 연구가와 국제 로푸드 프로듀서 부부가 함께 운영하는 비건 다이닝 카페로 이미 유명한 곳이다. '에티컬테이블'이라는 브랜드명과 'For Animal Rights, Earth and Health'라는 캐치프레이즈에서 직관적으로 느껴지는 것처럼 동물권에 대한 철학이 아주 뚜렷하게 담긴 곳이기도 하다.

아시안 요리 연구가 채선우는 마흔이 되면서 기존의 삶과 결별하는 방식으로 비거니즘을 택했다. 이후 비거니즘과 관련된 일로 경제 활동을 하고 싶다는 열망으로 출장을 오가던 일본에서 트렌드를 접하고 3년이 넘는 시간 동안 꾸준히 채식 트레이닝을 받았다. 같은 회사를 다니고 있던 권창환 역시 아내를 서포트하며 함께 트레이닝을 받았고 일본에서 국제 로푸드 프로듀서 과정을 수료했다. 한국에서 비건이란 말도 쓰이지 않던 시절이기에 이를 생계로 삼는다는 것이 불안하긴 했지만 더 이상 예전 일을 하고 싶지 않았기에 엄청난 몰입력으로 해낼 수 있던 성취였다. 입맛이 완전히 달랐던 부부는 오히려 비건이 되면서 서로 간의 식성 차이를 극복할 수 있게 된 경우였다. 그전부터 채식 지향 식습관을 이어 오고 있던 부부는 2017년 1월 1일을 기점으로 함께 비건 선언을 했고, 이제 부부는 개들과 같은 식단을 공유한다.

한편 부부는 '오직 동물을 위해 이 일을 시작했다'고 할 정도로 다양한 동물 구조 현장에 뛰어드는 활동가들이기도 하다. 그런 인연 덕에 마침 부부 인터뷰이를 찾고 있던 우리에게 디엑스이 섬나리 활동가의 추천과 소개가 전해졌고, 그렇게 채선우&권창환 부부와의 인터뷰가 진행되었다. 때마침 에티컬테이블이 매장을 정식 오픈하며 다시금 화제가 되고 있던 터라, 이런 놀라운 음식을 만드는 사람들에 대한 궁금증과 호기심은 이미 충만해 있었다. 당시만 해도 에티컬테이블이 가오픈 상태로 운영되고 있어 소문의 비건 초밥을 미처 접하지 못했었는데, 인터뷰에 앞서 풍성하게 만들어 주었던 비건 초밥의 맛과 재료 디자인은 그 어디서도 경험해 본 적 없는 신선함으로 인상 깊게 남았다. 게다가 존댓말을 쓰고 이름 대신 애칭을 부르며 서로의 이야기를 채우는 부부의 다정함과 동일 지향성은 그들이 왜 서로를 '동물해방 키친 동지'라고 부르는지 알 수 있게 해 주는 부러운 일면이 있었다.

'논비건 음식을 따라 하는 게 아니라 굳이 죽음을 올릴 필요가 없다는 걸 알려 주는 것'이라는 철학으로 다채로운 아시안 비건 테이스티의 경험을 확장할 수 있는 식당이자, 국내 최초로 비건 요리 지도사 전문 자격 과정을 설립해 운영하는 교육기관이자, 다양한 음악과 상영회 등이 열리는 비건 살롱으로서의 역할이 교차되는 에티컬테이블의 정체성을 그 어느 하나로 오롯이 규정할 수는 없을 것이다. 익숙함을 뒤집는 유연하고 획기적인 시도와 강단 있는 신념이 공존하는 에티컬테이블의 채선우, 권창환 부부는 전방위적인 활동으로 굳건한 에너지와 새로운 방향성을 끝없이 제시하고 있다.

⋮

완전히 다른 삶을 살고 싶어 선택한 비거니즘

비건 다이닝 카페 '에티컬테이블'을 운영하고 계세요. 각자 간단한 소개를 해 주신다면요.

권 저는 일단 에티컬테이블의 대표고요, 바지사장이라고도 하죠.(웃음) 아내와 같이 요리하고 손님 접대하고, 교육도 하고 있습니다.

채 대부분 제가 일을 저지르면 이 사람이 수습하는 식으로 하고 있어요. 제가 기획하고 계획을 짜면 웬만하면 같이 따라주죠. 어쨌든 회사도 그만두게 하고 같이 시작한 일이니까요.

채선우 님은 예전에 무역 회사를 다니셨다고 했는데 그럼 두 분은 회사에서 만난 사내 커플이었나요?

채 남편은 원래 음악을 했었고, 프로 베이시스트로 계속 음악을 하고 싶어서 열심이었어요. 저는 어렸을 때부터 교회 밴드에서 건반을 주로 쳤었고요. 한때 직장인 밴드가 유행이어서 서로 이름이나 얼굴만 대충 아는 정도였어요. 저는 일본식 재즈처럼 피아노가 메인이 되는 록 밴드를 좋아했는데, 남편은 콜드플레이 같은 음악을 하는 록 밴드였거든요. 그래서 같이 연주한 적도 없었고 팀도 전혀 달랐어요. 어쩌다 친해지긴

했는데, 후배들이 장난친다고 영화표 예매해 놓고 본인들은 안 나타나고 그랬었죠.(웃음)

그럼 이미 연인이던 상태에서 회사를 같이 다니셨던 거네요.

채 네, 일본 가구·인테리어 회사의 한국지사였어요. 무역이 주 업무였지만 일본 회사의 인테리어 소품이나 가구를 각 나라에 공장을 두고 생산하는 일을 했어요. 한국에서도 판매를 했는데 제품을 한국에 맞게 다시 만들어서 직접 수출입을 하는 일이었어요. 그때 저는 지사장이었고 이 사람은 영업 쪽 과장이었는데 일을 하다 보면 정말 믿을 수 있는 '내 사람'이 필요한 상황이 있거든요. 그때 이 사람이 '오른팔'처럼 저랑 같이 일을 했었죠. 15년간 다닌 회사를 그만두고 새로운 일을 하게 됐는데 해 보니까 여기서도 다시 내 사람이 필요한 거예요. 그래서 지금 일을 같이 시작한 게 2017년이었어요.

채선우 님께서 먼저 새로운 일을 준비하셨는데, 나중에 권창환 님께도 회사를 관두고 같이 하자고 하셨을 땐 어떠셨어요?

권 아무래도 다니던 회사를 그만둔다는 게 심적으로 부담이 상당히 크긴 했죠. 와이프가 굉장히 설득을 많이 했어요. 저는 제 눈앞에 보이지 않으면 잘 안 움직이는 성격인데 이 사람이 그 비전을 다 보여 준 거예요. 그러니까 와이프가 엄청나게 준비를 한 거죠. 상당한 자료를 준비해서 비건 사업의 발전 방향이나 성장 가능성을 그야말로 정량적으로 보여 주는 거예요. 이렇게까지 설득하는 거면 어느 정도 자신이 있는 거고 믿을 수 있겠다, 해 볼 만하다 싶었죠. 솔직히 그때까지는 많이 알지는 못했고, 와이프가 공부하는 걸 옆에서 보면서 대충만 아는 정도였어요. 그렇게 준비하고 보여 주니까 저도 가만히 있을 순 없잖아요. 그래서 저 나름대로도 비건 시장에 대해 살펴보기도 했어요. 알아야 하니까요. 그렇게 저도 찾아보고 관련 사업을 하시는 분들의 사례를 지켜보면서 충분하겠구나 싶었어요. 그리고 세계적인 추세가 그렇게 변하고 있으니까 한국에도 그 흐름이 올 거라고 확신했어요. 그래서 좋다, 같이 가보자 하게 됐어요.

다른 인터뷰에서 보니 채선우 님은 마흔이 되면서 지금까지와는 완전히 다른 삶을 살고 싶다고 하셨더라고요. 그 고민의 초점이 특별히 비거니즘에 맞춰진 계기나 이유가 있었을까요.

채 물론 동물권이라는 계기는 있었어요. 금방 바뀌긴 했지만 예전에 반려동물 재난 안전 관리사로 잠깐 활동을 한 적이 있었거든요. 누구나 의미 있게 살고 싶다는 생각은 하니까 예전부터 고민은 했었죠. 그런데 정말 어느 날 갑자기 모든 게 시시해진 거예요. 죽을 만큼의 고통과 공포를 당하는 존재들이 있는데 내가 남들한테 존경을 받거나 보람을 느끼는 삶이 부질없게 느껴졌다고 해야 할까요? 어느 날 갑자기 해탈한 것처럼 그렇게 되어 버린 것 같아요. 그래도 먹고는 살아야 하니까 생계 활동을 할 때 기왕이면 비거니즘을 지향하는 일을 하고 싶었고, 내가 당장 할 수 있는 게 어떤 걸까 하는 고민을 했어요. 저희가 일본과 접점이 많았기 때문에 일본에서 채식과 관련된 분들을 만나게 되면서 본격적으로 요리와 영양에 대해서 배우게 됐어요. 그렇게 한 3~4년은 트레이닝을 받았죠.

누구나 의미 있게 살고 싶다는 생각은 하니까
예전부터 고민은 했었죠. 그런데 정말
어느 날 갑자기 모든 게 시시해진 거예요.
죽을 만큼의 고통과 공포를 당하는
존재들이 있는데 내가 남들한테
존경을 받거나 보람을 느끼는 삶이
부질없게 느껴졌다고 해야 할까요?

일본으로 출장을 갈 때마다 채식 관련 트렌드를 벤치마크하고 배웠거든요. 출장을 보통 2주 정도 가는데 그중에서 3일 정도는 채식 트레이닝에 무조건 할애를 하는 식으로 그렇게 몇 년 동안 매달 교육을 받았어요.

생업을 하면서 그런 열정을 쏟을 수 있었다는 게 정말 목적의식이 뚜렷하니까 가능했던 것 같아요.

채 그렇죠. 그래도 좀 불안하기는 했어요. 2017년 전까지지는 한국에서 채식이 이렇다 저렇다 할 만한 분위기가 전혀 없었거든요. 비건이라는 말도 그전에는 거의 안 쓰였으니까요. 저희가 지금 비건 와인을 모으고 있는데, 와인 매장에 가서 물어보면 십중팔구는 여전히 비건이 뭔지도 몰라요. 그러니 예전에는 더 불안했던 거죠. 그래도 더 이상은 예전 일을 하고 싶지 않았고 빨리 정착을 하고 싶었어요.

부부의 비건 선언, 개들과 함께 먹는 가족의 식사

2017년 1월 1일부터 두 분이 모두 비건 선언을 하셨다고요. 어떤 절차적 단계 없이 바로 비건으로 전환을 하셨던 건가요?

채 단계를 거치긴 했어요. 2016년부터 채식은 이미 하고 있었지만 일부러 찾아서 먹는 건 아니어도 정말 어쩔 수 없을 때는 허용을 했었는데, '목에 칼이 들어와도 안 돼'라고 다들 알게끔 같이 선언을 한 게 바로 2017년 1월 1일이었어요.

비건 선언을 한 이후 생활에서 가장 달라진 건 어떤 부분이었나요?

채 저는 일단 인간관계가 완전히 바뀌었어요. 제가 SNS에 동물권 관련된 게시글을 올리거나 메시지를 보내면 뭐라고 하다가 말이 안 통하니까 끊어 버리는 경우가 많았어요. 관계 문제에 있어서는 항상 이 예를 드는데요, 뉴질랜드 녹색의학협회에서 저랑 같이 허벌리스트 공부를 했던 오십 대의 부부가 있어요. 한번은 그 집에 초대를 받아서 갔는데 제가 비건이다 보니 괜히 미안한 감정을 갖지 않도록 식사나 간식까지도 굉장히 자연스럽게 배려를 해 주시는 거예요. 정말 맛있었고요. 그런 모습을 보면서 관계에 있어서 불필요한 노력이나 고민을 하지 않을 수 있었던 것 같아요. 진짜 친구라면 이렇게 해주는 게 맞겠다는 생각이 들었으니까요. 사실 2017년에 비건 선언을 하고 나서 저도 정말 고민은 됐거든요. 비건들하고만 친구할 수 있는 거라면 기존의 관계들이 아깝기도 하고 정말 좁아지겠구나 하고 생각했으니까요. 그런데 다른 동료들하고 이야기하면서 제가 너무 완벽하려고 했다는 생각이 들더라고요. 모든 것이 다 부질없다고 생각했는데 하필 인간관계에 대해서는 이렇게 고민을 했었다는 게, 참 이게 인간이구나 싶더라고요.

권 저는 친구나 지인들에게 '나 비건이야'라고 말을 하지는 않았어요. 같이 밥 먹을 때 왜 고기 안 먹냐고 물어보면 그냥 안 먹는다고 했어요. 그래서 저는 인간관계가 딱히 문제 될 것도 없었어요. 원체 이런저런 관계를 만들고 다니지도 않았고, 친한 사람들 몇몇은 다 저랑 성향이 비슷해요. 묻지도 않고, 비난하지도 않고요.

어쨌든 자연스럽게 채식을 해 오다가 같이 비건으로 전환을 하신 거니까 두 분의 식생활은 충돌 없이 조화로웠을 것 같은데 어떠셨나요?

채 저는 레시피 개발을 워낙 많이 하다 보니까 저희가 먹을 밥과 개들이 먹는 밥은 모두 이 사람이 하는데, 저희 식단 문제가 아니라 개들 밥 때문에 싸울 때는 있었어요. 좀 다른 얘기긴 한데 저희는 비건이 되기 전이 오히려 문제가 더 많았어요. 지금 와서는 정말 부끄러운 얘기지만 저는 예전에 사람들이 잘 안 먹는 부위의 고기들을 많이 먹었어요. 어르신들이 많이 있는 회사이기도 했고 일본에서는 정말 상상을 초월하는 방식으로 희한한 부위들을 먹거든요. 반면 이 사람은 순대랑 국밥, 곱창 같은 걸 전혀 못 먹던 사람이라서 식성이 안 맞았어요. 그런데 안타까웠던 건 이 사람이 제 식성에 맞추려고 노력했었다는 거예요. 지금은 싱겁고 짜게 먹는 정도의 차이뿐이에요. 약속했으니까 육식에 대한 충돌은 없었지만, 음식 간은 여전히 정말 안 맞는 것 같아요.(웃음)

특히 한국에선 식성이 안 맞으면 부부가 오래 살기 힘들다는 속설도 있잖아요.

채 저희는 심각했어요. 비건이 됐기 때문에 관계가 회복이 된 거지, 아니었다면 남편은 평생 제 식성 때문에 괴로워하면서 살았을 거예요. 지금은 아니지만 예전에 1년에 한 번 정도는 개들 생일에 간 같은 걸 삶아 줬었는데 남편은 그 냄새 때문에 너무 괴로워했었어요. 그때는 그 냄새가 잘 안 빠지는 것도 몰랐는데 이제는 저도 알겠더라고요. 채식을 하니까 냄새에도 민감해지고 모든 감각이 살아나는 것 같아요. 예전에 페스코 채식을 할 때 일본에서 올리브오일 감별하는 공부를 처음 했었는데 그때는 사람들이 올리브오일에서 녹차 향, 사과 향, 망고 향이 난다고 했던 게 이해가 안 갔거든요. 비건 채식을 하고 나서 올리브오일을 다시 맛보니까 저도 다 느껴지는 거예요. 이 사람이 그때 못 견뎠던 지점을 이제는 저도 아는 거죠.

그렇게나 달랐던 식성 차이를 극복하려고 노력했던 이유가 있으세요?

권 부부라면 맞춰야 하는 거기 때문에 당연히 노력을 했던 거예요. 그땐 또 비건이 아니었기 때문에 남들이 다 먹는 거면 이유가 있겠다 싶었어요. 먹고서 죽는 것도 아니니까요. 하루아침에 좋아할 순 없겠지만 조금씩은 맞춰 갈 수 있지 않을까 하는 생각이었죠. 그리고 사랑하니까요.(웃음)

두 분의 경우와 달리 저는 남편과 식생활 지향이 완벽히 일치하지는 않아서 이런저런 얘기를 하다가 사소한 언쟁으로 번질 때도 있었는데, 식생활 충돌이 있는 부부들을 주변에서도 본 적이 있나요?

채 당연하죠. 저희 수업 듣는 선생님들 대부분이 그런 편이에요. 남편이나 가족은 전혀 비건 지향 식습관이 아니라서요. 식성이라는 게 어떤 본능적인 부분이니까요. 제일 많이 싸우게 되는 게 윤리적 죄책감을 유발하는 문제라고 하더라고요. 또 건강으로 설득을 하려고 해도 안 통하거든요. 바꾸려고 하지 말고 잔소리도 하지 말고 그냥 보여 주다 보면 몇몇 분은 따라오는 경우도 있더라고요. 일단 마음과 마음이거든요. '미트 프리 먼데이' 같은 운동도 있듯이 조금씩 양보를 하게끔 한 번 해 보는 거죠. 선생님들이 굉장히 초조해하시는데, 생각을 바꾸는 게 아니라 마음을 바꾸는 일이기 때문에 사실 스스로 변해야 하거든요. 실제로 이런 부분에 대해 상담을 많이 해 오세요. 저도 한 명이라도 채식인을 늘리는 걸 목표로 하는 거니까 어느 정도 사명이 있어서 이런 문제들을 간과할 순 없겠더라고요. 그래서 교육생 선생님들이 물어보시면 같이 고민해드리고, 실천을 할 때 가족 식성에 맞게 바꿀 만한 방법을 알려드리고 있어요.

두 분의 식사는 권창환 님께서 전담하신다고 하셨는데, 실제 생활 속에서는 식단이 보통 어떻게 꾸려지는 편인가요? 로푸드 전문가시니까 자연식물식이나 생채식 등을 꼭 포함한다거나 하는 루틴이 있는지도 궁금한데요.

권 그런 거 많이 보셨을 거예요. 진짜 유명한 셰프들한테 '집에서는 어떻게 드세요?'라고 물어보면 별로 대수롭지 않게 대답하잖아요. 똑같아요. 식단이 따로 없어요. 가게에서 남는 재료로 먹기도 하고, 집에서까지 엄청나게 요리를 해서 먹는 건 솔직히 힘들어요.

전문가분들이라 순식물성 재료로 만들어졌다고 해도 비건 라면 같은 가공식품은 별로 즐기지 않을 것 같은데, 어떤가요.

채 아예 안 먹진 않고요, 먹긴 먹어요. 어떻게 라면을 안 먹나요.(웃음) 다만, 성분을 다 아니까 진짜 찝찝해하면서 먹긴 하죠. 가공식품을 먹을 때는 성분을 분석하면서 주의 깊게 보긴 해요. 저 같은 경우는 유전적으로 갑상선에 종양이 많아서 아예 갑상선을 떼 내는 수술을 했어요. 그래서 약을 먹어야 하는데 한번 먹기 시작하면 계속 먹어야 하고 부작용이 많아서 최대한 안 먹으려 하고 있거든요. 검진을 받으면 놀랄 정도로 건강하다는 진단이 나오긴 하지만, 일할 때 동영상으로 노출되는 경우가 많다 보니 실제보다 더 부어 보이는 게 신경이 쓰이더라고요. 그래서 한때 약을 먹을까 고민도 했지만 일단 더 노력은 해 보려고요. 앞으로는 생채식 100일 프로그램을 짜서 몇 가지 레시피를 가르쳐드리는 걸 해 보자고 결정을 했어요. 제 몸을 위해서도 그렇고요. 사실 생채식으로 맛있게 먹는 게 어렵잖아요. 그래도 할 수 있는 만큼은 최대한 생채식을 하는 게 맞다고 봐요.

두 분의 생활에서 새삼 놀랍게 느껴졌던 점은 개들의 밥을 따로 준비하는 게 아니라 온전히 같은 식단을 공유한다는 점이었어요.

채 네, 저희 먹는 걸 같이 먹어요. 저희 어머니는 개한테 이런 걸 먹이니까 버릇이 나빠져서 사료를 안 먹는다고 얘길 하세요. 그럼 저도 사료를 먹는 게 정상이 아니라고 얘기를 하죠. 사료를 마치 비타민 같은 영양제로 생각하시는 건데 대부분의 사료는 결국 미국의 사료 협회인 AAFCO(The Association of American Feed Control Officials) 기준이거든요. AAFCO는 사료 회사들이 사료 배합을 좋게 하기 위해 만든 것뿐이에요. 렌더링으로 모든 게 잿더미가 된 상태에서 영양을 맞추고 다시 범벅을 해서 나오는 거니까요. 몸에 좋고 균형 잘 잡힌 콘프레이크가 있다고 해서 가끔씩 맛을 바꿔 가면서 평생을 먹는다고 생각해 보면 그게 진짜 좋은 건지 고민을 하게 되잖아요.

개들이랑 같이 식단을 공유하고 있기도 하고 영양도 공부를 하셨으니까 평소 식단에서도 영양 설계를 고려하시는 편인가요?

채 영양사처럼 정확하게 몇 프로씩 계량해서 준비하는 건 아니지만 채소에도 단백질이 다 들어 있잖아요. 단백질을 최소한 30~40퍼센트 정도 맞춰 주고 나머지는 곡물을 주기도 해요. 반려인들 사이에서 개들이 곡물을 소화 못 시킨다는 얘기가 많은데 그렇지 않아요. 저희 집 개 중에 주름이 많은 샤페이가 있는데 현재의 샤페이는 주름을 더 많이 생기게 하도록 유전자 변형을 한 거라, 다량의 히알루론산이 생성되어 여러 질병 문제를 일으키는 학대의 온상이에요. 원래는 어렸을 때 쭈글쭈글 주름이 있다가 크면 없어지거든요. 저도 몰랐던 거죠. 주름 때문에 머리가 무겁고 수포도 너무 많이 생겨서 수술까지 고민했을 정도였어요. 한 공간에 들어오면 저 멀리 있어도 바로 알아챌 정도로 냄새가 엄청 심했었는데 지금은 피부병 하나 없이 정말 깨끗해졌어요. 다들 놀라면서 물어보는데 채식해서 그렇다고 하죠. 정말 달라요.

재료와 기술을 다루는 에티컬테이블의 도전과 태도

에티컬테이블은 가게를 정식 오픈하기 전부터 브랜드가 있었던 것으로 아는데 언제 어떤 계기로 처음 만들어졌나요?

채 일본에서 저희랑 친하게 지내는 분 중에 '일본비건협회'

예전에 페스코 채식을 할 때
일본에서 올리브오일 감별하는 공부를 처음 했었는데
그때는 사람들이 올리브오일에서 녹차 향,
사과 향, 망고 향이 난다고 했던 게 이해가 안 갔거든요.
비건 채식을 하고 나서 올리브오일을
다시 맛보니까 저도 다 느껴지는 거예요.

를 세우신 분이 있어요. 그분하고 얘기를 하다가 맨 처음에는 일본에서 한식으로 케이터링을 했었어요. 저는 한식 중심으로 떡애호박말이나 흑임자디저트, 방울토마토김치 같은 걸 만들었는데 그때 처음으로 이 이름을 외식 브랜드처럼 썼어요. 처음에는 교육생 선생님들의 트레이닝 장소라고 생각을 했었거든요. 장소가 있으니까 창업하기 전에 레시피를 실험하면서 일주일 정도 팝업을 한다든가 하는 용도로 작게 생각을 했었는데, 하다 보니까 욕심도 생기고 사명감도 생기는 거예요. 또 맛있다고 해 주시니까 팔아 볼까 싶어지는 거죠.

팝업 식당과 비건페스타를 계기로 에티컬테이블이 순식간에 유명해졌잖아요.

채 사실 저희는 초밥이 메인이 아니었고 아시안 비건 테이스티를 모토로 아시아 국가 음식을 한 달에 한 번씩 팝업처럼 하려고 했는데, 일본 음식이 하기 쉽고 사람들도 잘 아니까 '채식한끼' 대표님과 얘기해서 비건 초밥으로 시작을 한 거였어요. 또 보기에도 예쁘잖아요. 그렇게 3일 동안 팝업 식당을 하기로 했는데 접근성이 안 좋은 곳인 데도 3시간 만에 예약이 끝났다고 해서 그때 약간 겁이 났죠. 잘못 만들어서 소문났다가는 큰일 나겠다 싶더라고요. 그래서 밤새 만들면서 준비했는데 감사하게도 맛있다고들 해 주셨어요.

권 저는 그게 정말 현실 같지 않게 느껴질 정도였어요. 거짓말인 줄 알았어요. 다들 너무 맛있다고 하시니까 이 반응을 진짜 믿어도 되나 싶은 거예요.

채 지금 매장으로 이사 오고 가오픈했던 첫 주가 정말 난리도 아니었어요. 왕복 4~5시간이 걸려서 오신 분들도 있었고요. 사실 이렇게 기다려 주신 분들 덕분에 좀 서두르자 했던 것도 있었어요.

자연식물식, 로푸드 등 커버하는 요리와 연구의 범위가 굉장히 광범위한데요, 특히 아시안 요리에 집중하게 된 이유가 있으신가요?

채 처음엔 로푸드로 시작을 했어요. 그런데 맛도 추구를 해야 하니까 어느 정도 양보하는 선이 있어야 하지 않겠나 싶었어요. 그래서 살펴봤는데 한국에서 비건 푸드라고 하는 게 다 미국식의 피자, 햄버거 등이 대부분인 거예요. 아시안이라고 국한해서 하는 건 거의 없고 있어도 딱 한 나라만 집어서 하는 편이었어요. 감칠맛을 아는 건 쌀을 키우는 민족뿐이에요. 아시아는 공통적으로 쌀 문화권이잖아요. 그래서 겹치는 부분이 있기 때문에 하는 김에 다 하자고 했죠.

사실 저희의 원래 목표는 매년 2월엔 셧다운을 하고 한 달 내내 트레이닝을 가는 거였어요. 첫 번째로 태국이랑 베트남에 가서 셰프 트레이닝을 받았고, 2020년에는 스리랑카와 인도에 갔었어요. 그리고 2021년에 인도네시아에 가는 게 목표였는데 코로나 때문에 못 가게 됐죠. 여기서도 얼마든지 개발할 수 있겠다 싶었지만 굉장히 오만한 생각이었다는 걸 현지에 가 보고 알았어요. 직접 가서 느껴 보지 않으면 정말 많이 다르더라고요.

비건 초밥, 비건 곰탕, 비건 라멘 같은 시그니처 메뉴가 실제로 굉장히 호평을 받았고 저도 몇 년 전에 SNS에서 처음 후기를 보

고 정말 놀랐던 기억이 있거든요. 대표적인 논비건 메뉴를 비건으로 만든 상징성도 큰 것 같은데, 어떤 계기로 이런 레시피들을 개발하게 되셨나요.

채 비건 곰탕은 계기가 있었어요. 일본에서 햄프씨드를 사용하다 이걸 끓여보자는 아이디어를 얻었어요. 예전엔 생각도 못 했던 거였거든요. 그래서 끓여 봤더니 너무 곰탕 맛이 나는 거예요. 이걸 끓인다는 생각은 아무도 못 하니까 이 메뉴를 밀어 보려했죠. 외국 사이트를 검색해 봐도 햄프씨드를 끓이는 레시피는 없는 거예요. 여기에 제일 잘 어울리는 게 뭐지 고민하다가 아무래도 일본 음식이 익숙하니까 라멘으로 해 보자 했었어요. 사실 떡국을 넣는 게 제일 맛있긴 해요. 이걸 베이스로 저희가 지금 시도하고 있는 게 '제주몸국'이에요. 햄프씨드를 우려서 모자반 말린 걸 넣기만 해도 잡뼈로 끓인 것보다 냄새도 안 나고 정말 맛있어요. 너무 놀란 게 미팅 때 이 사람이 만들어 줘서 먹었는데 처음엔 미원을 넣은 줄 알았어요. 모자반에서 나오는 감칠맛이 다 있더라고요. 재료가 이렇게 무궁무진해요.

또 실수에서 나오는 것도 많아요. 발효를 잘못하거나 깜빡하고 말려 버렸는데 맛있다거나 하는 경우가 있어서 그걸 이래저래 모으다 보니 초밥 토핑으로 해 보면 어떨까 하는 생각이 들었어요. 기본적으로 일본에서 전수받은 기본기가 있으니까 하기 쉬운 것부터 해 보자고 했던 건데, 그게 히트를 해 버려서 사실 좀 놀랍고 정신이 없는 상태예요.

특히 연말 연초나 명절처럼 고기 소비가 더 많이 늘어나는 시기

에 고기를 대체할 수 있는 레시피를 일부러 올려 주시는 거죠?

채 아무래도 그렇죠. 레시피 개발을 하다가 잘 안 될 때 '내가 왜 고기 맛을 내려고 애쓰고 있지?' 하는 생각이 들 때가 있어요. 처음부터 안 먹었다면 몰라도 이미 고기 맛을 봤잖아요. 이런 부분에 대해 비판하시는 분들도 있지만 저는 그건 어쩔 수 없다고 봐요. 배양육에 대해서도 비판 의견이 있지만 윤리적인 배양육을 만들 수 있고 사람들이 그걸 맛있다고 느끼고 그래서 동물의 고통을 줄일 수 있다면 얼마나 좋나요. 고기를 먹어야 한다는 생각 자체를 바꿔야지 왜 고기 맛을 유지 시키려 노력하냐고 하시는데, 솔직히 말로 설득하는 것보다 고기 맛 나는 걸 개발하는 게 훨씬 쉬워요. 제 안에서도 여러 고민이 있었는데 이제는 그냥 그렇게 생각하고 있어요. '내가 왜 고기 맛을 내려고 애쓰고 있지'라는 생각이 들 때는 뭔가가 잘 안 풀릴 때더라고요.(웃음) 그래서 계속 노력하고 있어요.

저희 완자 메뉴 중에 노른자처럼 툭 터뜨려서 같이 적셔 먹게끔 하는 게 있어요. 소스는 저희가 개발한 거지만 그 자체의 원리는 그냥 과학이에요. 다만 만드는 게 너무 힘들어요. 열 개 만들면 다섯 개가 퍼지는데 그럼 못 쓰거든요. 그래서 이 사람한테 '저 이거 안 할래요'라고 하면 안 된다고 그래요. 본인은 할 줄도 모르면서 사람들이 신기하고 좋아하니까 해야 한다고요.(웃음) 이렇게 얌전해 보이지만 단호한 게 많아요.

요즘은 비욘드미트나 언리미트 같은 대체육이 많이 나오고 있어서 확실히 기존에 먹던 맛을 재현하는 게 크게 어렵지 않다고 느껴요. 순식물성 재료로 레시피를 개발하고 메뉴를 만드는 과정에

서 이런 대체육이나 가공 식자재도 많이 활용하는 편이신가요?

채 네, 많이 사용하고 있어요. 유부 초밥 위에 올리고 있는 토핑도 B2B로 식자재를 납품하는 업체에서 나온 가공육이에요. 완자도 그렇고 나베도 그렇고 기본은 전부 이 가공육을 쓰는데, 메뉴마다 안에 넣는 채소나 양념을 달리하고 식감도 조절을 하죠. 그래서 아직까지는 손님들이 놀라워하세요. 대체육을 다른 식당에 가서도 많이 먹어 봤는데 제일 맛있다고 칭찬을 해 주시니까요. 저희는 대체육이 없으면 조금 힘들어요. 그래서 업체 담당자분들이 제발 그만두지 않으셨으면 좋겠어요. 안 나오면 저희가 다 만들어야 되잖아요.(웃음)

대체육은 점점 더 발전하고 종류도 많아지고 경쟁도 시작될 거라고 생각을 해요. 외국에는 벌써 그대로의 식감을 낸 연어나 참치가 나와 있어요. 반대 의견도 있지만 인간이니까 할 수 있는 거잖아요. 그쪽으로 머리를 좀 쓰자는 거죠. 저도 대기업들이 이런 식으로 막 뛰어들고 있는 게 놀랍긴 해요. 대기업들은 절대 이유 없이 그냥 하지는 않거든요.

맛에 대한 집착과 갈망을 표현하는 비건 요리사의 철학

앞서 부산 꽃사미로의 최태석 님과도 인터뷰를 진행했는데 특히 완성도 면에 있어서는 비건들만을 기준으로 만족하지 않는다는 기준이 인상적이었거든요. 두 분도 일반인을 대상으로 한 비건 케이터링도 많이 하시는데 어떤 기준이 있는지 궁금해요.

채 저희도 염려하는 부분인데, '비건인데 이 정도면 맛있다'는 말을 듣기가 정말 싫거든요. 가족 단위나 비건이 아닌 손님이 와서 안 남기고 다 드시고 맛있다고 할 때가 제일 기뻐요.

처음에는 이태원처럼 비건들이 많이 오고 그런 식당이 몰려 있는 곳에 가게가 있는 게 편하지 않을까 싶기도 했어요. 여기 주변에는 죄다 고깃집이고 어쩌다가 해물집이고 그렇거든요. 그런데 일부러 이런 곳에서 해 보는 것도 의미가 있겠다고 생각했어요. 나중에는 지자체의 지원이 있으면 하려고 계획 중인데, 주변 식당에 비건 옵션을 가르쳐 주고 이런 문화를 정착시키는 거예요. 지금 먹자골목이 죽어 있으니까 활성화의 일환으로 지원을 해 달라고 얘기를 했었어요. 비건이 뭔지 모르는 일반인을 대상으로 알리는 것도 충분히 값어치가 있는 일인 것 같아요.

비건이 되기 전의 경험들도 발전적인 방향으로 활용하기 위해 많이 고민하시는 것 같아요.

채 네, 중요한 데이터고 좋은 밑거름이 되죠. 베이킹하시는 분들과 상담을 할 때 제가 항상 말씀드리는 게 원래 제과제빵을 모르면 원리를 알 수가 없고 발전을 못 한다는 거예요.

예를 들면 저는 까르보나라를 먹어 본 적이 없는데 손님이 비건 까르보나라를 만들어 달라고 하시는 거예요. 그러려면 레시피라도 찾아봐야 하는데 이미 그 행위 자체에 대한 제안의 제어 같은 게 생기는 거죠. 이런 부분에 대해 공격을 하는 분들도 있겠지만, 아직까지도 갈등이 되는 부분이기는 해요. 하지만 앞으로 5년 정도 뒤에는 논비건 메뉴를 재현할 필요 없이 그 누구도 먹어 본 적 없는 메뉴들을 선보일 수 있지 않을까 해요. 지금 만드는 비건 노른자가 그렇거든요. 그런 메뉴들이 많아지는 게 저희 꿈이고 앞으로 엄청 많은 노력을 해야겠죠.

요즘 비건 문화가 굉장히 성장했다는 것을 실감하는 한편, 비거니즘의 가치나 목적의식을 훼손하고 용어 자체를 오용하는 식당이나 업체들도 덩달아 많이 늘어난 것 같아요. 닭이 들어간 음식을 '폴로 비건'이라고 하거나, 비건이 아닌 것에 비건을 붙여서 어떤 전략으로만 쓰는 느낌이랄까요. 비건 다이닝을 운영하고 요리 연구를 하는 입장에서 이런 사례를 접할 때 어떠신가요.

채 저희가 이 부분에 있어서는 강하게 말을 많이 해서 요즘은 일부 제한적으로 글을 쓰고 있기도 한데, 어쨌든 같은 업을 하시는 분들을 상대로 하는 거니까 참 민감한 부분이기는 해요. 그렇긴 하지만 확실하게 제가 말하고 싶은 건, 비건 요식업이나 요리 교육을 하고 있는 대표들이라면 적어도 남들이 보는 앞에서는 그것에 맞는 옷을 입으려고 노력해야 한다고 생각해요. 그저 아이템으로만 생각한다면 어쩔 수 없지만요.

대기업들도 그렇고 비건을 옵션으로 둔 요식업자들도 그렇고, 남의 고통 위에 서지 말자는 취지인 경우는 없을 거예요. 그냥 하나의 트렌드이고, 기후위기가 실제로 눈앞에 닥치기도 했고 그뿐인 거죠. 예전에 어느 비건 베이커리의 대표가 '건강에 나쁜 재료를 쓰는 텅 빈 비건보다 동물복지 우유를 쓰겠다'고 했다가 뭇매를 맞는 것을 보고 참으로 씁쓸했어요. 어쩌다가 '비건=건강'이라는 공식이 만들어진 것인지, 철저히 인간 본위인 거죠.

사실 기후위기를 위한 노력도 마치 이타적인 것처럼 말하는데, 거기에도 정작 '인간'밖에 없어요. 인간을 위해 기후위기를 극복하려고 하니, 동물들은 덤으로 묻어가는 거죠. 인간이 피해를 입지만 않는다면 기후위기로 동물이 죽어 나가도 별 신경 안 쓸 거예요. 당사자인 지구야말로 파괴되든 멸망하든 아무 상관없고요. 가끔 지칠 때는 극단적인 생각을 하기도 해요. '인간이 멸종하는 방법이 가장 빠르고 효율적이겠지'라고요.(웃음)

이런 부분에 대해 저희는 원칙이 있어요. 저희 수업에서 수강하신 분들은 개인 계정이라고 하더라도 공개 계정에 그런 글을 올리면 자격증 박탈이에요. 먹는 것까지는 어쩔 수 없고 채식을 공부했다고 해서 모두 비건이 되는 것은 아니니까 이해는 하는데, 적어도 전시는 하지 말자는 거죠. 민간 자격증이긴 하지만 비건 전문가라는 자격증을 땄고 저희가 인증을 한 건데 육식 전시를 하는 건 이상하잖아요. 비건 영양 컨설턴트라고 소개를 해 두신 분이 샐러드에 고기를 포인트 토핑으로 넣는데 프로필만 보면 누가 그걸 비건이 아니라고 생각하겠어요. 이런 분들이 앞으로 더 늘어나겠구나 싶으면서 여기서 오는 스트레스를 어떻게 해야 하나 싶죠. 이 사람 같은 경우는 안 보면 되지 않냐고 하는데 저는 그게 안 되는 거예요.

권 저도 스트레스를 받긴 해요. 그렇지만 스트레스를 담아 두는 스타일이 아니기 때문에 이 사람에 비해선 강도가 적을 거예요. 지금 한국 비건은 이를테면 춘추전국시대 같은 느낌이에요. 당연히 언젠가 이게 정리가 되겠죠. 요리하는 사람의 마음가짐이 중요하지만 결국은 소비자도 알 것 같아요.

요리사가 비건으로서 비건 식당을 운영하는 경우엔 맛에 대한 집착과 갈망 같은 게 있다고 할까요. 저희가 그 완성도 있는 맛을 잘 표현해 냈을 때 손님도 알아주실 것 같아요. 저는 이 갈망이라는 게 상당히 중요한 포인트라고 생각해서, 그 갈망이 어떻게 나타나느냐에 따라서 판가름이 날 것 같아요. 저희가 더 많이 음식에 열정을 쏟아 부으면 언젠가는 당연히 알아봐 주실 거라는 믿음이 있어요.

채 같이 스트레스를 받지만 그걸 저는 막 얘기하는 편이고 이 사람은 조용히 삭이는 편이죠. 괜히 이 사람한테 어떻게 생각하냐고 막 화를 낼 때도 있어요. 그럼 이 사람은 자기가 샐러드에 고기 넣으라 그랬냐고, 왜 나한테 그러냐고 하죠.(웃음) 앞으론 같은 일을 하시는 분들의 모임을 주선을 해 볼까 싶기도 해요. 고충도 좀 나누고요. 단체는 아니지만 우리끼리 행동강령을 만들어서 비건 사업을 하려면 최소한 지켜야 할 게 있다는 걸 스스로 알게끔 했으면 좋겠어요. 그리고 저희가 비건 페스타의 협력업체에요. 사실 비건페스타를 잘 모르는 분들이 비건이 아닌 제품들을 다 가지고 나와서 현장에서 클레임 받는 경우가 반복되고 있는데 그게 교육이 안 되어서 그렇거든요. 앞으론 이런 부분에 대한 사전 교육을 진행하려고 기획 중이에요. 요즘은 SDG's* 나 ESG** 관련하여 기관이나 단체, 기

* 지속가능 발전 목표. Sustainable Development Goals의 약자로, 인류의 보편적 문제와 지구 환경문제, 경제 사회문제를 해결하고자 2030년까지 시행되는 유엔과 국제사회의 최대 공동 목표를 말한다.

** Environment, Social, Governance의 머리글자를 딴 단어로 친환경, 사회적 책임 경영, 지배구조 개선 등 투명 경영을 고려해야 지속 가능한 발전을 할 수 있다는 기업의 경영 용어.

업에서 담당을 하고 계신 분들의 연락을 많이 받고 있고, 채식과 연결해서 출강 등을 하고 있어요.

오직 동물을 위해 시작한 일

에티컬테이블, '윤리적 식탁'이라는 브랜드명에서도 지향하는 바가 확실히 느껴지는 것 같아요. 어떤 목적이나 의미를 담고 싶으셨나요?

채 처음에는 간단하게 '비건 테이블'이었어요. 밖에서 여러 가지 행사 등을 하다 보면 일회용품을 쓸 때도 있는데 비건이라는 것에만 틀을 딱 맞추다 보니까 이것도 하나의 이기적인 집단이 되어 버리는 거예요. 동물이 고통만 안 받으면 다 상관이 없는 거죠. 보통 다 연결이 되니까요. 그래서 이름을 바꿨어요. 에티컬이라고 하면 모든 걸 포괄할 수 있지 않겠나 싶었어요. 사실 에티컬이라는 것에 대해서도 명확하게 와닿지가 않아서 고민은 했어요. 그렇다고 윤리적 식탁이라고 하면 촌스럽고요.(웃음) 무엇 때문인지 알 수 있도록 'For Animal Rights'라고 캐치프레이즈만 따로 넣었어요. 거기에 저희의 정체성은 얼마든지 드러낼 수 있으니까요.

어쨌든 그렇게 지은 이름을 따라서 꼭 필요할 땐 비싼 포장 용기를 쓰고 있기도 해요. 그냥 펄프 용기로 쓸 때도 있지만 펄프조차도 만들 때 숲을 해치기 때문에 버리는 밀짚으로 만든 키친타월이나 용기를 쓰고 있는데 거의 4~5배 정도 비싸요. 그래도 그걸 추구해야 되지 않겠나 하는 거죠.

이렇게 모든 면에서 대안을 찾으려면 공부를 계속해야 하니 힘든 부분도 있을 것 같아요.

채 힘이 들기도 하는데 생각해 보면 많이 성장했다 싶기도 해요. 요즘은 거슬린다는 게 되게 좋다는 생각을 하거든요. 이 원동력은 저희 개나 가족만 지킨다고 했을 때엔 한계가 있을 거예요. 그런데 항상 고통 속에 죽어 가도록 짓밟아 버린 생명들을 생각하면 이게 아무것도 아니라는 생각이 드니까요. 저도 죽으면 좋은 데는 못 갈 것 같아요.(웃음) 같은 업을 하시는 분들한테도 비즈니스 그렇게 하면 안 된다는 얘기도 들어요. 같은 일을 하니까 같은 생각을 하는 줄 알았는데 만나 보면 그냥 인간적인 생각만 갖고 있고 전혀 이타적인 게 없는 경우가 많더라고요. 돈 버는 게 먼저인 거예요. 솔직히 이런 경우가 더 힘들고 상처받아요.

에티컬테이블은 비건 식당이자 비건 전문가를 양성하는 교육기관이기도 하지만 SNS나 여러 활동을 통해서 동물권에 대한 목소리를 꾸준히 내는 주체이기도 해요.

채 처음에 3일 팝업하면서 인스타그램 팔로워가 천 명으로 확 늘었다가 여기 매장 시작하면서 한 달 만에 천6백 명까지 늘었거든요. 그런데 동시에 언팔로우하시는 분도 엄청나게 많았어요. 건강도 당연히 중요하지만 인간을 위한 것보다는 타 생명이나 지구환경을 고민할 수 있는 메시지를 많이 올렸더니 그걸 싫어하시는 분들은 다 끊어 버리시더라고요. 우리가 하고 싶은 말을 하려고 이 일을 시작한 건데 사람이다 보니까 갑자기 외면당하는 느낌이 들더라고요. 그럴 때는 약간 자신이 없어지기도 하는데, 시간이 지나니까 팔로워가 더 늘더라고요. 그래서 우리가 왜 이 일을 시작했는지 생각하고 중심을 잃고 일희일비하다가는 완전히 다 어그러질 수 있겠다고 마음을 다잡긴 했는데, 사실 쉽지는 않았어요.

에티컬테이블이 오직 동물을 위해 시작한 일이라고 쓰신 글을 보았는데, 두 분은 서로를 '동물해방 키친 동지'라고 부르신다고요.

채 아까 부부 사이에서 식단이 안 맞아 다툼이 생긴다는 얘기도 했지만 동물권 운동도 마찬가지거든요. 저희는 현장을 많이 나가는 편이에요. 포항 지진으로 반려동물 재난 안전 문제가 부각되면서 예전에 잠깐 반려동물 재난 안전 관리사로 활동했던 이력 때문에 산불이 나거나 태풍이 불면 지금은 본업이 아닌데도 계속 전화를 주시는 거예요. 한번은 강원도에 산불이 났다고 해서 밤 10시까지 수업하고 집에 갔다가 새벽 2시쯤 현장으로 출동을 한 적이 있어요. 이게 부부가 같이 가야 할 수 있는 거잖아요. 만약 한 사람이라도 '너 너무 투머치야', '왜 이렇게 오버해'라고 하면 싸움이 되고 이혼의 원인이 되기도 하거든요. 근데 저희는 그게 너무 잘 맞아요.

진짜 동물해방 키친 동지시네요. 어떻게 이렇게 두 분 마음이 잘 맞고 함께 활동하실 수 있는지 정말 부럽고 신기해요.

채 저도 신기해요. 왜냐면 보통 가자고 권하는 쪽은 저인데 너무 피곤해서 못가는 때에는 이 사람이 혼자 개 농장에 구조하러 가기도 해요. 개 농장은 강아지용 사료나 음식을 만드는 곳이 아니라, 식용 목적으로 개를 도살하는 곳을 말해요. 다들 힘들지 않냐고 걱정하세요. 근데 할 땐 확실하게 하고 싶어요. 곤란에 빠진 동물을 구하는 게 목적이니까요. 고성 산불 때가 제일 충격이었어요. 소를 우사 안에 넣기만 하는 게 아니라 소를 또 한 번 족쇄로 채워 놔요. 그래서 그 자리에서 죽었는데 다 탔으니까 묶어 놓은 다리만 남아 있는 거예요. 그걸 안 풀어 주고 인간만 도망간 거예요. 이렇게 묶인 채로 죽은 개나 소가 많았어요.

어떻게 그런 동력이 생겼는지 놀랍고 궁금한 마음인데요.

권 이건 명확하게 답변을 드리기가 좀 어려운 게, 저도 어떻게 그렇게 되었는지는 잘 몰라요. 조금씩 활동하다 보니까 그게 더 커진 거죠. '1'을 해야 할 것을 '2'를 한 거고 '2'를 해야 할 것을 '3'을 하게 된 거죠. 근데 '3'을 했다가 '1'을 할 순 없잖아요. 그런 식으로 조금씩 계속하다 보니까 지금처럼 활동하게 된 거지 어떤 계기나 이유가 있어서 변한 건 아닌 것 같아요.

한 달 내내 전국의 개 농장을 다녀 본 적이 있어요. 이 사람이 반대도 하고 설득을 많이 했죠. 그때는 제가 이런 활동을 거의 처음 시작하는 단계였어요. 어디 가서 이런 상황이 닥치면 어떻게 하라는 매뉴얼도 잘 없을뿐더러 체계적으로 가르쳐 주는 사람도 별로 없거든요. 마침 그럴 기회가 있어서 다른 동료 한 명하고 같이 다녀오고 나서 느낀 게 있었어요.

이런 것까지 말해도 되는지는 모르겠지만 현장을 보면서 마음속으로 울었던 적도 많고 동물복지법이 있으면 뭐하냐는 걸 느꼈어요. 현장에 가서 보니까 그 법이란 게 그냥 허울만 좋은 말장난 같은 거더라고요. 뒤에서는 지키지도 않고 어떻게 되는지도 모르고요. 그럼 뭘 해야 하느냐 했을 때 답이 없더라고요. 어떻게 해야 할지도 모르겠고요. 그래서 주변 사람들한테 한 달 동안 이렇게 갔다 왔는데 결론적으론 내가 할 수 있는 게 아무것도 없더라고 말을 했어요. 물론 스스로가 모르는 게 많아서 그럴 수도 있지만, 동물권 쪽에서 어떻게 활동을 하면 좋을지 친구나 선배 같은 분들하고도 많이 상담을 했는데 결론은 그거더라고요.

개식용이라는 것, 그리고 육식이라는 게 없어질 때까지 그냥 꾸준히 활동하고 못 볼 거 보더라도 그 마음을 잃지 않고 행동을 해야 한다는 게 공통적인 말이더라고요. 특별한 해답이 없는 한 그 해답이 나올 때까지는 계속 움직이고 말하고 목소리를 내야 한다는 생각이 들어요. 그래서 피곤한 몸이지만 도움이 필요하다고 하면 최대한 저도 참여하게끔 활동을 해왔고 앞으로도 그렇게 할 거예요.

이처럼 내 동물의 안위나 동물복지 담론을 넘어서서 훨씬 더 적극적인 의제인 동물권 활동에 두 분 다 관심을 갖고 실천하게 된 계기가 있으셨나요.

채 거의 동시에 시작했는데 저는 명확한 계기가 있었어요. 유명한 그림이라 아마 본 적이 있으실 거예요. 고양이에게 먹이려고 소, 돼지, 닭 등 다른 동물을 도살하려는 걸 바라보고 있는 그 그림을 보고 딱 얻어맞은 것 같았어요.

그때 강아지를 반려하고 계셨던 거고요.

채 그렇죠. 그전부터 생각은 있었지만 그림을 보게 된 건 좀

ⓒ Pawel Kuczynski

나중이었는데, 그걸 보고 행동을 하자고 생각하게 됐어요. 내가 앉아서 사업을 하고 비건을 넓히고 그것도 좋지만, 할 수 있는 게 있으면 좀 움직여야 하지 않을까 싶었던 거죠. 현재는 개고기와 돌고래 사냥을 반대하는 일본 단체의 한국 대표를 맡고 있어요.

권 저는 와이프가 관련 활동을 먼저 시작을 해서 같이 하게 됐는데, 그냥 현장 나가서 하는 게 좋더라고요. 여기 성남 태평동이라는 동네에 개 도살장이 있었거든요. 전국의 개들이 몰려와서 모란시장에 가기 전에 거기서 다 도축이 되는데 어마어마하게 큰 데였어요. 거기를 다 같이 기습을 해서 가 봤어요. 그때가 현장에 처음 간 거였는데 거기서 충격을 정말 많이 받았죠. 그게 제가 활동을 본격적으로 시작하게 된 계기가 됐어요.

사실 대형 동물권 단체의 행보들을 보면 가장 아쉽게 느껴지는 부분이 비거니즘의 가치에 대해서는 거의 내세우지 않는다는 거예

요. 동물복지 담론에 그치는 것이 한계를 넘어서지 못하는 게 명확한데도, 정작 대중적으로는 소구되는 관점은 갈리는 것 같아요.

채 사실 동물복지는 동물권 단체가 할 일이 아니라 축산업자가 할 일이에요. 그걸 왜 동물권 단체가 대신해 주고 있냐는 거죠. 오히려 저는 먹는 사람보다도 동물복지가 동물권 운동을 가장 방해하는 거라고 생각을 해요. 「약속의 네버랜드」라는 일본 만화가 있는데 동물복지의 폐해를 아주 잘 보여 주는 작품이에요. 천국 같은 곳에서 행복하게 지내다가 입양 간다고 나갔는데, 사실은 어떤 괴물에게 먹히기 위해 길러졌다는 게 드러나죠. 나중에는 가게에서 식사하면서 동물복지 관련 영상 상영회도 해 보려고 해요.

에티컬테이블에서는 타협하거나 포기하지 않아도 되는 것

코로나19 때문에 가게 오픈 자체가 계속 밀리는 상황을 SNS에서 봤었어요. 당시엔 자영업자로서의 고충도 크고 복잡하셨을 것 같아요.

채 제가 얼마 전에 대체의학 대학원을 수료했는데 바이러스에 대해서 깊게 살펴볼 계기가 있었거든요. 결론은 이 상태는 없어지지 않을 거라고 생각을 해야 할 것 같고요, 이 태세를 유지하면서 어떻게 나아가야 할지 자영업자분들도 고민하셔야 할 것 같아요. 왜냐면 다들 나아질 거라고 자꾸 생각을 하시더라고요. 끝나면 진짜 행운인 건데, 저희 교육생 선생님들께도 끝날 거라는 생각을 하지 말고 창업할 때 염두에 두라고 말을 해요. 모든 걸 온라인으로 전환하는 작업을 할 수밖에 없어요. 육식을 그만두지 않는 이상 다른 병은 계속 나올 테니까요.

에티컬테이블도 그런 전환의 준비를 하고 계시는 건가요.

채 네, 저희도 준비를 하고 있어요. 이미 유명한 비건 식당들도 밀키트 판매를 시작했는데 진짜 고육지책으로 하시는 걸 거예요. 저희는 선뜻 할 수가 없는 게 포장재 문제 때문이에요. 물기가 많은 재료는 종이로만 포장하는 게 불가능하거든요. 그래서 착안해 낸 게 일단 도시락으로 배달을 하는 것부터 먼저 준비하고 있어요.

전국에 조류독감이 퍼지고 그때마다 산란계가 살처분되면서 계란 값이 계속 오르고 있잖아요. 결국 수급이 안 되면서 정부는 수천만 개의 계란을 수입에 의존하고 있고요. 이렇게 근본적인 변화 없이 공급량만 맞추려고 하다 보면 결국 동물의 처지는 더 열악해지는 악순환에 갇히는 것 같아요. 대안적 먹거리와 방식을 제시하는 입장에서 사람들은 어떤 변화를 고민해야 할까요.

채 비건을 하면서 건강 이유뿐만 아니라 모든 걸 너무 풍족하게 먹는다든가 넘치게 사 둔다든가 하는 부분도 생각을 하게 돼요. 수강생들에게 가르쳐야 하니까 식자재에 대한 욕심이 좀 있기는 하지만 가급적 넘치게 소비하지는 않으려고 노력해요. 그렇지만 저도 남들에게 어떻게 보일까 신경 쓰게 될 때도 있어서 가치관과 차이가 생길 때도 있죠.

일본은 이미 1인 가구 위주로 되어 있기 때문에 다 낱개로 살 수 있게 되어 있어요. 이런 환경적인 부분이 조금만 개선되어도 전체적인 균형이 생기지 않을까 싶어요. 개인이 먼저일지 기업이 먼저일지 모르겠지만 아무래도 소비자가 먼저겠죠. 소비자가 추구하는 방향으로 상품 구성도 바뀔 테니까요.

한국은 저출생 추세지만 전 세계적으로 봤을 때는 인구가 폭발적으로 늘고 있잖아요. 앞으로 당연히 자원이 모자랄 거고요. 대량으로 생산하기 위해 누군가는 반드시 희생이 되겠죠. 당연히 사람을 포함한 동물일 테고요.

에티컬테이블은 '비건 소셜 다이닝 프로젝트'라는 소개처럼 여러 사회적 활동을 함의하고 있는 공간이라는 짐작이 되는데, 앞으로 에티컬테이블에서는 어떤 모습을 기대할 수 있을까요. 이 공간을 통해 하고 싶은 일과 목표가 있다면 마지막으로 한 말씀씩 부탁드립니다.

채 교육이든 창업이든 무조건 경제활동을 비건으로 할 수 있는 사람을 많이 길러 내는 게 단·중기적인 목표이기 때문에 올해는 온·오프라인을 적절히 섞어서 소통을 많이 하려고 해요. 두 가지 기획을 했는데 하나는 '라이브 쿠킹'을 하는 거예요. 티켓을 판매해서 그날 드실 저녁을 여기서 만들고 과정을 다 보여드리는 거죠. 같이 얘기도 하고 궁금해하시는 건 알려드리기도 하고요. 그렇게 여기서 '소셜'이 이루어지도록 하는 게 목표고요.*

두 번째는 '얼스에틱스'라는 커뮤니티 프로젝트를 시작했어요. 캐치프레이즈가 '지구책임인간윤리표준'인데, 좀 무섭다고 해서 바뀔 수도 있어요.(웃음) 동물과 인간 그리고 지구가 그 관계를 제대로 회복하고 유지하기 위해 여러 분야의 관심사를 창구로 사람들이 모이면, 지금 직면한 문제들이 해결될 실마리가 되지 않을까 하는 생각에 만들었어요. 일본과 한국의 멤버들이 주축으로 움직이기 시작했고요. 이 프로젝트가 초기 기획 때는 매거진까지는 아니지만 웹 메일링 형식으로 글을 공유하는 서비스로 시작하려고 했던 건데, 행동이 없는 글에는 힘이 없다는 생각이 들었어요. 그리고 평소에 비건이나 동물권, 환경에 전혀 관심이 없었던 사람들이 각자의 다양한 관심사로 시작해서 동물권과 환경에 귀결된다면 더 빠르겠다고 생각을 해서 형태를 커뮤니티로 바꾸었어요. 요즘 커뮤니티가 대세이기도 하고요.(웃음) 본격적으로 운영이 되는 건 2023년 하반기 정도부터 일 것 같아요. 지금은 베타테스트 중입니다.**

권 사람이든 회사든 새로운 해가 시작되면 계획을 세우잖아요. 주로 이런 계획은 와이프가 많이 세워요. 저는 거기서 이건 좋겠다, 이건 좀 그렇다 하는 식으로 의견을 내는 정도인데 아닌 건 아니라고 고집을 부리죠.(웃음) 또 끝까지 해야 한다고 짚어 주는 역할도 하고요. 많은 분들이 진짜 원했던 맛이라는 게 있어요. 비건이라서 포기했던 맛을 에티컬테이블에서는 포기하지 말라고 자신 있게 말씀드릴 수 있게끔 키우고 싶어요. 그런 경험을 할 수 있게 하는 것이 지금으로선 가장 큰 목표고

* 2021년 7월 태국, 베트남, 남인도/스리랑카, 일본 등 아시아 각국의 대표 음식들을 코스로 즐기는 아시안 소셜 다이닝 시즌1을 진행한 바 있다.

** www.earth-ethics.com

요. 요즘 바빠서 활동도 예전처럼은 못 하고 있는데, 저희가 이 공간 안에서 시간을 쓰고 투자를 했을 때 나오는 건 솔직히 말씀드리면 돈이에요. 여기서 나오는 수익을 더 많이 기부를 해서 후원하는 여러 단체에 더 크게 도움이 되면 좋겠어요.

우리가 이야기 나눈 사람

채선우

아시안 비건 요리 연구가. 동물권리 활동가. 반려인과 4명의 반려견과 생활하고 있다. 요즘은 전기를 최소한으로 쓰면서 자급, 자립력을 키우는 일본의 비전화 자립 공생 제작자 훈련을 받으며 스승 후지무라 선생님과 새로운 프로젝트를 작당 중이다.

권창환

**국제 로푸드 프로듀서.
(주)국제그린푸드연구소 대표.
20년 가까이 뮤지션의 길을 걷다가 지금은 비건 비즈니스로 생계를 꾸려 가고 있다. 에티컬테이블 주방에서 대부분의 조리를 담당하지만 주방장이 아닌 고객 응대와 홀 담당이다.**

우리가 이야기 나눈 곳

에티컬테이블

**비건 소셜 다이닝 카페
서울특별시 종로구 서순라길 27-5**
www.ethical-table.com
ethical_table

Vegan & Raw
Organic Cafe
ETHICAL TABLE
FOR ANIMAL RIGHTS,
EARTH AND HEALTH

걷는 여행이 만든 단순하고 소박한 삶의 태도

해외 트레킹 인솔자 박진형

• • •

비건 지향의 삶을 꾸리고 반년 정도 지났을 무렵 비건 식문화에 친화적이라는 태국 여행을 계획하고 다녀온 적이 있었다. 때마침 태국에서 제로웨이스트숍이 전국적으로 확산하는 분위기라는 선진적인 소식을 접하게 됐던 탓인지 비거니즘과 제로웨이스트의 가치를 실천할 수 있는 아시아 여행지로서 손색이 없어 보였다. 당연히 이런 낭만적인 생각은 수많은 일회용품으로 포장된 기내식을 받는 순간부터 조금씩 우스워졌고, 날카로운 쇠꼬챙이에 억눌린 채 강제로 사람들을 태우는 아유타야의 코끼리를 보고는 거리에서 펑펑 울었으며, 여행이 주는 달뜸을 느낄 겨를도 없이 돌아온 직후에는 코로나19 사태로 인해 해외여행이라는 것 자체를 기약할 수도 없게 되어버리고 말았다.

인터뷰의 마지막을 함께한 해외 트레킹 인솔자 박진형은 서울 익선동의 비건 베이커리 '앞으로의 빵집' 유튜브 영상을 보고 연결이 된 경우였다. 산행에 대해서는 완전히 무지한 입장에서 해외 트레킹 인솔자라는 낯선 직업에 대한 호기심도 있었지만, 잘 연결되지 않을 것 같은 '장거리 해외 트레킹'과 '비건'의 조합에 대한 궁금함이 더 컸다. 해외여행, 트레킹, 자연식물식, 미니멀리스트 같은 단어들이 한 사람 안에서 어떻게 조화를 이룰 수 있을까?

한편으로 그는 활용 가치를 잃은 폐공장의 부자재를 활용해 팔찌를 만드는 '피크브레이슬릿'이라는 브랜드를 운영하고 있었기에, 직업 특성상 기능성 소재가 많이 필요한 아웃도어 의류의 생산과 소비에 대한 부분도 떠넘기듯 물어보고 싶기도 했다.

트레킹 전문 여행사에서 고산 지역 담당자로 일하는 박진형은 거듭된 시험 낙방으로 힘든 시기를 보내던 2016년, 한껏 좁혀진 삶의 목표와 테두리에 답답함을 느끼고 도망치듯 첫 해외여행을 떠났다. 산티아고 순례길을 걷는 동안 새로운 방식의 식단으로 에너지를 보충하는 체코 여행자들을 만나게 되면서 혁신적인 생존 기술을 접하게 됐고, 건강의 변화를 느끼면서 한국에 돌아와 한동안 자연식물식에 심취했다. 지금은 현미밥과 저수분 요리로 자신만의 식단을 운영할 수 있게 되었지만, 그때 여행길에서 만난 새로운 방식은 그가 단순하고 간소하게 먹는 삶으로 전환하게 된 결정적인 계기가 되었다.

알프스가 좋아서 트레킹 전문 여행사에 입사까지 하게 되었다는 그는 직업 자체를 바꾸게 된 과정만큼이나 전반적인 라이프스타일의 변화가 놀랍도록 인상적인 경우였다. 배낭에 넣고 꾸렸던 물건들이 결국 짐이 되어 돌아왔던 걷는 여행의 경험을 통해 간결함의 가치가 일상에도 자연스럽게 배어들었다. 이제 그는 식단에서 나아

⋮

무모했던 첫 해외여행, 몽블랑의 강렬함이 바꾼 삶의 반경

우연히 비건 라이프스타일 채널 '앞으로의 식탁'의 '비건 친구를 소개합니다' 영상을 접하고 섭외 요청을 드리게 되었어요.* 트레킹 전문 여행사에서 고산 지역 트레킹 담당자로 일하신다고요.

제가 일하는 곳은 손님을 모객해서 해외로 나가는 트레킹 전문 여행사예요. 트레킹 사업부에서 아프리카 킬리만자로와 유럽 알프스 지역 피크 등반 담당으로 배정이 돼서 근무를 했었는데, 코로나19가 터지면서 지금은 휴직 중이고 다른 일도 하면서 시간을 보내고 있어요.**

여행사에서는 어떻게 처음 일하게 되셨나요.

알프스가 좋아서 트레킹 전문 여행사에 입사하게 됐어요. 원래는 환경학을 전공해서 폐수를 처리하는 일을 했었는데 스물여섯 살 때 잠깐 이직을 준비하던 시기가 있었거든요. 그때

* 유튜브 '앞으로의 식탁' 채널에 박진형의 인터뷰 영상 2편이 공개되어 있다.

** 지금은 다시 현업에 복귀하여 해외 트레킹 인솔자로서 일하고 있다.

처음으로 여권을 만들고 해외여행을 준비했어요. 원래 등산을 좋아해서 어렸을 때부터 알프스 같은 유럽 쪽에 로망이 있었고 산티아고 순례길은 버킷리스트 같은 거였어요. 이때가 아니면 길게 여행을 못 갈 것 같아서 별 계획도 없이 간 거예요. 몽블랑에서 2주 정도 트레킹 코스를 걷고 거기서부터는 대중교통을 이용하지 않고 산티아고 순례길까지 걸어가는 거였는데 거리가 2천 킬로미터 정도 돼요. 생겐조약* 때문에 유럽에 90일밖에 체류가 안 되는데 계산을 해 보니까 하루에 30킬로미터 정도씩 걸으면 3개월 안에는 갈 수 있겠더라고요. 숙박은 텐트로 해결하면 되니까 가능하겠다고 생각했어요.(웃음)

돈이 200~300만 원 정도밖에 없었으니까 중간에 돈 떨어지면 돌아오겠다는 무모한 생각으로 갔던 건데, 그때 알프스 지역의 매력에 완전히 빠지게 됐어요. 3개월의 여행 동안 2주간 머물렀던 알프스의 기억이 너무 강렬해서 여행을 마치고 한국에 돌아왔는데도 그 여운이 가시질 않는 거예요. 다시 취업을 했다가 그 여운이 맴돌아서 젊을 때 한 번이라도 더 다녀오자고 결심하고 1년짜리 워킹홀리데이 비자를 다시 받았어요. 더 이상 질려서 여행이 싫어질 때까지 걸어 봐야지 싶었고, 다시 가서는 몽블랑 쪽에만 거의 머물렀어요. 알프스가 굉장히 넓은데 저는 몽블랑 산군에 완전히 심취했었거든요. 거기서 몇 달 동안 산에 텐트 쳐 놓고 블루베리 따서 팔고 팔찌도 만들어 팔면서 생활했었는데 그때 지금 제가 다니는 여행

* 유럽연합 회원국 간 무비자 통행을 규정한 국경 개방 조약으로, 가입국 외의 국민이 생겐조약 가입국가에 입국할 때에는 처음 입국한 국가에서만 심사를 받고 6개월 이내 최대 90일까지 회원국의 국경을 자유롭게 넘나들 수 있다.

사의 손님들을 많이 만나게 됐어요. 원래도 알고 있던 회사긴 했지만 현지에서 보니까 굉장히 매력적인 지역을 안내하는 일이라 한국에 돌아와서 입사 지원을 했어요.

몽블랑이 그렇게 특별히 좋았던 이유가 있으세요?

여권을 만들고 떠난 해외여행에서 처음 맞닥뜨린 동네여서 그럴 수도 있을 것 같아요. 몽블랑이라는 산 자체가 가지고 있는 상징도 되게 커요. 불어로 몽(Mont)이 산이고 블랑(Blanc)이 흰색이라는 뜻이에요. 4천 미터가 넘는 알프스산맥에서 가장 높은 봉우리이고 알피니즘(Alpinism, 등산)이나 알피니스트(Alpinist, 등산가)의 역사도 이곳에서부터 시작된 거거든요. 근대등반의 역사가 시작된 곳이니까 산을 좋아하거나 등반을 하는 사람들한테는 몽블랑이라는 산 자체가 모든 게 시작되는 곳이에요. 저도 막상 처음 보니까 약간 멍했거든요. '어떻게 이런 세상이 있지?' 하는 생각이 들었고 6년 가까이 시간이 지났는데도 그때 받았던 임팩트가 강렬하게 남아 있었어요. 전 세계 어디를 가더라도 저한테는 몽블랑의 첫인상이 가장 좋아서 계속 그쪽을 맴돌게 됐던 것 같고, 그래서 좀 더 전문성을 키워서 트레킹 가이드를 하고 싶다는 꿈을 갖게 되었어요.

스무 살 때부터 등산을 하셨다고 했는데, 어떤 계기로 등산을 일찍 시작하게 되셨나요?

어렸을 때 양쪽 폐 수술을 받아서 폐가 좀 작고 기능이 약했어요. 그래서 의사 선생님이 등산이나 수영을 해서 폐활량을 키우지 않으면 성인이 돼서 더 고생할 거라고 하셨어요. 산을 좋아하진 않았는데 고등학교가 도봉산 바로 밑에 있었거든요. 거기에 엄홍길 기념관이 있는데 엄홍길 대장님도 어렸을 때 도봉산에 많이 오셨다고 하고 저도 어차피 등산을 해야 하니까 그냥 산 뒤를 가끔씩 왔다 갔다 했어요. 그러다가 이십 대가 되면서 본격적으로 다니기 시작했어요.

트레킹이나 하이킹 같은 용어의 의미나 차이에 대해서는 잘 모르겠더라고요. 트레킹은 어떻게 정의를 하면 될까요?

무엇이 정답이라고 할 순 없지만 트레킹이라는 것 자체가 정상을 향해 오르는 것에만 연연하지 않고 산속을 걸으면서 자연을 느끼는 여행으로 더욱 확장된 범위를 의미해요. 원래 어원은 소달구지를 타고 하는 여행이라고 하더라고요. 아마추어가 전문 장비 없이 걸을 수 있는 모든 등반 행위인데, 국내 산은 암벽등반을 제외하고는 전부 트레킹의 범주라고 보고 있어요. 좀 더 구체화를 시키면 해외에서는 등반 장비 없이 4천 미터 정도의 높은 산을 걷는 행위를 트레킹으로 보기도 해요. 그래서 하이킹보다는 좀 더 어려운 범주이고, 텐트를 메고 하는 백패킹과 비슷한 범주의 여행 스타일이라고 보고 있어요.

걷는 여행, 트레킹의 매력에 빠지게 된 이유가 있으신가요.

산은 원래 계속 좋아해 왔고 여행사에 취직도 하게 됐지만 트레킹의 매력에 빠지게 된 건 사실 제 의지와는 상관없기도 하고 반반이에요.(웃음) 저는 처음 여행을 가기까지 나름의 고충이 많았어요. 폐수 관련된 일을 하면서 환경직 공무원 준비를 오랫동안 했는데 2~3번 정도 떨어졌거든요. 아버지도 폐수 처리 일을 하셨는데 부당한 일을 많이 당하시다 보니까 저한테 바라는 게 있으셨어요. 그러다 보니까 한때 제 삶의 목표가 환경직 공무원이었거든요. 남들이 보기엔 아무것도 아니라고 할 수도 있겠지만 당시의 저에겐 그게 세상의 전부였어요. 제 삶의 범위가 제가 태어난 곳과 학교밖에 없고 그 끝이 공무원인 거예요. 그렇게 인생을 사니까 너무 좁고 모든 게 갇혀 있는 느낌이라서 거의 도망가듯이 여행을 간 거였어요.

진짜 떠나고 싶으셨겠어요.

인생이 계획대로 되는 게 하나도 없었으니까요. 몸은 건강하고 나이도 젊으니까 제일 하고 싶었던 게 뭘까 생각을 했죠. 그러다 어렸을 때 음악 시간에 선생님이 영화 「사운드 오브 뮤직」을 보여 주셨던 게 생각이 났고, 영화에 대한 좋은 이미지가 알프스로 연결이 됐어요. 어차피 이렇게 된 거 하고 싶은 거 한번 갔다 와서 마음 싹 비우고 다시 시작하자는 마음으로 떠난 거였기 때문에 아무 계획을 안 세웠어요. 또 계획을 세웠다가 계획대로 안 되면 여행이 실패하는 거잖아요. 그래서 급하게 여권을 만들고 비행기 티켓만 끊었어요. 일단 그곳에 가는 것 자체가 목적이었으니까요. 대중교통을 이용하기 싫었던 건 아니고 예약을 할 줄 몰라서 그냥 반강제로 걷기로 했던 거예요.(웃음)

순례길 자체가 2천 년 넘은 역사가 있다 보니까 그 길을 걸으면서 걷는 여행에 대한 매력을 많이 느끼기 시작했어요. 사람들을 많이 만나면서 생각의 폭도 좀 넓어진 것 같고요. 그런 여행이 너무 좋아서 제가 느낀 즐거움을 업으로까지 발전을 시킬 수 있는 방법을 찾았죠.

또 계획을 세웠다가 계획대로 안 되면
여행이 실패하는 거잖아요. 그래서
급하게 여권을 만들고 비행기 티켓만 끊었어요.
일단 그곳에 가는 것 자체가 목적이었으니까요.
대중교통을 이용하기 싫었던 건 아니고
예약을 할 줄 몰라서
그냥 반강제로 걷기로 했던 거예요.(웃음)

아예 업을 바꾸게 될 정도로 강렬한 경험을 하셨는데, 여행을 다녀온 다음에는 환경 쪽 일을 다시 하고 싶지는 않으셨던 건가요.

여행에서 돌아와서는 비건 지향을 하고 있었거든요. 그때 입사한 곳이 동네에 있는 닭고기 가공 공장이었는데, 도축하는 과정에서 나오는 축산폐수를 처리하는 엔지니어에 지원을 했었어요. 축산폐수는 어쨌든 생물에서 나오는 거니까 미생물로 처리를 하는 방식이거든요. 저는 그냥 폐수 찌꺼기만 정화시키는 일을 하는 것으로 알고 있었는데 관리직으로 입사를 하다 보니까 닭의 털을 뽑는 것부터 죽이는 과정까지 총괄하는 일을 배우게 됐어요. 모든 과정을 모니터링하고 문제가 생기면 같이 해결을 해야 했거든요. '닭고기'가 어떻게 오는지 그 모든 과정을 알게 된 건데, 이미 비건인 상태였다 보니 환멸을 느끼고 잠도 잘 못 자게 되더라고요. 그럼 앞으로 뭘로 먹고살아야 하지 고민을 하다가 제가 좋아하는 트레킹 일을 한번 해보자 싶었던 거예요. 제가 전공을 살려 봤자 어차피 만족하지 못할 바에야, 돈을 많이 못 벌더라도 좋아하는 일로 계속 일을 하면 좋겠다고 생각했어요. 또 사는 데 돈이 그렇게 많이 필요하지 않다는 것을 알게 되기도 했고요.

그런 가치관 자체도 변하신 거네요.

네, 이미 그때부터 자연식물식을 하고 있었는데 퇴사할 때 그런 얘기를 하진 못했어요. 똑같은 걸 보면서 20~30년 넘게 생업으로 삼아 온 분들이 있는데 그 앞에서 '제가 채식을 하고 있어서 더 이상 이걸 못 보겠다'고 말하기가 어렵더라고요. 그래서 정중하게 다른 일을 하고 싶다고 말씀드리고 나왔죠. 이후부터는 비거니즘에 좀 더 심취하게 됐어요. 그전에는 건강상의 이유 때문에 비건을 했었다면 그때 이후로는 정말 생명윤리까지도 생각하게 됐으니까요.

자연식물식이 가져다 준 삶의 변화

2016년에 떠났던 여행에서 처음 비건 식습관을 접하게 되었다고 하셨는데, 어떤 상황이었나요?

계획 없이 떠난 여행이라 남의 도움을 많이 받을 수밖에 없다 보니 그런 상황에서 답례로 해 줄 수 있는 걸 생각했던 게 하나는 팔찌였고, 또 하나는 요리였어요. 원래 요리를 별로 안 좋아했는데 여행 가기 전에 「집밥 백선생」 같은 방송을 보고 전 세계 어디서나 구할 수 있는 재료로 할 수 있는 레시피 2개를 배워 갔어요. 그중 하나가 목살 스테이크였거든요. 여행을 하면서 만났던 분의 집에 잠깐 머무른 적이 있었는데 지내면서 계속 얻어먹기만 하니까 하루는 제가 한국식으로 저녁을 준비해 주겠다고 했어요. 그래서 목살 스테이크를 예쁘게 플레이팅해서 내놨는데 어떤 분은 좋아하시는데 그중에 절반가량 되는 분들은 아예 손도 안 대시는 거예요. 왜 안 드시냐고 조심스럽게 여쭤봤더니 베지테리언이라고 하더라고요. 어디를 가더라도 그 비중이 늘 반반인 거예요. 시골로 갈수록 그 비중이 더 높아지고요. 저는 계속 시골로 들어가는 여행을 했으니까요. 사람들이 무조건 좋아할 거라고 생각해서 준비했는데 제 사고방식이 송두리째 흔들리는 계기가 됐죠.

전에는 저도 베지테리언을 유별나다거나 나랑은 좀 다른 사람들이라고 생각했었는데, 여행을 하면서 그런 사람을 점점 더 많이 만나게 되니까 채식이 그들만의 리그가 아니라 이미 많은 사람들이 하고 있다는 걸 알게 됐어요.

그러다 여행을 하면서 체크카드에 잠깐 문제가 생겨서 그나마 있던 돈도 못 쓰게 된 적이 있었어요. 알고 봤더니 그 지역에서만 카드가 안 됐던 거였는데 그때 당시엔 남은 현금 30만 원 정도로 나머지 두 달 동안 여행을 해야 한다고 생각했어요. 그전까지 제 주식은 바게트랑 치즈, 초리조라고 하는 염장된 햄이었는데 그렇게 먹을 때도 딱히 나쁘진 않았어요. 그런데 치즈는 상하고 초리조는 은근히 비싸서 많이 살 수도 없는 데다 늘 보관의 문제가 있어서 고민은 있었죠. 그때 같은 길을 걷던 체코 친구가 베지테리언이었는데 항상 쿠스쿠스랑 뮤즐리, 견과류를 먹더라고요. 다 잡곡이라 뜨거운 물을 넣고 죽처럼 불려서 먹으니까 불도 별로 필요하지 않은 거예요. 거기에 초콜릿도 넣고요. 그 친구들은 그걸 주식으로 먹고 가끔 빵이나 과일을 먹었는데, 그런 식단으로 체코에서부터 제가 걷던 프랑스 중남부까지 3개월째 쉬지 않고 걸어온 거였어요. 건조된 것들을 불려서 먹는 거니까 상하지도 않고 굉장히 실용적이고 또 탄수화물이니까 열량도 높아요. 돈을 아끼려고 했던 게 아니라 계속 걸으니까 에너지를 보충해 주려고 했던 거죠. 그 친구들한테 배운 게 그런 레시피랑 주변에서 따 먹을 수 있는 제철 과일을 식별하는 법이었어요. 그 친구들을 따라다니니까 그렇게 맛있게 먹는데도 한 달 동안 5만 원도 채 안 쓴 거예요. 계속 그렇게 먹으니까 일단은 몸에서 냄새가 안 나더라고요.(웃음) 땀을 흘리고 계속 걸으면 냄새가 날 수밖에 없거든요. 그리고 하루 종일 걷는 여행을 하니까 체력이 떨어지는 걸 바로바로 느끼게 되는데 몸을 내연기관으로 보고 음식을 연료라고 봤을 때 그 연비라고 해야 할까요. 뭔가 농축되어 있는 느낌이 들었어요. 계속 음식이 몸에 남아 있는 느낌이라 공복감이 잘 안 들었고 배변 활동도 너무 좋아졌고요. 자연식물식 식단처럼 먹은 거니까 빠르고 깔끔하고 냄새도 잘 안 나고 전과는 다르게 에너지 방전이 안 되는 거예요. 보통 텐트, 침낭, 식량 등이 담긴 15킬로그램 정도의 짐을 메고 하루에 25킬로미터 이상은 걸었는데 전혀 지치지 않았어요.

여러 조건이 제한적인 상황에서는 그렇게 먹었다고 해도 남은 여행을 하면서도 계속 그 식단을 유지하셨던 건가요?

피레네산맥을 넘어 스페인 구간으로 넘어오면서부터는 그 친구들과 헤어지고 가장 유명한 순례길인 프랑스길로 가게 됐어요. 거기서부터는 체크카드도 다시 쓸 수 있게 되니까 오히려 돈이 남게 된 거예요. 프랑스에서 한 달 동안 5만 원밖에 안 썼고 체코 친구들에게 배운 생존기술을 알고 있으니까 더 자유로워진 거죠. 스페인이 프랑스보다 물가가 싸기도 하고 유럽 사람들이 지방이 낀 고기를 많이 안 먹어서 삼겹살이 저렴하거든요. 그래서 그때부터 같은 길을 걷던 한국인 순례객들을 만나서 같이 고기를 구워 먹기도 했어요. 그런데 그때 처음으로 몸에 건선이 생긴 거예요. 아토피처럼 몸이 막 간지럽고 빨갛게 붓고 진물도 올라오고요. 저는 처음에 베드버그(Bedbug)에 물린 줄 알고 약을 먹었는데도 안 낫더라고요. 그래서 마지막 한 달 정도는 고생을 많이 했어요. 당시엔 면역력이 떨어져서 그런 줄로만 알았지 육식 때문이었을 줄은 몰랐어요.

이후 한국에 돌아와 여러 자료를 찾아보면서 자연식물식을 알게 되고 실천하면서 비건 지향의 식습관을 자연스레 가지게 되셨다고요.

그때의 기억이 너무 좋아서 한국에 돌아와서 채식을 알아보다가 황성수 박사님과 자연식물식을 접하게 됐어요. 자연식물식에 대해 알게 되긴 했지만 그전까지는 고기를 먹으면서 건강하게 하자는 느낌이었다면, 박사님을 알게 된 이후로는 자연식물식을 엄격하게 한번 해 볼까 하는 생각을 하게 됐어요. 어차피 돈이 더 드는 것도 아니었고, 돈이 더 든다고 해도 저는 건선 때문에 사람을 만나기 싫을 정도로 힘드니 반드시 해결해야 하는 문제였으니까요. 그래서 시도를 했는데 진짜 바로 건선이 없어지는 거예요. 그래서 그때부터 2년 동안은 완전히 자연식물식만 했어요.

그럼 회사에서는 식사를 따로 하셨던 건가요?

네, 불린 현미하고 채소를 가져가서 몰래 먹었어요. 같이 먹는 식당에서는 속이 안 좋아서 많이 못 먹는다고 최대한 피했고요. 처음에 입사했을 때도 막 도망 다니면서 회식도 어떻게든 안 가려고 했었죠.

주변에서 괜히 못마땅해하는 눈초리를 많이 받으셨겠어요.

진짜 이상한 사람 취급을 받았죠. 그때 상처를 많이 받았어요.

친구를 만날 때도 생쌀 불린 거나 당근 같은 걸 가져갔어요. 그때는 제 몸을 위해서 다른 조건들과 전혀 타협하지 않았거든요. 제가 살아야 하니까요. 그러다 보니 주변 사람들이 점점 저를 멀리하더라고요. 회사에서도 왜 그렇게까지 하냐고 사회성이 없다고도 하고요. 제 몸을 위해서 하는 거라고 말을 하면 오히려 고기를 안 먹어서 그렇다는 대답이 돌아오니까 저도 더 입을 닫게 되고요. 말을 해 봤자 대화가 안 된다는 걸 아니까 저도 숨기고 점점 더 폐쇄적으로 변하더라고요. 도시락통도 원래는 투명한 재질로 된 거였는데 나중에는 까만색으로 바꿔서 안 보이게 하고 다녔어요. 제가 먹는 게 생쌀이라는 걸 보면 사람들이 또 거부감을 느낄까 봐 돌려서 먹거나 다른 거라고 말하기도 했고요. 그러다가 출장 횟수가 늘고 손님 접대가 많아지면서 육식도 같이 하게는 됐어요.

지금은 업무 자리에서는 어느 정도 먹는다고 생각하니까 그런 상황에 대한 스트레스는 덜 받지만 먹으면 여전히 다음 날 발가락 같은 데가 간지럽긴 해요. 그래도 자연식물식을 계속하고 며칠 지나면 다시 또 나아진다는 걸 아니까 플렉시테리언으로 생활을 하더라도 안심은 되거든요. 그런데 아침에 생채식을 하고 저녁에 화식(火食)을 하면 몸이 뒤집히는 느낌이 들어서 더 힘들더라고요. 그래서 생채식은 줄이고 현미밥을 지어서 채소와 된장국을 먹는 식으로만 식단을 운영하니까 다음 날 몸이 받는 영향이 좀 줄더라고요. 지금도 계속 알아가고 있는 단계긴 한데 이제 어느 정도는 식단을 스스로 운영할 수 있게 되었어요.

2016년만 해도 지금과 같은 분위기는 또 아니었을 텐데 지금은 좀 달라졌다고 느끼는 부분이 있나요.

변화는 확실히 있어요. 일단은 제 가족들이 변했어요. 부모님은 채식을 하면서 제 몸이 건강해지는 걸 보셨는데도 불구하고 그래도 고기를 먹어야 한다고 하셨거든요. 어머니가 책 읽는 걸 좋아하셔서 제가 감명 깊게 읽었던 『어느 채식 의사의 고백』(2017, 사이몬북스)이라는 책을 사서 어머니 베개 옆에 매일매일 올려놨었어요. 그 책이 제 가치관을 좀 더 단단하게 해주고 그나마 남아 있던 의심마저도 제거해 준 책이라서 가장 좋아하거든요. 그런데 그 책이 한 번도 펼쳐진 흔적이 없길래 내가 우리 엄마도 못 바꾸는데 과연 어떤 사람한테 어필할 수 있을까 싶었어요. 그런데 요즘은 뉴스에도 비건이라는 말이 많이 나오잖아요. 어느 날 갑자기 부모님이 비건 식당 한번 가자고 하시는 거예요. 제가 백번을 말해도 뉴스에서 한 번 말하는 것하고는 완전히 다른 거죠. 확실히 코로나 이후 환경을 생각하는 시대 분위기 영향도 있는 것 같고요.

여러 과정을 거치면서 내 몸에 잘 맞는 식단을 찾게 되신 건데, 식단을 유지하면서 힘든 점은 없으셨어요?

비건이 곧 건강은 아니잖아요. 비건 아이스크림을 먹는다고 해서 건강해지는 건 아니니까요. 이미 비건 가공식품이 대중화된 몇몇 선진국의 시행착오를 피해 갈 수도 있을 텐데 하는 안타까움은 있죠. 대기업에서 대체육이나 가공식품 홍보를 하는 건 좋지만 그것만 먹어서 건강해지는 건 아닌데도 건강하다고 광고를 하니까요. 그로 인해서 문제가 생겼을 때는 또 채식의 문제로 싸잡아서 배신이니 하는 얘기를 하기가 쉬워요. 저 같은 경우는 자연식물식을 하다가 어쩌다 화식을 한 번 하면 자극적인 음식이 또 자극적인 음식을 부르더라고요. 그날 하루는 비건 짜장면이나 비건 떡볶이가 생각나고 짜게 먹으면 또 단 게 당겨요. 단 걸 먹으면 또 짠 게 생각나고요. 이런 순간들이 일시적으로 찾아와 힘들지만 이제는 몇 번의 시행착오를 겪다 보니 비슷한 상황에서 조금씩 마인드컨트롤을 하고 잘 극복해서 다시 현미밥을 먹어요. 너무 달고 짜고 자극적으로 먹었을 때의 몸과 자연식물식을 하고 현미밥을 먹었을 때 느끼는 몸이 정말 다르거든요.

일반적으로 채식을 시작했을 때 선택지가 넓어졌다는 것에 대해 환호하고 즐기는 분들도 있는 반면에 진형 님처럼 자연식물식의 경험을 오래하고 효과를 많이 본 경우는 식단 간의 격차가 더 크게 느껴졌을 것 같아요. 2년 동안 자연식물식을 하는 동안 질린다거나 하는 문제는 없었나요.

질리는 느낌은 없었고요. 대신 더 좋은 걸 먹고 싶은 욕심이 생기더라고요. 처음에는 그냥 도정이 안 된 현미면 충분했는데 시간이 지날수록 유기농 현미를 찾게 되고 요즘은 토종 벼를 알아보고 있어요. '마르셰'를 자주 가다 보니까 친해진 농부도 몇 분 생겨서 직접 찾아가서 재배하는 것도 보게 됐어요. 예전엔 마트에 가서 쌈 채소를 사 왔다면 지금은 노지 재배한 채소 같은 걸 구하고 있고, 나아가서 결국에는 제가 농사를 짓는 게 꿈이에요. 얼마 전, 텃밭을 꾸릴 수 있는 집으로 이사를 했는데 제가 먹는 채소만큼은 직접 기르고 싶어요.

먹거리 자체에 대한 관심으로 확장되신 거네요.

네, 처음엔 야채면 됐는데 좀 더 깨끗한 걸 찾게 되고 그다음엔 유통되는 과정까지 생각해 보게 되고요. 또 어떤 땅에서 자랐는지를 살피고 재배하는 사람에게 조금이라도 경제적으로 도움이 될 수 있는 방향도 고민하게 돼요. 그래서 예전엔 한살림 같은 매장을 이용했다면 지금은 택배비가 들더라도 농가에 직접 입금하고 있어요. 그런데 오히려 입맛 같은 건 더 까다로워지지는 않더라고요. 자연식물식을 많이 해서 깨끗해지니까 음식에 욕심을 부리지 않게 되고 더 심플하게 먹게 되는 장점이 있어요. 된장국을 끓여도 된장이랑 배추만 넣거나, 재료를 절대 3개 이상은 안 넣는 식이에요. 재료가 섞이면 그만큼 맛은 있겠지만 맛이 맛을 부르고 거기서 안 끝나니까요. 양념이 들어가면 많이 먹게 되거든요. 경계할 부분이에요.

자연식물식을 비롯해 스스로의 식단을 이렇게 주도적으로 설계하고 통제한다는 게 새삼 놀랍게 느껴지네요.

맨날 반복이에요. 이렇게 하려고는 하지만 또 눈앞에 맛있는 게 있으면 무너지고 또 먹고 후회하고요.(웃음)

비건 해외 트레킹 인솔자가 일하는 법

해외 트레킹 인솔자의 역할에 대해 알게 되면서 신기하다고 생각했던 부분은 동반 여행객들의 건강 상태와 식사까지 책임진다는 점이었어요. 현지 가이드와 달리 해외에서 한국인 트레킹 인솔자

된장국을 끓여도 된장이랑 배추만 넣거나,
재료를 절대 3개 이상은 안 넣는 식이에요.
재료가 섞이면 그만큼 맛은 있겠지만
맛이 맛을 부르고 거기서 안 끝나니까요.
양념이 들어가면 많이 먹게 되거든요.
경계할 부분이에요.

가 하는 고유한 업무들이 궁금한데요.

국내에서 손님을 모객해서 해외 여행지로 가면 협력업체와 현지 가이드가 있어요. 여행지에 도착하면 현지 가이드가 안내하는 건데, 저는 가이드는 아니에요. 저는 여행 인솔자이자 손님들의 보호자예요. 현지에서 가이드가 제대로 안내하는지 체크하고 뒤에서 손님들의 안전도 책임지는 게 보통의 제 역할인데, 제가 담당하는 지역이 특수한 곳이다 보니까 현지 가이드가 없기도 하고 어쩔 수 없이 인솔자가 가이드의 역할을 할 수밖에 없기도 하거든요. 이렇게 인솔자 한 명이 가이드 및 보호자 역할도 하는 것을 '쓰루가이드(Through Guide)'라고 해요. 전체를 다 통틀어 한다는 업계 용어예요.

보통 몇 명의 인원을 통솔하시나요?

10명에서 18명 사이고요, 최대 24명까지도 케어를 해요. 한 명이 담당하는 적정 인원을 10명에서 14명 정도로 보고 있어요.

역할이 너무 다양해서 놀라운데 힘들진 않으세요?

힘들어요.(웃음) 환승하다가 손님을 놓칠 때도 있고 트레킹이니까 걷다가 손님이 다치면 헬기도 불러야 해요. 네팔 히말라야 같은 고산지역에서는 더 큰 사고도 있을 수 있거든요. 음식 같은 경우에도 인프라가 잘 되어 있는 동네에 가면 산장이나 식당에 가서 먹으면 되는데, 보통 그렇지 않으니까 오지로 들어갈 때는 여행 일정 내내 요리사를 고용해서 같이 다니는 식이에요.

일을 할 때의 식단에 대해서도 여쭤보고 싶은데, 인솔하는 여행

객에게는 비건이라는 것을 밝히지 않는다고 하셨어요.

험한 지역을 트레킹하려면 동행하는 인솔자에게 많은 부분을 의지하게 되는데요. 초면에 채식을 한다고 밝히면 고기를 먹지 않아서 체력이 부족할 것 같다는 인식을 줄 수 있기 때문에 제가 먼저 말씀드리는 것에 조심스러운 편이에요.

한편 믿고 따라오는 여행객에겐 진형 님의 채식 식단을 공유해서 반응이 좋았던 적도 있다고 하셨는데 어떤 경우였나요.

저도 경험이 쌓이면서 손님이 기분 나쁘지 않은 선에서 채식을 권하기도 해요. 예를 들어 네팔의 일부 지역에서는 해발 4천 미터 이상이 넘어가면 현지 사람들은 육류를 먹지 않아요. 영적, 종교적인 이유 때문이에요. 여행이라는 것 자체가 내 만족만을 위한 게 아니라 현지 문화를 존중하면서 해야 하잖아요. 그래서 밑에서는 고기를 많이 준비해드리는 대신 4천 미터 위에서는 우리도 현지 문화를 존중하자고 하죠. 그래도 보편적으로는 고기를 먹어야 힘을 낸다고 생각하니까 가공식품 정도는 허용해 줘요. 처음엔 스팸을 넣은 김치찌개나 소시지와 계란을 넣은 토스트를 해드렸는데 거기서 더 나아가서 아예 더 맛있게 된장국을 끓이는 식으로 현지 채소를 활용한 레시피를 배워서 제공해드렸어요. 제가 자주 가는 인사동의 채식 뷔페가 있는데 그곳에서는 베이스로 국간장하고 된장만 쓰세요. 그 간장과 된장을 가져가서 찌개를 끓여드리면 반응이 굉장히 좋아요.

익숙한 맛인데 재료는 또 이색적이니까 좋아하실 것 같아요.

고산증에 걸리면 소화를 시키는 게 굉장히 어려워요. 몇몇 분은 조미료 넣은 걸 꺼리기도 하셔서 그런 과정을 겪다가 이런 방법까지 해 보게 된 건데 대부분 장년층이다 보니 청국장이나 된장국 같은 토속적인 음식은 잘 드시는 편이에요. 아니면 진짜 현지인이 먹는 음식을 소개해드리기도 해요. 어느 나라든지 간에 서민 음식은 고기가 거의 없거든요. 그래서 전통 음식 같은 걸 더 권해드리고 이게 더 특별한 경험이라는 걸 인지를 시켜드리는 거예요. 반대로 채식만 권하면 문제가 될 수 있으니까 저는 일할 때는 분리해서 확실히 해 주는 편이긴 해요. 예를 들어 아프리카 킬리만자로에선 닭볶음탕이나 부대찌개 같은 것도 한국에서 미리 양념을 준비해 가서 직접 만들어드리기도 해요. 그런 경험들이 쌓이다 보니까 적어도 먹는 문제에 있어서는 컴플레인이 잘 안 나오는 편이에요.

트레킹을 할 때 단백질이 아닌 탄수화물 섭취를 보다 권장하고, 고기보다 채소 위주의 식사를 하는 것이 더 도움이 된다고 하셨는데 그 이유가 있나요.

등반하는 사람들도 그렇고 실제로 고기는 먹었을 때는 바로 힘을 못 써요. 반면 탄수화물은 에너지원으로 바로 사용할 수 있거든요. 단백질은 먹고 어느 정도의 시간이 지나야지 에너지원으로 쓸 수 있는데 탄수화물은 바로바로 에너지가 되니까 그렇게 권해드리죠. 또 고산지역에 가면 압력이 낮아지고 산소가 부족해지니까 과자 봉지처럼 사람 몸도 빵빵해져요. 인체의 절반 이상이 수분으로 되어 있다 보니 고도를 올리면 아무리 체력이 좋아도 적응을 하는 게 어렵거든요. 저도 마찬가지고요. 가장 먼저 일어나는 현상이 몸이 붓는 거예요. 안에 있는 내장도 다 붓고 가스가 차서 소화를 잘 못 시키고 역하니까 자꾸 토하는 거예요. 뇌에 산소 공급이 잘 안 되니까 두통도 생기고 혈액 순환이 잘 안 돼서 피가 끈적끈적해지고요. 그래서 창백해지거나 여러 문제가 발생을 하는 건데 이럴 때 저희는 보통 누룽지를 드려요. 현지식 죽도 드려 보고 여러 노력을 해 봤는데 역시 누룽지가 최고더라고요. 그렇게 드리고 빨리 정상에 갔다가 고도에서 내리는 수밖에 없어요.

고도에 따라서 식단이 완전히 달라지는 거네요. 저는 행동식이라는 것도 처음 들어 봤는데, 여행객들과 식사도 따로 하시니까 본인 간식 같은 것도 따로 준비해 가시는 편인가요?

행동식이라는 것 자체가 그냥 등산할 때 먹는 간식이에요. 저는 일단 동물성 성분이 안 들어간 걸 찾아요. 움직이면서 먹는 식사라서 열량이 높아야 하고 바로바로 에너지를 쓸 수 있어야 하니까 가장 보편적으로 알고 있는 게 에너지바, 캔디, 초콜릿, 건과일 이런 거예요. 에너지도 되고 근육 경련도 막아줘서 바나나도 많이 권해드려요. 손님 간식 같은 건 의무는 아니지만 제 손님이니까 잘해드리고 싶어서 한국에서 양갱이나 홍삼캔디 같은 걸 준비해 가는 편이에요. 사실은 행동식이 굉장히 중요해요. 해발 5천 미터가 넘어가면 모든 게 쉽게 얼기 때문에 그 정도 고도가 되면 짜 먹는 죽에 핫팩을 붙여서 출발하기 전에 하나씩 드려요. 고산에 가면 입안이 계속 말라서 소포장된 초콜릿 간식이나 캔디 같은 걸 드리기도 해요. 이런 게 다 현지에서 혼나고 깨지면서 알게 된 것들이에요.

블루베리와 버섯을 채집하며 다녔던 특별한 여행의 기억

그동안 개인 여행을 하거나 트레킹 인솔을 하면서 특별히 기억에 남는 에피소드가 있나요?

두 번째로 알프스산맥 종주 여행을 할 때 재밌는 경험이 있었어요. 저는 그때 완전 자연식물식을 하던 때라 현지 마트 같은 데서 현미를 사서 저만의 스타일대로 섞은 걸 주식으로 먹었었어요. 그러다 산으로 들어오면서 마을이 많이 없고 삼사일에 한 번이나 겨우 장을 볼 수 있는 상황이 되니까 먹는 게 굉장히 고민이었어요. 하루는 걷다가 마을에 내려와서 드디어 장을 볼 수 있겠다 생각했는데 시골이다 보니까 가게들이 다 일찍 문을 닫고 기념품 가게에 파는 초콜릿이나 치즈, 과자, 약간의 과일 정도밖에 없는 거예요. 며칠을 더 보내야 다음 마을이 나오는 상황이라서 어떡해야 하나 싶어서 쪼그리고 앉아 고민하고 있었는데, 옆에 있던 프랑스 중년 남성이 뭔가 저랑 비슷한 느낌을 보이는 거예요. 옷도 비슷하게 입고 막 우왕좌왕하면서요.(웃음) 알고 봤더니 그 아저씨도 비건이었던 거예요. 두 번째 여행에서 채식하는 하이커를 처음 만난 거라 평소에 뭐 먹는지 장 볼 때 뭐 사는지 이런 얘기를 하는데, 제가 '브라운 라이스'를 씹어먹는다고 하니까 충격을 받은 것 같았어요. 이걸 어떻게 먹냐고 묻길래 영양학적으로 전혀 문제가 없다는 걸 짧은 영어로 설명하니까 상황도 그렇고 마음이 열려 있어서 그런지 본인도 먹어 보더라고요. 예전에 저한테 쿠스쿠스를 불려 먹는 게 신세계였던 것처럼 그분도 마찬가지였던 거죠.

두 번째 여행을 준비하면서는 국내에도 참고한 분이 있었어요. 백두대간을 일시 종주하던 분이었는데, 채식을 하는 건 아니지만 그냥 흰 쌀하고 고추장만 들고 다니시는 거예요. 산나물을 잘 아니까 밥을 지어서 나물 비빔밥 만들어 먹고 중간중간 만나는 등산객들한테 남는 반찬 얻고 가끔 마을에 내려와서 쌀 같은 걸 보충하고요. 그분을 참고해서 알프스에서 써먹어 본 거였는데 굉장히 잘 통했던 거죠. 그렇게 해도 에너지가 빠지는 느낌이 안 들면서 효율적으로 계속 걸을 수 있다는 것을 제 몸으로 입증한 거니까요. 그리고 그땐 곡괭이를 한국에서 주문해서 들고 다녔어요. 나중엔 알프스 마을 주민에게 버섯 채취하는 방법 같은 걸 배우고 나니까 생존력이 올라가서 너무 좋았거든요. 야생 블루베리 채집하면서 비타민 섭취도 하고요.

저한테도 굉장히 특이했던 여행이었어요. 보통은 이렇게까지 여행을 안 하는데 저는 그 자체만으로도 뭔가 재미도 있고 특별한 경험을 했어요.

두 번째 여행 자체는 아예 처음부터 그렇게 계획적으로 준비한 부분도 있었던 건데 모든 과정이 비건 친화적인 느낌이네요.

첫 번째 여행에서 체코 친구에게 배운 생존의 기술을 바탕으로 좀 더 제 스타일의 여행을 하고 싶었기 때문에 두 번째 여행이 저한테 더 특별했어요. 그때는 부다페스트 제로포인트부터 산티아고까지 이어지는 길을 걸어 보고 싶었거든요. 헝가리는 부다페스트를 제외하면 알려진 게 거의 없는데, 동구권에서는 산티아고 순례길의 헝가리 구간이 유명하고 길도 잘 되어 있고 사람들도 순례자에게 친절해요. 그런 길을 걷다가 오스트리아 구간에서는 수도원에서 생활도 하고 여름에는 체리 같은 제철 과일을 따 먹으면서 현미 생채식을 하며 다녔으니까 정말 저한테는 소중한 경험이었어요. 한 번은 무섭게 생긴 할아버지가 마을 초입에서부터 빠져나갈 때까지 계속 저를 따라다녔는데, 알고 보니 제가 걷다가 길을 잃을까 봐 걱정돼서 거리를 두고 지켜본 거였더라고요.

감사한데 뭔가 좀 무섭기도 한 호의네요.(웃음)

마트에서 장을 볼 때는 사람들이 아무도 신경 안 쓰는 것 같은데 저녁이 돼서 텐트 치고 잘 곳을 알아보다 보면 '너 아까 슈퍼에 있었지?' 하면서 다 기억을 하더라고요. 자신이 사는 마을이 몇천 년 역사의 순례길에 놓여 있다는 것을 주민들이 다 알고 있고 그런 공감대가 형성되어 있으니까 좋더라고요. 유럽에는 전통적인 길들이 잘 보존되어 있으니까 동네에서 산티아고 순례길과 연결되는 길을 걸으면 마을의 아기자기한 골목길과 마을 사이의 오솔길을 다 통과할 수밖에 없어요. 저는 그런 것 자체만으로도 여행의 즐거움을 느낄 수 있다고 생각해요.

알프스 트레킹 출장 중 산속에서 쓰레기를 주워 오면 현지 마을의 사람들이 좋아했다고 하던데요.

산행할 때 사람들이 쉴 수 있는 데라면 어디라도 쓰레기가 있잖아요. 그런데 알프스에는 쓰레기가 없는 거예요. 어딜 가나 이상한 사람들은 있기 마련인데 일부의 쓰레기도 없더라고요. 그래서 '왜 쓰레기가 없는 거냐'고 물어봤더니 '왜 쓰레기를 버려야 하냐'고 되묻더라고요.(웃음)

몽블랑이 위치한 샤모니에서는 여러 가지 축제가 열리는데 그중에 산악마라톤 대회도 있어요. 산악마라톤은 그야말로 속도 경쟁이라서 달리면서 젤 같은 걸 먹고 바로 버리니까 원래는 자원봉사자들이 코스를 따라가면서 회수를 해요. 마침 저희가 걷는 길이 마라톤 대회 코스하고 겹치니까 걸으면서 그냥 주웠던 건데 제가 맨 앞에서 쓰레기를 줍고 다니니까 손님들도 안 버리더라고요. 쓰레기를 버리지 말라고 하면 제가 가르치는 모양새가 되다 보니 그런 말은 안 하지만 손님들도 현지인들이 쓰레기를 안 버린다는 걸 자연스럽게 느끼더라고요.

보통 이런 지역이 인종차별이 굉장히 심한데, 자원봉사자도 아닌 일반 여행자가 쓰레기를 줍고 다니니까 주민들이 호의적으로 보는 거죠. 주민들이 먼저 마음을 여니까 그 지역에서 저의 평판도 올라가고 활동하는 게 수월해지죠. 많이 가는 지역이니까 현지 사람과 친해질수록 좋으니 일거양득이죠.

혹시 비거니즘의 가치관을 지향하는 사람들에게 추천할 만한 트레킹 코스도 있나요?

비건 트레킹 코스로 추천하는 곳은 네팔 히말라야 산군 여행이에요. 지금은 여행 인프라가 굉장히 잘 갖춰져 있기 때문에 로지(Lodge)라는 여행자 식당이나 산장에 가면 보통은 서양인을 위한 메뉴가 있어요. 가끔 네팔 전통식도 파는데 힘들면 소울푸드를 찾게 되니까 서양인은 보통 프렌치프라이나 햄버거 같은 걸 먹어요. 네팔 산악지역마다 다양한 부족이 있고 그들 고유의 문화가 다 다르거든요. 그들이 먹는 음식도 조금씩은 다 달라요. 그래서 햄버거 같은 걸 먹기보다는 현지인이 먹는 식사도 같이 해 보고 그들을 방해하지 않으면서 여행하면 좋겠어요.

일단 저는 여행을 갈 때 항상 고민인 게 기내식이었어요. 기내식은 미리 요청만 하면 처음부터 다 끝까지 비건으로 먹을 수 있고 심지어는 개인 텀블러나 도시락 통을 주고 담아 달라고 하면 그렇게 해서 주기도 해요. 한 명이 이렇게 한다고 해서 크게 달라지는 건 없겠지만 플라스틱 일회용품을 쓰고 버리는 죄책감을 조금이라도 덜기 위해서 저는 그렇게 했던 편이에요. 항공사에서도 용기를 건넨다고 해서 절대 싫어하지 않거든요. 저는 여행사 직원으로서 발권 같은 것도 하다 보니까 이런 정보도 알게 된 건데, 어렵지도 않고 당연히 가능한 부분이니까 이용해 보시길 추천해요.

트레킹을 할 때 노하우 같은 게 있다고 하셨는데요.

여행 계획을 세울 때 공신력 있는 정보가 별로 없다 보니 블로그 같은 개인의 온라인 정보에 의지하는 경우가 많잖아요. 저도 그런 식으로 블로그에 나온 정보로 계획을 세웠는데 막상 가 보니 아니었던 경우가 많았어요. 어차피 여행지에 가면 그곳 환경에 맞게 적응하게 되니까 본인을 좀 믿는 것도 중요해요.

또 여행할 때 콘셉트 같은 걸 정하는데 이걸 여러 가지로 잡아 봐도 좋아요. 산이 아니라 도시에 가더라도 골목길 같은 곳을 여행하는 걸 좋아한다면 비건 맛집 투어를 할 수도 있는 거고요. 저도 그런 느낌이 너무 좋아서 두 번째 여행에서는 산티아고 순례길을 끝까지 안 걷고 스위스에서 중단했거든요.

산행할 때 사람들이 쉴 수 있는 데라면
어디라도 쓰레기가 있잖아요.
그런데 알프스에는 쓰레기가 없는 거예요.
어딜 가나 이상한 사람들은 있기 마련인데
일부의 쓰레기도 없더라고요.
그래서 '왜 쓰레기가 없는 거냐'고 물어봤더니
'왜 쓰레기를 버려야 하냐'고 되묻더라고요.(웃음)

스위스는 젊은 농부에게 폐농가 같은 공간을 대여해 주고 난민에게 일자리를 제공하면 국가에서 인건비를 지원해 주는 프로그램이 있어요. 그런 사회적 기업 성격을 지닌 농장들이 있는데 도시하고도 가까워서 셰어하우스처럼 사람들이 입주해서 살아요. 저도 농사를 도와주면서 한 3개월 정도 있었거든요. 로잔이라는 동네였는데 비건이 갈 수 있는 곳도 많고 로컬푸드 마켓도 많아서 따라가서 유기농 농산물을 팔기도 했었어요. 현지 사람들과 어우러져 이야기 나누고 함께 지내며 생긴 에피소드 같은 것이 더 기억에 남더라고요.

사실 저처럼 와일드한 여행을 하는 게 쉽지는 않은 것 같긴 해요. 분명 저도 운이 좋았던 부분도 있거든요. 만약 코로나가 끝나서 해외여행을 계획하게 된다면 소비하는 여행이 아니라 가서 직접 체험할 수 있는 여행을 고려해 보시길 바라요. 코로나로 인해 사람들이 생각하지 않았던 부분에 대해 생각하게 됐잖아요. 그런 것처럼 트레킹 여행도 꼭 그 포인트에 가서 다 누리고 즐겨야 만족하는 게 아니라, 두 발로 걸으며 자연 어디에 있더라도 행복감을 느낄 수 있는 문화가 더 많이 생기면 좋겠어요. 다시 해외에 갈 기회가 생겼을 때도 그걸 더 감사히 받아들일 줄 아는 공통된 태도나 가치관이 생겼으면 좋겠고요.

내가 만드는 제품, 내가 선택하는 제품의 기준

'피크브레이슬릿(Peakbracelet)'이라는 개인 브랜드를 통해 문을

닫은 공장의 폐끈을 이용한 매듭팔찌와 마스크 스트랩을 제작해 판매하고 계세요. 코로나 사태 전에도 현지인이나 여행객에게 팔찌를 만들어 선물로 주기도 하고 팔기도 하셨다고 했는데, 브랜드는 어떻게 처음 만들게 되셨나요.

대학생이 돼서도 주말에 산에 가고 싶었는데 돈이 없으니까 처음엔 교통비하고 식비를 충당할 생각으로 팔찌를 만들기 시작했어요. 동대문에서 줄을 떼다가 위급 상황일 때 풀어서 로프로도 쓸 수 있는 콘셉트로 생존 팔찌를 만들어서 산 정상에서 판매를 했었어요. 그렇게 시작했지만 직장인이 된 후에도 만들어서 주변에 선물하는 건 좋아했어요. 그러다 처음 해외여행을 가서 도움을 준 사람들에게 답례로 주기 시작했던 거라 처음엔 판매도 안 했어요. 이후에 두 번째로 1년 동안 여행을 갔을 때는 선물로 줄 팔찌가 다 떨어져서 본가에 얘기해서 아예 현지로 줄을 보내 달라고 한 적이 있어요. 알프스 쪽에서 산행하고 생활하면서 현지인들한테 선물로도 주고 판매도 하면서 여행 자금을 충당했죠. 한국에 돌아와서는 가끔 플리마켓에 나가서 판매하기도 하고요. 돈이 필요하면 팔고 따로 수입원이 있으면 선물하는 식이었어요.(웃음)

팔찌에 쓰이는 원재료 자체도 신중하게 선택하신 거라고요.

원래는 동대문에서 떼 왔었는데 지금 팔찌를 만드는 줄은 '파타고니아' 같은 기업에서도 등산복 지퍼로 쓰는 소재예요. 산 위에서 제가 팔찌를 파는 걸 보신 한 직조 공장의 사장님께서 젊은 친구가 열심히 사는 게 좋다면서 이것보다 좋은 줄이 있으니 공장에 와서 한번 보라고 제안을 해 주셨어요. 그렇게 공장에서 버려진 자투리 끈으로 팔찌를 만들게 됐죠.

예전에 순례길을 걸으면서 스위스 구간을 지날 때 로잔의 오일장에서도 한 번 팔찌를 팔았었어요. 마침 '프라이탁' 매장 앞에서 장사를 했었는데 사실 그때는 프라이탁이라는 브랜드도 몰랐거든요. 들어가서 구경해 봤더니 트럭 방수포를 재활용해서 만든 건데도 너무 스타일리시한 거예요. 제품도 전부 다 다르고요. 세상에 이런 브랜드가 다 있네 싶어서 직원들에게도 팔찌를 선물해 주고 친해졌죠. 제가 팔찌를 판매하면서 여행을 다닌다고 하니까 직원들이 브랜드를 만들어서 잘 키워 보라고 하더라고요.

저는 사람들한테 팔찌를 만들어서 줄 때 인증샷을 다 찍어요. 사진들을 모으는 재미도 있지만 줄 색깔이 다양하게 있으니까 그 사람에게 기억을 선물해 준다고 생각해서 되도록 다른 색으로 만들어 주려고 의미 부여를 했거든요. 팔찌의 소재가 재활용된 것은 아니지만 폐기될 뻔한 끈을 수거해서 가치를 부여한 것이니 팔찌를 포장할 때도 시즌이 지난 아웃도어 브랜드의 종이 카탈로그를 접어서 재사용하기도 해요. 지금은 개인 SNS 위주로 판매하고 있지만 앞으로는 좀 더 키우고 싶어요. 그래서 나중에는 온라인보다는 제로웨이스트숍 같은 곳에서 택배 이용 없이 직접 손으로 접하고 구매할 수 있는 유통 구조를 만들고 싶어요.

먹는 것 이상으로 어려운 게 일상적으로 입고, 신는 문제더라고요. 아웃도어 의류 브랜드에서는 겨울에는 특히 동물 털을 사용한 제품을 많이 내놓잖아요. 반대로 또 동물성 소재가 아닌 것은

미세 플라스틱 같은 환경 문제를 유발하기도 하고요. 산행을 할 때는 기능성 의류나 장비가 중요하기 때문에 조심스러운 질문이지만, 제품을 선택할 때 어떤 기준이 있는지 궁금해요.

제품을 선택할 때 그 기업의 마인드를 좀 보는 편이에요. 파타고니아라는 브랜드는 최대한 재활용 소재를 사용하기도 하고, 창업주가 환경을 보호해야 한다는 마인드를 가지고 있어서 매출의 1퍼센트를 반드시 환경단체에 기부하고 있어요. 실제로 필드에서 활동하는 산악인들의 피드백을 받으면서 제품을 개발하는데 최대한 아껴 입고 망가지면 수선해서 입으란 식이에요. 저는 일단 이런 마인드를 지닌 기업의 제품을 선호해요. 요즘에는 기업들도 재료가 나오는 과정에서의 윤리적인 문제를 더 이상 무시하지 못해요. 거친 아웃도어 환경에서는 보온 문제가 중요하긴 하지만 윤리적인 방식으로 채취되지 않은 오리털이나 거위털은 더 이상 소비자가 선택을 하지 않거든요.

침낭이나 패딩에 들어가는 재료 중에는 헝가리안구스나 폴란드구스 같은 거위털이 거의 최상위급이에요. 같은 깃털의 부피로도 더 따뜻하고 뭉쳤다가 회복되는 필파워도 빠르다 보니 이런 게 들어간 침낭이나 패딩은 100만 원이 넘어가요. 불과 5년 전까지만 해도 다들 그게 최고라고 생각했는데, 최근에는 거위털을 거의 안 쓰는 추세예요. 이런 제품이 유럽 브랜드에 많은데 유럽에서 오리는 식용이지만 거위는 식용이 아니래요. 그러니까 거위는 오직 털을 뽑히기 위해 사는 거예요. 살아 있는 상태에서 계속 털을 뽑는 게 비윤리적이라는 걸 이제 아는 거죠. 이에 대체하기 위해 오리털을 발수·가공하는 기술이 굉장히 발전했어요. 하지만 이것도 정답이라고 할 순 없죠. 그러니까 파타고니아 같은 대형 브랜드에서는 아예 우모(羽毛)를 대체할 소재를 개발하고 있는 거고요.

저도 가지고 있던 오리털이나 거위털 제품은 거의 다 중고 장터에 판매를 했고 사용 중인 제품 중에 우모가 들어가 있는 것도 대체 소재로 바꿔 가고 있는 상황이에요. 이런 식으로 제가 좋아하는 분야 내에서는 신경을 좀 더 써요. 요즘은 긍정적으로 보고 있는 게, 새로운 제품이 들어오는 트렌드를 보면 코로나 이후로 급격하게 변화하는 게 느껴지기 때문인데요. 요즘에는 등산화도 생분해되는 소재로 나오고 샌들도 비건 마크가 달려서 나오는 경우도 있어요. 배낭에도 재활용 소재를 쓰고 태그도 생분해되는 종이로 바뀐 것이 많거든요. 제일 좋은 건 소비를 줄이는 거지만 생산이 되는 것이라도 생분해 같은 소재를 고민하는 게 맞다고 봐요.

먹는 게 단순해지니 생활도 단순해지더라

외국에 있을 때와 한국에 있을 때를 비교하자면 여러 문화적 인프라나 대인관계의 문제로 실천도에 차이가 있을 것 같기도 한데, 이런 부분에 대한 어려움이나 부담은 없으신가요.

부담이 좀 있죠. 예전에 어떤 국내 아웃도어 브랜드에서 원정대를 모집해서 해외 트레킹을 가는 프로그램에 개인적으로 참여한 적이 있었어요. 한국에서 훈련하고 미국의 콜로라도 트레일의 일부 구간을 걷는 거였어요. 단체 생활이다 보니 식단은 어느 정도 포기를 해야 한다고 생각했는데, 막상 시골의 엄청 허름한 바비큐 식당에 가도 베지테리언 메뉴가 다 있는 거예요. 해외에서 생활할 때에는 제 취향을 존중받을 수 있는 분위기가 있어서 정말 좋은데, 한국에서는 당장 너무 배고파서 뭔가를 먹고 싶은 상황에서는 선택할 수 있는 폭이 너무 좁아요. 망원동이나 홍대 같은 곳은 비건 식당이 많이 있지만 본가에 가면 수도권인데도 반경 20킬로미터 내에는 갈 만한 데가 거의 없거든요. 먹을 것을 스스로 싸 들고 다니지 않는 이상 배고플 때 먹을 수 있는 음식 자체가 없는 거니까요.

이런 인프라의 문제도 있긴 하지만 취향을 타인 앞에 드러냈을 때 공격받기도 너무 쉬워요. '단백질은 어디에서 섭취하냐'는 식의 질문에 하나하나 다 설명해야 하고 납득을 시키지 못하면 공격받잖아요. 그러니까 아예 입을 닫게 되고 상대방과도 벽이 생기니까 한국에서는 이런 부분이 힘들어요. 한번은 저도 이겨 보고 싶어서 근거를 다 제시하면서 싸운 적이 있었어요. 그런데 상대방이 받아들이고 싶지 않은 상태에서는 외면해 버리면 그만이더라고요. 그래서 새로운 사람을 만날 때도 이런 부분에 대해서 먼저 생각하게 되고, 고민은 항상 있죠.

관계를 맺는 과정에서 어려움을 겪으셨나 봐요.

저에게 채식은 단순하고 간소하게 먹는 삶으로 전환하게 된 계기였어요. 여행할 때 단순하게 먹으면서도 충분히 에너지를 낼 수 있다는 것을 몸으로 느끼게 된 이후로 제 삶의 군더더기를 덜어 낼 수 있게 됐거든요. 저는 현미밥에 된장, 쌈 채소를 제일 좋아하는데 대부분의 사람들은 그렇지 않아서 공감대

형성이 좀 어려워요.

예전에 채식 커뮤니티에서 활동한 적이 있었는데 그날 하루 먹은 채식 식단을 서로 사진으로 공유하는 캠페인을 했었어요. 다른 분들은 요리도 하고 알록달록 예쁜 식단을 올리는데 저는 거의 매일 현미밥, 된장, 쌈 채소를 올리니까 반응이 좀 없긴 하더라고요. 전 제 식단을 정말 좋아하는데 친한 친구나 심지어 가족도 어떻게 이렇게 먹냐고 얘길 해요. 어른들은 왜 우리 어렸을 때처럼 먹냐고 하시면서 고기를 사 주려고 하시고요.

먹는 게 단순해지면 생활도 자연스럽게 단순해지게 돼요. 고기를 먹지 않고 기름을 쓰지 않으니까 설거지도 간편해졌고, 몸에서 냄새도 덜 나니 비누 정도만 있어도 충분해졌어요. 생채소나 과일을 충분히 먹으니 더위도 덜 타게 되고 선풍기나 에어컨도 굳이 찾지 않게 되고요. 최근에 지인들과 만난 자리에서 가전제품 얘기를 하다가 무풍 에어컨이 화제로 나왔는데 저는 할 말이 없었어요. 저는 오동나무 평상과 삼베 이불에 창문 바람으로도 무더운 여름을 시원하게 보내고 있거든요. 근데 제가 이런 얘기를 하면 사람들은 저를 너무 신기하게 생각하거나 딴 세상 사람 같다는 느낌을 받으니 제 얘기를 맘 편히 못 하는 게 조금 아쉬워요.

식생활의 전환을 넘어 개인의 영향력을 최소화하려는 라이프스타일을 자연스럽게 추구하게 된 것 같아요. SNS를 보면 그런 실천의 모습들을 엿볼 수 있던데요.

3~4년 전까지는 전기밥솥으로 밥을 많이 지은 다음에 소분해

이런 인프라의 문제도 있긴 하지만 취향을
타인 앞에 드러냈을 때 공격받기도 너무 쉬워요.
한번은 저도 이겨 보고 싶어서
근거를 다 제시하면서 싸운 적이 있었어요.
그런데 상대방이 받아들이고 싶지 않은 상태에서는
외면해 버리면 그만이더라고요.
그래서 새로운 사람을 만날 때도 이런 부분에 대해서
먼저 생각하게 되고, 고민은 항상 있죠.

서 냉동실에 두고 먹을 때마다 전자레인지에 돌려 먹었거든요. 지금은 전기밥솥이랑 전자레인지를 처분하고 냉장고도 소형으로 바꿨어요. 지난겨울에는 난방도 도시가스에 최대한 의존하지 않을 수 있는 방법을 찾아보다가 등유 난로를 사용해 봤어요. 도시가스 난방은 오직 난방만 할 수 있지만 등유 난로를 쓰는 동안에는 물도 데우고 밥도 지을 수 있어요. 저는 제 몸만 잠깐 데우고 싶은데 도시가스는 방 전체를 다 데워야 하잖아요. 필요한 양이 얼마큼인지 파악하는 게 어렵기도 하고요. 등유 난로는 제가 필요한 만큼 조절할 수 있어서 좋더라고요.

요즘에는 대용량 에탄올을 주문해서 군용 알코올 스토브로 밥을 짓고 저수분 요리를 만들고 있어요. 저수분 요리는 두껍고 여러 겹으로 된 스텐 뚜껑 냄비를 사용하면 효율이 좋아서 연료가 많이 안 들거든요. 저수분 요리의 특징은 불이 한 번 끓기만 하면 약불로 줄이거나 끄더라도 냄비 안의 열기로 음식을 조리할 수 있다는 거예요. 사용하고 남은 에탄올은 물에 희석해서 손 세정제로도 쓸 수 있으니 다용도죠. 밥=전기밥솥, 난방=도시가스, 조리=가스레인지/인덕션 등 일반적인 방법에 의존하지 않고 다른 대안이 있는지 실험해 보고 있어요. 여러 시행착오를 겪으면서 좀 더 효율적이고 덜 소비하고 덜 파괴하는 방식, 저에게 맞는 방법을 찾아 나가는 중이에요.

도시의 간편한 인프라를 선택하지 않고 쉽지 않은 도전을 일상에서 계속 실천하는 느낌인데, 변화한 일상의 다른 모습이 또 있나요?

지금은 소창으로 된 수건을 사용하고 있어요. 손빨래의 세계를 알게 되면서 매일매일 손세탁을 하게 되니까 재질에 민감해지더라고요. 수건도 화학적인 가공이 들어가니까 느낌이 안 좋았는데 그때 추천을 받은 게 소창이었어요. 몸에 닿는 건 등산할 때를 제외하고 면을 많이 쓰고요, 옷 자체도 많이 줄어들었어요. 맨날 빨래하고 입는 옷이 정해져 있으니까 자주 안 입는 건 정리하거나 기부했어요. 또 집에서는 불을 잘 안 켜 놓는 편인데, 등유 난로로 엄청 큰 주전자에 물을 데운 다음 그걸로 세수랑 머리 감는 것 정도만 하고 남는 물은 변기에 부어 버리니까 물을 따로 안 내려도 되더라고요. 이런 식으로 계속 잔머리를 굴리는 거예요.(웃음)

구석구석 연결된 생활의 면면들이 놀랍게 느껴지네요.

이런 생활이 단순하게 정립이 된 게 걷는 여행의 영향이에요. 장거리 트레킹을 할 때는 배낭에 텐트, 침낭, 식기 도구를 다 넣고 다니는데 그게 다 짐이잖아요. 못 걷게 하고 아프게 하는 존재가 되기 때문에 항상 머릿속으로 하는 생각이 있었어요. 이런 짐을 메고 안 걸어 본 분들은 아름다운 풍경을 보고 자연을 누리니까 좋겠다고 생각하실 수도 있지만, 실제로는 그런 생각은 잘 안 들고 '무겁다', '힘들다', '언제 쉬지' 하는 생각뿐이거든요. 그러면 결국엔 하나하나 버리는 거예요. 내가 필요하다고 생각한 게 결국 나한테는 짐이라는 것을 본능적으로 알게 되니까 하나씩 내려놓게 되고 단순해지는 거예요. 자연식물식을 하니까 먹는 것과 조리 도구도 그렇게 많이 필요하지 않다는 걸 알게 되잖아요. 고기도 필요 없고 먹기 위해 불을 많이 가하지 않아도 된다는 걸 알게 되니까, 그런 게 어떻게 보면 최소화하는 삶의 방식과도 연결되는 부분이 있다고 느껴요.

여행 도중 우연히 자연식물식을 접하게 되면서 삶의 일부로 자연스럽게 받아들일 수 있었던 것처럼, 채식을 고민하는 분들께 전하고 싶은 조언이 있다면 마지막으로 한 말씀 부탁드립니다.

저는 그냥 일단 한번 해 보시라고 권해드리고 싶어요. 저도 처음에 시작할 때 고민을 많이 했는데 사실 고민할 게 많이 없거든요. 한번 시도해 보고 나서 당장 다음 식사 때 다시 고기를 먹을 수도 있는 거잖아요. 실패할까 봐 걱정돼서 애초에 시작하는 걸 주저하진 않으셨으면 좋겠어요. 절대 손해가 되는 일이 아니니까 일단 해 보는 것 자체에 의미가 있는 거예요. 채식이라는 건 식문화이기도 하잖아요. 양식을 먹는 날이 있고 한식이나 중식을 먹는 날이 있듯이 선택하는 것뿐이에요. 채식을 하면 뭔가를 배척하는 이미지가 있기 때문이라고 생각하시는데 전혀 그렇지 않아요. 점심에는 채식을 하고 저녁에는 고기를 먹어도 상관이 없으니까 일단은 해 보고요, 그게 본인한테 맞으면 늘려 나갈 수 있는 거고 아니라 해도 누가 책임을 묻는 게 아니니까 자연스럽게 한번 경험을 해 보셨으면 좋겠어요.

우리가
이야기 나눈
사람

박진형

해외 트레킹 전문 인솔자 & 여행상품 개발자. 동시에 자연에 가까운 심플함을 담는다는 모토로 등산복 부자재를 만들고 남은 끈을 활용하여 업사이클링 팔찌를 만드는 작은 브랜드 '피크브레이슬릿'을 운영하고 있다.

peak.bracelet

우리가
이야기 나눈
곳

라뽀즈

비건 디저트 카페
서울특별시 마포구 양화로6길 60 1층

lala_lapause

La Pause
Vegan Desserts
VEGAN
Cakes

틈틈이 원고 작업을 진행하고 있던 도중, 영화 「매트릭스: 리저렉션」을 볼 기회가 있었다. 영화가 시작되고 난 후 2시간 30분 남짓한 시간 동안 나는 '빨간 약'의 상징을 동물해방의 감각에 대입하며 가슴이 터져 나갈 것 같은 감각에 온통 사로잡혔고, 마치 영화 속 주인공들처럼 매트릭스의 시스템에 저항하는 비장한 마음으로 충만해 있었다.

축산동물의 현실을 철저히 가린 채 소비만을 부추기는 육식 자본주의의 치밀한 체계, 이런 것들은 불과 2년 전만 해도 내 세계엔 없던 이야기다. 육식주의의 매트릭스가 있다 한들, 그 너머를 궁금해하지도 않았다. 도무지 실체를 느낄 수가 없었기 때문이다. 때마침 영화에서는 '알지 못하면 저항할 수도 없다'는 대사가 흘러나왔다. 이 세상은 육식주의가 강력히 붙들고 있는 거대한 매트릭스고, 나는 빨간 약을 선택한 대가로 가까스로 진실을 마주할 수 있게 되었다는 위안과 근거를 영화를 통해 얻은 기분이었다. 이처럼 영화 하나를 보는 시선 자체도 완전히 뒤바뀔 만큼 지난 2년 동안 나도 많이 변해 있었고, 그 변화의 축에는 우리가 직접 만나 호흡을 나눴던 이 이야기가 있음을 알았다.

비거니즘을 만난 이후, 그간 내가 편입되려 무던히 노력했고 구성원으로 기능해 왔던 '정상 사회'의 기만을 겨우 알아차릴 수 있게 되었다고 느끼는 순간이 많아졌다. 이제라도 세상의 진실을 직면할 수 있게 되었다는 뒤늦은 안도감이 몰려왔지만, 한편으로는 일상의 이면에 자리한 폭력을 매번 새롭게 마주해야 하는 과정이 결코 만만치만은 않았다. 예전에는 식도락의 생생한 활력 같아 보이던 풍경이 매 순간마다 기만과 거짓이 되어 다가왔기 때문이다. '도축 4일 차 초신선 정육' 같은 말처럼 죽음을 포장하는 마케팅 언어에 더는 속아 넘어갈 수 없었다.

견고한 일상에서 달라지는 것 하나 없다고 느낄 때마다, 나는 우리가 나눴던 대화 속으로 돌아가고 또 돌아가며 진실과 계속 연결되기 위해 노력했다. 이 인터뷰는 내게 그런 힘이 되어 준 이야기의 총합이다. 어딘가 약해지고 불안해질 때마다 녹취록을 붙들고 생생한 대화를 복기하며 그들의 단단한 마음과 경험을 내게도 다시 새겨 보려 애썼다. 실제로 그 노력은 정말 큰 도움이 됐다. 그리고 책이 나오기까지 여러 시간이 지나는 동안, 각자의 자리에서 변화하고 성장하는 인터뷰이들의 행보를 지켜보는 일도 감격스럽고 멋졌다.

몇 년 전, 한 영화제에서 우연히 보게 된 단편 영화 「바카 Vaca」에서 단연코 기억에 남는 한 장면이 있다. '바카'는 스페인어로 암소, 젖소(얼룩소)*라는 뜻이다. 주인공 여자는 생계를

* 소도 사람처럼 임신을 한 상태에서만 젖이 나온다. '젖소'는 반복적인 강간과 임신의 상태를 가리고 어미 소를 계속 젖이 나오는 존재로 대상화하는 축산업계의 용어로, 이를 대신해 '얼룩소'라는 말을 쓰자는 운동도 대두되고 있다.

위해 도살장에서 소의 머리에 전기 총을 쏘는 일을 한다. 소를 도살하기 전에 감금 틀에 가둔 채 총을 쏴 기절시키는 일이다. 매일같이 숱하게 해 온 일이건만, 여자는 어느 날 자신의 총구 앞에서 살고 싶어 눈물을 흘리는 암소를 보고 그간 단 한번도 해 본 적 없던 일을 감행하기로 한다. 탈주. 즉, 소와 함께 도망치기로 결심한 것이다. 그리곤 도살장 밖을 무작정 뛰쳐나와 지나가던 버스 기사에게 자신과 소를 태워 달라며 절박하게 호소한다. 거대한 소를 뒤에 세운 채 울며불며 하소연하는 여자는, 누구보다 간절하게 스스로 해방되고 싶어 하는 것처럼 보였다. 그리고 그런 여자의 애원 앞에서 한참이나 망설이던 버스 기사는 끝내 그들의 탈주를 돕기로 한다. 해방이 연결되는 순간이었던 셈이다.

"우리는 우리가 기다려 온 사람들이다."

나바호 주술사의 말처럼, 우리가 계속해 기다려 온 세상의 모습을 스스로에게서 찾을 수 있다면 어떨까? 사회에 팽만한 육식주의를 알아차리고, 동물에 대한 연민을 억압하지 않고 온 마음 그대로 공감할 수 있다면, 우리의 선택은 어쩌면 이미 내려져 있는 것과 같을지도 모른다. 본능적인 방어기제도, 불편해지고 싶지 않은 마음도, 괜히 욕먹고 싶지 않은 마음도 잠시 내려놓고 지금도 매시간 매분마다 벌어지고 있는 진실에 집중한다면, 우리는 이미 연결되어야 할 곳을 알고 있는지도 모른다. 때론 더디고 좌절스러운 여정이라 할지라도, 그 끝에 자리한 답을 찾아 나가는 과정으로 이 책이 하나의 작은 연결점이 되어 줄 수 있기를 깊이 소망한다.

세상이 물려준 식사를 끝장내고

치열하고 다정한 7인의 비건 기록

2023년 11월 6일 초판 1쇄 발행

지은이 장미경
펴낸이 강준선
펴낸곳 든든

편집 안수정
디자인 withtext
제작 제이오
인쇄 민언프린텍
제책 다온바인텍
관리 우진출판물류

등록 2020년 4월 3일 제2020-000021호
전화 (070) 8860-9329
팩스 (02) 2179-9329
전자우편 deundeunbooks@naver.com
인스타그램 instagram.com/deundeunbooks

ISBN 979-11-971782-8-3 (03810)